阿微木依萝 著

太阳
降落的
地方

广西师范大学出版社
·桂林·

太阳降落的地方
TAIYANG JIANGLUO DE DIFANG

图书在版编目（CIP）数据

太阳降落的地方 / 阿微木依萝著. -- 桂林：广西师范大学出版社，2023.4
ISBN 978-7-5598-5852-8

Ⅰ. ①太… Ⅱ. ①阿… Ⅲ. ①中篇小说－小说集－中国－当代②短篇小说－小说集－中国－当代 Ⅳ. ①I247.7

中国国家版本馆 CIP 数据核字（2023）第 038309 号

广西师范大学出版社出版发行
（广西桂林市五里店路 9 号　邮政编码：541004
　网址：http://www.bbtpress.com　）
出版人：黄轩庄
全国新华书店经销
广西广大印务有限责任公司印刷
（桂林市临桂区秧塘工业园西城大道北侧广西师范大学出版社集团有限公司创意产业园内　邮政编码：541199）
开本：880 mm × 1 240 mm　1/32
印张：11.75　　　　字数：210 千
2023 年 4 月第 1 版　2023 年 4 月第 1 次印刷
定价：49.00 元

如发现印装质量问题，影响阅读，请与出版社发行部门联系调换。

目 录

1　　太阳降落的地方
61　　少女鸟
76　　失　约
124　　像一场亮脚雨
146　　毛竹林
197　　摇　桥
212　　破　茧
280　　深夜丛林
300　　有雨漏下来
321　　原路返回
335　　事情是这样的
355　　松山脚下

太阳降落的地方

一

眼睛突然就看不见了，在掏钥匙的那一瞬间突然失明，段青萍措手不及，幸好她已经走到了自己租房的门口。

任谁遇到这样的事情都会忍不住大叫，可段青萍不一样，她很倔强同时也很内向，自尊心使她即便想要大叫出来，最终到了嘴边也仅仅像是咬着牙关的一声叹息；这个声音不会被周围邻居听见。说"周围"也有点不切实际，她这一层楼拢共只有两户人家，除了她，另外一边的角落住着一个中年发胖的女人。她偷偷观察过这位年长她几岁的姐姐，发现她跟她一样，都是独居，从未有男人上门——哦，除了送快递和送外卖的。

她们从未用声音打过招呼，彼此遇见的时候，望着对方笑一笑，然后各自下楼。

段青萍此刻突坠"深渊",深感后悔,应该跟那位邻居姐姐早早地熟悉一下,哪怕曾经跟对方说过一句"你好"也行;什么话都不曾说过,现在遇到麻烦,又怎么好意思求助呢。

哦不,必须求助。

段青萍酝酿了一下,只要转身走过去大概八步远,就能碰到邻居姐姐的门,那是一道厚重的褐色木门,敲响它,应该会得到回应。

不不,不能求助。段青萍捏紧拳头,斩断了想要求助的念头。这么多年她习惯了"忍气吞声",天大的事情也默默地扛过去。

段青萍咬着牙,等待眼睛恢复。她希望这只是疲劳导致的,不是什么病理性的。她摸索着锁孔将钥匙插入,门开了。她什么也看不见,却听到了房间里有人在哼唱山歌,她听出来是谁的声音了,心尖像被热水烫了一下,惊骇而不敢相信地喊了一声:"妈?"

"是我呀,我的宝贝女儿,啊,你是不是吓坏了?你看你眼睛都是灰的,脸色也那么苍白,不要害怕,我只是回来找你商量一件事——喂,你是不是真的吓坏啦?好啦我也不怪你,毕竟我已经死了二十年,不打一声招呼就突然在你房间出现,确实是我的疏忽,我应该提早给你一点儿什么暗示。但我很高兴,这么多年过去了,还以为你已经忘记我的声音了。居然还能被你认出来,我真是死也值得……"

"行了行了,妈妈,我确定你就是我妈妈,你的话和以前一样多、一样让我插不上嘴。本来我应该害怕你死了突然回来,我应该害怕这件事,可现在,我更害怕你一来就跟我说这么多话。你得让我休息一下,我现在特别需要安静,你不知道我遇着麻烦了,很大的麻烦。"

"你眼睛看不见了?"

"哦,你看出来了。"

"你一进门我就发现你眼珠子是灰色的。"

"看来,我不用指望它还能恢复;听说我爸就是这么瞎掉的。他瞎掉没几天就死了。"

"是的,就是这样。他死了没几天你才出生,跟他面儿都没见上。"

"你不为我难过吗?"

"你指的是,没跟他见面这件事吗?难过有什么用。"

"是啊,不管哪件事儿,难过有什么用……你找我商量什么?"

段青萍凭借对房间的熟悉,摸着东西靠近沙发,坐下。

"我来告诉你,赶紧给我续交下个二十年的护墓费。你知道的,当初我们选的那片墓园风景最好,墓地使用费也高,护墓费也不便宜,乖乖,我现在只能依靠你了,不然我在那儿就待不下去了,你总不能眼睁睁看着你妈妈遭遇这种麻烦吧？"

"不用眼睁睁了，妈妈，我已经瞎了。"

"那也不耽误你续费嘛，乖乖，你只要拨个电话让他们上门收钱，他们肯定愿意跑这一趟。"

"我没那么多钱。妈妈，是你非要选那片园地，早早地就把自己死后的地方都安排好了。为什么你一点也不考虑我的负担呢？我好不容易挣了一点钱，准备给自己付一套房子的首付，你却跑来问我要护墓费。现在好了，你要钱我没钱，你说怎么办。"

"你怎么可能没有攒钱，刚刚还说挣够了首付。"

"你不知道我的压力多大。有个问题我至今没有想明白，你就这么自信我会给你续费吗？就算我愿意，万一还没活到二十年为你续费我就死了呢？就比如说像现在，我莫名其妙就瞎了，搞不好接下来几天就会跟我父亲一样死去，到时候我自己的墓地都是问题，怎么帮你？我没有结婚，妈妈，我一辈子都在忙碌，忙得连一场爱情都顾不上谈，我不像你，还可以生个孩子为自己续费。"

"是啊，当时我怎么没有想到这个？你说得对，现在比我更着急的应该是那些没有孩子的人，他们肯定过不踏实了，在墓地躺了二十年早就躺成穷鬼，这会儿爬起来上哪儿找钱续费？你说得对，他们更着急。我幸好还有你，乖乖，你也不能怪我，我怎么会想到护墓费这笔钱，会在这个时候给你带来麻烦。我以为二十年时间，你肯定挣了不少钱，区区一点护墓费肯定不在话下。我们不谈这些不开心的事了。乖乖，还好你只是看不见东西，人还好好的，你只要拨个电话就能解决问题了。另外我也想跟你说句透心话，你顾不上谈恋爱这件事不能怪在我头上，我可是早就劝你谈恋爱的。一个女人无论如何都要谈一场恋爱，没有爱过人的内心是巨大的黑洞，是不完整的；你却总是跟我说什么生活一团乱麻，处理不好，顾不上谈。现在好啦，你都四十岁了，无论是谈恋爱还是生孩子，你都有点儿……赶不上了。"

"妈妈，你到底有没有把我当成你的亲生女儿？"

"当然是我的亲生女儿呀，不然怎么来找你给我续费呢。"

"我真想死了算了。"

"你可别胡思乱想。死了有什么好，像我，还得爬起来求人。你要是今天拒绝我，我就无家可归了。"

"妈妈，你以前虽然很爱钱，可你也很爱我，就因为你爱我，哪怕选了那么一块迟早会给我带来麻烦的墓地，我也认。眼下你的态度让我非常寒心，我感觉不到从你身上表现出来的哪怕一丁点儿母性的关心；我看不到你的表情，却已经感受到你的无情。你是不是在地下躺太久了，心都是冰冷的了？"

"可能是吧，你说得不无道理，我现在浑身上下没有一块地方是温暖的,瑟瑟发抖呢。"

"我现在很希望遇到一个陌生人,最好是男的,稀里糊涂地跟他说一些话,也许陌生人都会比你这个亲生妈妈更同情我。"

"我知道你需要帮助,而我无能为力。段青萍,我的乖乖,你不能指望一个死人还能为你做什么事情。"

段青萍抓紧衣角,揉搓着。

二

月亮湖畔,水鸭子在沙滩上戏耍,鱼在阳光下聚集又散开,一大片芦苇荡中,偶尔钻出一两只黑色瘦鸟,偶尔展翅高飞,露出宽敞柔美的白色腹部。

段青萍摸出门外,凭着对路况的熟悉来到了月亮湖畔(当然,以她目前的状况,也不敢走远,她的租房位置就在公园旁,下楼往湖边走一百米即到)。她想在水边吹一吹凉风,以往眼睛没出问题,任何空闲的时候,她都喜欢在湖边静静地坐上一会儿。今天气温特别适合。这是七月中旬,多雨,海拔一千五百多米,边陲小城市四季如春,非常舒适。

她听到了湖边孩子们的声音,从前这些动静只会令她烦躁,现在不同,她恨不得侧耳听清楚他们的每一句话。她在这座城市的一家内部刊物担任编辑十一年,十一年了,职位从未变动，主编也从未变动，主编不走，她自然升不上去，幸好多年以来，她从未想过升迁之事。主编也从未想过调动工作。于是这个内部刊物主编不走编辑不升的现象简直可以称为一桩美谈，所有人只要提起她和主编，都会竖起大拇指，赞扬他们是最安分守己、最淡泊名利的人。主编的主要工作就是给她安排编校稿子以及各种材料书写。材料书写基本上都是一些大大小小的讲话稿；有给报酬的，有不给报酬的，她都必须应承。材料书写本来应该专门划出一个部门，但没有，也许不能这么划分或者不可这么划分，或者纯粹出于节省人力资源的考虑，总之，书写材料顺理成章地潜进了她工作的内容里面。她的眼睛只要从睡眠中睁开，就落在了密密匝匝的文字上。

十一年伏案工作的经历本该将她训练成一目十行的人，可不是这样，她编校文字非常缓慢，考古似的，一个字一个字用目光去"抠"，"抠"完一篇文章，耗费极大精力。她做得最"聪明"的方式也不过是，在电脑里打开两篇文章同时观看，扫一眼左边的，看看语言感觉，再扫一眼右边的，看看什么题材，这相当于让它们进行角斗，胜出的继续编校，淘汰的要么退稿要么往后放一放。这已经是长期编校工作里"创造"出来的唯一乐趣。每当稿子多得没办法一篇一篇看完，她就这么干。这个秘密从未敢让主编发觉。

咖啡是她的常饮品，也是工资里的一笔大开销，曾经满桌子垃圾堆似的摆满了各种品牌咖啡：星巴克、雀巢、上岛、蓝山、两岸、麦斯威尔、悠诗诗……直到现在，终于固定了一种：猫屎咖啡。桌子稍微清爽了一点。这种从名贵的麝香猫屁股里拉出来的大便中提取的咖啡豆加工而成的咖啡味道特别好，但是，极难买到真品。所以她也只能希望自己买到的"猫屎咖啡"是真的猫屎咖啡。出门之前她刚刚喝过一杯。这会儿嘴唇上还沾着一点咖啡沫。

孩子们丢什么东西砸到她身上了，使她从咖啡味儿里清醒过来。她想走过去跟他们说说话，慈眉善目地，以一个中年女人该有的温和去接近那些新鲜的人和事。

她不能。别说眼睛看不见，就是看得见，她也不会走过去。她已经不知道怎么去跟这些新鲜的人和事打交道。

一种莫大的悲哀在心底翻涌。

三

"您是怎么找到这儿来的？我住得十分隐蔽。"

"段女士，这不算什么问题。我们还是来谈一谈护墓费的问题。您已经拖欠了这么久。"

"我没有钱。"

"这个理由无法说得通，我们当初白纸黑字签了协议的。"

"我现在已经失明了,就在上个月突然什么也看不见,我完了,也许很快我就要死了。"

"段女士,您的遭遇我表示很同情。但这个事情应该去寻求相关机构救助,很抱歉,我除了表达同情,其余的一点儿也帮不上忙。"

"您能给我倒一杯水吗?"

"这个我可以效劳,我给您倒水。"

"先生,您知道吗?我妈妈就在我的房子里。她在旁边的卧室里睡觉,您小心一点儿,别吵了她的瞌睡。上个月她在你们那儿待不下去,偷偷跑出来了。她替你们来催缴护墓费。所以事实上,您今天也不必来,如果我有钱的话,早就主动跟您联系了。"

"段女士,您是不是精神过于紧张了,请您不要说鬼故事吓我。吓我也没用,我除了收缴续费,平日里还负责看管墓园,如果世上有鬼,那我早就见过很多鬼了。我告诉您啊,您的妈妈现在舒舒服服住在我们的墓园里,没准儿正在和那些跑进墓地跳广场舞的活人老大姐一起撒欢儿呢。您知道我们那片地方,环境优美,空气爽朗,就是活人看了也想住进去。您放心吧,只要您续完费,您亲爱的妈妈又可以享受那里的风光了,她一定会非常高兴的。"

"我没有钱。"

"不不不,段女士,您不要这样说,我不想为难您,但我今天必须把钱收走。我看得出来，您不像是会赖账的人。像您这样的子女我已经见过好几个了，他们起初和您一样，都说自己没有钱，最后碍于情面，都把钱交出来了。所以何必浪费我们彼此的时间呢？您看看，您的桌子上还摆着高档的猫屎咖啡，这些可不是一般人能享用的，这些都是做着体面工作的人才会享用的。当然啦，我知道您工作肯定很辛苦，但凡轻松一些，也用不着喝咖啡提神，需要加班加点，才会想到用咖啡强打精神、透支精力。我十分理解这种体面工作背后需要付出的巨大劳动。可是，我们的劳动一方面为了实现自己的价值，一方面更是为了让自己和亲人过得好一点。您这间租房的价格也不便宜吧？您看看，除了没有自己的房子，您的生活质量半点儿没打折扣，您过得还是很舒服的，接下来就是解决您妈妈的居住环境问题，您总不能真的不交钱，把她从墓地搬走吧？作为亲生女儿，又是一个有着体面工作的人，不可能这么去为难自己的面子以及在地下躺得舒舒服服的老母亲。您一定不希望看到这种局面。"

"护墓先生，我提醒您一句吧，无论什么局面我都顾不上，我的眼睛什么都看不到了。"

"但别人看得到啊，您做了什么，别人可是看得清清楚楚，我们不仅仅为了自己而活，我们总是要活在一大群人眼中的。"

"是吗？"

"是的。"

"您像个心理学大师，把我的工作状态一眼看穿，说得也很有道理，然而现在我什么都不想讨论，也不想面对；请您给我一点儿时间让我静一静，让我好好想想怎么处理续费的事。"

"好啊，您喝一口水缓一缓。"

四

段青萍终归还是失去了工作，眼睛瞎了这件事已经板上钉钉，没办法继续上班。递交辞职信那天，主编表达了同情，给她手心里塞了两千元钞票，说了一声"祝你好运"便去忙活自己的事情。

段青萍陷入无边的迷茫里，她觉得自己最大的不幸就在于，不是在工作岗位上忙瞎的，而是已经超出了上班时间，瞎在自家门口。如果那天没有在月亮湖公园久坐，或许还能算得上工伤，现在，什么也没有了，彻彻底底完蛋了。主编走了以后，她蹲在墙角抱着双膝痛哭一场，这是许多年来，除了妈妈去世那几天，她哭得最凶的一次。她那死去二十年的老妈妈，整天昏睡在房间，死者的瞌睡总是多于活人，她没有被哭泣声吵醒。段青萍也压低声音，不想吵醒一个已经无法给她带来任何帮助的妈妈。

幸好她的租房合同一签就是五年，去年才续的新房租，接下来四年时间不需要考虑租金问题。要考虑的是如何解决她眼前遇到的生活麻烦，比如一日三餐怎么解决，总不能每天对着楼下那家餐馆的服务员喊话，让她送一碗面条或者米粉上来，她能感觉到，服务员已经很不耐烦了；她点的都是一些比较便宜的吃食，店里又紧缺人手，在餐馆很忙的时间里，服务员甚至假装听不见她呼唤，总是等到饭点以后才给她送来吃的。楼下这家餐馆就要将她弃之不顾。很多人的同情心是阶段性的，难以长久。最初对她很有善心的服务员渐渐失去了耐心，原先她总是对她说，您一定会好起来的；现在她对她说，您应该考虑请一位保姆了，您知道我是有工作的人，我拿别人工资，时间不由自己做主，如果有人请我额外做事，必然得付给我一些报酬。段青萍只能忍气吞声听下去，然后从服务员手里谦卑地接过饭碗，付给对方十元面值的钞票。为了方便，她到银行取钱的时候，特意让银行人员把给她的钱都换成十元面值，以方便买东西的时候心里有数。她没有学过盲人生存的那些技能，怎样使用盲文，怎样辨认钱币，怎样用盲人手机，怎样走盲道，怎样通过耳朵灵活地抓声音来辨别方向和距离，她都没有学过。她只能用从前生活的那一套方法继续活下去。她想到外面透一透气，想到离家更远的地方散心，她默默地计算过时间，现在应该是农历九月了，外面已经很凉爽，往昔的记忆之中，月亮湖旁边的树木这个时候开始落叶，满地的树叶把秋天堆得渐渐高起来，城里的小狗们会在落叶上打滚。说起小狗，她想去申请一只导盲犬，可她又委屈又不甘心，就仿佛有了盲人所需的一切，她将注定永远是个盲人，再无光明之日。死去的妈妈是不可能带她出门的，"一点儿阳光就会把我灼伤，浑身冒烟"，妈妈是这么跟她解释的。

她害怕继续待在房子里了。

此刻应该是清晨，空气像往日清晨的空气，楼下没有几个人说话证明行人稀少，她从椅子上摸索着坐到窗边，将半开的窗户完全推开，闻着从月亮湖那边吹来的附带了水汽的植物味道，眼里开始涌出眼泪。或许她应该感谢老天，只收走眼里的光芒，并未收走眼里的泪水。人到这个时候，可能只有流泪能让心里好过一点。

"你好！"

她听到一个女人的声音。当然不是她的老妈妈从睡眠中醒来对她说话。声音不是从背后传来，不是房间的任何角落，而是楼下。她住在三楼。窗户正对着楼下的过道。声音是从过道那儿传来的。

"段青萍，你好。"

这回她确信那人是在跟自己说话。

"……你好，你是谁？"

段青萍感到疑惑，除了同事，没有人认识她。同事的声音她也并不陌生。

"我是你的邻居。你对门那位。"

段青萍又惊又喜,心里想:原来她的声音是这样的,这样柔和、亲切,与她的外貌很搭配,她的脾气和耐心肯定更好。

"你好,大姐,你是出去逛街吗?你吃饭了吗?"段青萍对着楼下说了这些怪无聊的话。她都不知道为何忙忙慌慌问这么苍白无趣的问题,自从瞎了以后,她特别想说话,也许仅仅是为了让对方回答问题多说几句?

她猛地觉得羞愧,一个跟文字打交道那么久的人,说话应该是最不漏气的那种,可如今两眼一瞎,就好像什么都瞎了。不由得想象,对方听了这些话是什么表情。"啊,算了,"她心里暗叫,"有什么关系……"她又固执起来,要强的本性一下子把她从一个矮子直挺挺拉起来,高高在上。心里的状态立刻就变了。什么表情都无所谓,她根本就不会介意,反正这个时候,别说是对门的邻居,就算是一条狗站在底下的过道上给她汪汪两声,她也会给狗子迫不及待地回复两声"汪汪"。

"你想出去走走吗?"

邻居跳过她的话,问了这句非常聪明的话。

段青萍心里一下子亮起来。她最希望听到的就是这句:你想出去走走吗?"当然,我肯定想出去走走,我恨不得长一双翅膀飞出去乱撞。"她几乎要将这些话说出口。

"我现在没时间出去。"她只能这么回答。说完，上下排牙齿紧紧咬在一起，闭紧了嘴巴。

"你不要难过，也不要气馁，我知道你的情况。这段时间我已经打听清楚了，你所遇到的麻烦确实令人意外。但是意外总是伴随我们，不管发生在谁的身上，总是会发生的。你的姓名我也知道了，请你不要怪我打听你的事。我实在是太闲了，这段日子快要把我憋疯。我也想找人说话呢。你能让我上你的房间说话吗？不过，我得让人帮忙带我上楼。"

段青萍同意了。不过她没有在意邻居说的最后一句话。为什么她需要有人帮忙才能上到三楼，不能自己走上来吗？

等了好一会儿，敲门声响起。段青萍早已等在门边，打开门，听到邻居正在感谢送她上来的人。

段青萍摸到一瓶矿泉水递给邻居。

"我叫吴丽琪，听上去是不是像'无力气'？可能是名字没有取好，我现在就是无力气。刚刚那个人扶我上来可费劲了，我只有一条腿可以走路。其实不需要有人扶，我也能上来，慢慢扶着楼梯，需要花很长时间，我是怕你久等。为了起居方便，我已经搬到一楼居住了。现在你对门的房间还是空的，还没有新的租户搬进来。"

"你的腿怎么了？"

"断啦，左腿，从膝盖那儿截了。"

"什么？"

"不敢相信吧？我也不敢相信。就是在你眼睛出问题的后来几天，我骑车摔了一跤狠的，摔到山崖下面，半条腿直接报废。有一段时间我甚至怀疑，我们租住的这一层楼是不是风水不好，不然为什么你瞎了我瘸了。"

"啊……真没想到，真不敢相信。"

"事情就是这样，我俩都挺倒霉。"

"是啊。"

段青萍一边听着，一边竟然……感到了某种平衡。真是可耻的心理。有人和自己一样不幸甚至可能比自己更不幸的时候，自己的不幸似乎被分担了，内心莫名地觉得轻松许多。

"我叫吴丽琪。"

"我知道，你刚才说过了。"

"对不起，我忘了我说过了。"

"琪姐，你还好吗？"

"我很好，你呢？"

"我也很好，你呢？"

"天呐，哈哈哈，我们在说什么？你发现了吗？我们的对话很不对劲，好像找不到什么可以聊的。"

"是啊，我最近都不知道怎么跟人说话。"

"我也一样。"

"你出过几次门？我是说，腿断了以后。"

"我只在门口转转，有时候拄着拐，有时候坐在轮椅上。我不太喜欢乘坐轮椅，害怕坐习惯了形成依赖性。所以我每天一抬头就撞见你在窗边发呆，你什么都看不见，但你认认真真在那儿观望，你的眼睛所面对的，一直就是很远的地方。我在想，你肯定和我一样，想去很远的地方走一走。刚才没有忍住，终于跟你说话了。"

"你早就应该跟我说话，这种交流对我对你都有好处，尤其我们现在这种情况，跟过去完全不一样了，同病相怜才有共同的感受和话题。你跟我说说看，外面什么样子了，湖边的树叶是不是像去年秋天一样，堆得很多很高，清洁工总是将它们扫在一起，堆成草垛的样子。眼睛看不见以后，我只能逐渐去适应，利用听力，嗅觉，以及用手触摸，去感受一切，可是遥远的必须用到眼睛的地方，我就没有办法了，眼睛就像天上的太阳和月亮，它们一起关闭之后，我心里所有的感官都变得迟钝，世界对我而言永远是漆黑的，我像无头苍蝇四处乱撞，你有没有看到墙壁上有刮痕？我相信一定有痕迹，都是我在那段最艰难的日子里双手抠出来的。"

"我看到了，你墙上还有血迹呢，是你的手指尖出血了。你的手指头也还有伤痕。至于月亮湖那几棵树，它们今年秋天的落叶似乎比去年更多，也可能我今年特别伤感，心里一些杂绪也跟着树叶一起掉落。芦苇荡也比从前更深，鸟雀藏于其中，大风吹来的时候，它们才会从中飞出，飞出来那一瞬间，我感觉它们是从我的眼睛里飞出去的，把我眼睫毛都踩翻了。"

"你也是个敏感的人，你说的这些话很多像是写在文章里的句子。大概生命的痛楚，最能生出直抵人心的语言。我以前的工作就是每天与别人写下的文字打交道。"

"我一直是个敏感的人，可能残缺以后更加敏感吧。"

"你饿了吗？我有点饿。如果你不介意的话，可以帮我点两份外卖吗？你一份我一份，就当是今天请你吃饭。我们做邻居那么久，第一次坐在一起聊天吃饭呢。"

段青萍将手机递给了吴丽琪。她脸上露出笑容。今天是她眼睛看不见以后，最开心的一天。

五

山地城市的秋天来得很早，段青萍和吴丽琪经过许久商议，决定了要去的地方。她们收拾厚衣服出门，除了解决拖带行李的麻烦，还必须解决实际出行的困难，两个人四只眼睛只有两只看得见，四只脚只有三只可行。一旦二人分开，她们都会感到寸步难行。所以她二人特意网购了一条牵绳，买的是"母子连心"款的亲子牵绳，谁知道商家弄错订单，寄过来一条拴狗的绳子。吴丽琪当时就憋不住笑，说明了所见之物，段青萍也差点儿将嘴里正在吃的饭喷出来。不过，无所谓，二人决定不退货，直接使用狗绳子将对方拴在身旁。也许这就是天意，谁遇到了也必须接受。段青萍用一种哲学家的口吻安抚吴丽琪：就当我是你的狗腿子，而你是我的导盲犬。段青萍深刻知晓，离了吴丽琪自己会寸步难行。事实上，吴丽琪心里也很明白，她更不能离开同伴，就算她能依靠轮椅或者拐杖，走到离家十公里的地方，也无法去得更远，表面上她因为眼睛可见，用一只脚能走一些路，实则，眼睛看到的地方，心灵到不了也是到不了，她的心里压着一块石头，这块石头可能不比段青萍心里的石头轻多少。她们都需要彼此为伴。孤单的灵魂是无法独自上路的，至少在身体残缺的眼下，无法承受未来漫长的旅途带来的压力。她们比从小到大就认识的好友的感情更深厚，破碎的灵魂与破碎的灵魂会集，才能让对方获得生命前行的力量。这次她们的决心不是只去十公里远的地方，她们要去离城市二百公里之外的一座雪山，当然，此时那儿还没有积雪，积雪是从十月开始的。那儿有最著名的雪山之巅（她们都很自知，以她俩的情况不用想着爬到雪山顶，根据传闻，就算身体健全的人也极难攀登），雪山的缓坡下面是一大片平地，平地凹下去的区域都装满了清水，都是从天上掉下来的，被称为"无根之水"，形成了远近闻名的"干海子"；城里的年轻人和外地探险家每年秋季甚至冬季，都会去那里走一趟。据说"干海子"水域宽阔而深远，它沉积的"无根之水"就算天空很久不下雨，也不会干枯，永远清澈明亮，冬日最冷的时候也不会结冰，有人曾经看见仙女在其中洗澡。更有传播者说，用"干海子"的"无根之水"清洗眼睛，能让眼疾痊愈，用它清洗双脚，能让脚疾痊愈。

段青萍和吴丽琪从未去过"干海子"，太忙了，要不是一个瞎了一个瘸了，或许这辈子也不会想起那片地方，更不会下决心去。她们在城里打拼，早已忘记要将自己的身体放出去，像放牧羊群一样，将自己的心也放出去。此次前往的真正目的，二人更是心知肚明——谁愿意中年残缺呢，谁都愿意平安顺遂到晚年。人只有生病了才会想到救赎，才会相信世上有鬼，相信天上有神仙，相信自然之中有一切可能要人命或者救人命的东西。

她们细致地盘点了行李和所需物品，除此之外，段青萍还必须安置好自己的老妈妈。即便老妈妈昼夜都在昏睡，可是，总得跟她道别呀。吴丽琪也是在段青萍与老妈妈说一些辞行的话时，才发觉了这个秘密。

老妈妈昏昏沉沉，眼睛睁不开，几乎是在睡梦中接受了道别。

六

就快到山顶了，已经可以看见"干海子"上面的雪山尖，雇的司机却怎么也不肯将车子开到山顶。

"我已经算是好心，换一个司机，根本不可能以这么便宜的价钱，将你们送过来。这条路烂得跟个婊子似的，你二人现在下车去吧，想办法自己走上去。我真不明白你们为什么要到这里来，瞧瞧你们的情况，哎，算了，这种话十分不好说，反正现在我说什么也不能继续开，再开下去，我的车子就直接报废了。请你们也同情一下我，理解一下。"

司机说完话，把车门打开。

段青萍和吴丽琪只好拖拖拉拉把行李弄下来，站在路旁。吴丽琪仰头望着司机，眼神中有祈求有责备也有感谢，说不清，时好时坏的神态。司机只看了她们两眼，方向一转下山去了。

吴丽琪只有一条腿和一支拐杖，段青萍因为双眼失明，等于身上所有的东西都是盲的，无法灵活地将她带到山顶。

"怎么办？"吴丽琪叹气道。

段青萍显得很勇敢。她摸索着拍了拍吴丽琪的肩膀，说道："困难的人生才有意义。到了这个地步只有往上走，别无选择。让我们两个像倒流水一样，像山沟里的水汽一样，往上蹿就行了。你可以的，我也可以，你只要给我指路，我扶着你，你也稳住我的平衡。"

段青萍很会给人打气，这是她的强项，当初受她鼓励的写作者不在少数，她会跟他们说，您一定会成为一个出色的作家，只要坚持写下去，您是可以的。当然，她也并不茫然地随随便便鼓励一个完全不适合写作的人，眼睁睁看他们继续困在这条路上像是自己的罪过，如果遇上这一类，她就会跟他们说，眼下您应该做的可能不是聚精会神地写作，而是好好过您的生活，想法子找一份踏实的工作，目前看来，写作可能并不适合您，或许将来适合，但眼下的的确确只会耽误您的前程。

"你很会给人打气。"吴丽琪忍不住夸赞。不得不承认，听了那些话，她瞬间有了信心。

段青萍苦笑一下说道："我过去经常给人打气。可事实上，你也看到了，事情落到我自己身上的时候，我也只会蹲在墙角抠墙灰。"

"不要这样说，人一辈子总有一些时候，勇气和信心都会耗尽，你能坚持到现在已经很厉害了。"

"这倒是。给你讲个笑话，听吗？"

"听。"

"我们边走边说。行李放到我背上，放心，我可以的，我有的是力气。早些年我能背一百多斤，你无法想象吧？我也无法想象。可能我一个人活在世上，必须要有很多力气，所以老天爷给了我很多力气。我的力气可以扳倒一只老虎。好啦，现在我们配合着向前走，你稳住我的平衡，告诉我前面有石头或者什么。现在可以了，啊对，就这样，我们配合得跟之前在城里走路一样顺利，很好，我的脚没有任何问题，它现在比我的脑子好使呢，没有随着眼睛一起瞎掉真是太他妈好了。

"我来给你讲那件有趣的事——什么？有坑，啊好的……噢，差点儿摔倒……你需要稳住我的平衡。

"我来给你讲那件有趣的事，故事有点儿啰唆有点儿长，但现在我们走路，需要放松心情呢。事情是这样的——

"我从前鼓励的那些人当中，什么'厉害'的角色都有。有一次，遇到一个白发苍苍的老爷子，抱着一大堆稿纸冲到我面前，往桌子上一放，然后严肃地对我说：姑娘，您一定要认真看完我的大作，这些都是我几十年的心血，一个字一个字写下来的，它内容丰富，绝对跟您从前看过的那些东西完全两样，这是我的大胆创新，也是写作圈里目前最紧缺的，我看过很多人写的东西，不怕您说我年纪大说话也大，我就这么跟您形容吧，那些人写的东西啊，实在像我孙子养着玩的那只蜗牛，爬啊爬啊，累死了也到不了人的心中。我的就不一样了，您一定会喜欢，一下击中要害，震住您。我跟您讲，您一定不要轻看它，不要随随便便翻两页然后跟我说什么不合适，不好看，不能发表，说这些没有意义，您既然选了这份工作，肯定有把握自己的耐力和眼力，一定要看完再给我回复，回复也一定不能草率；我跟您保证，它会让这份刊物畅销起来，会在文坛引起一场'大地震'。然后他擦干净脸上的汗水，几根手指抓一抓胡子，老猫似的坐在我对面的椅子上，那种自信和神气，也就只有到了他那种年纪和境界才会有。他在那儿等着我给他回答。我被震住了，确实，完完全全被震住了。几乎是抖着双手翻开了那堆稿纸，恭恭敬敬看了两页，然后我就从震惊中醒来了，长颈鹿似的盯着他看。怎么啦？他问我。我忍了又忍才说，老人家，您这个稿子我们这儿确实不能发，写得也太好了，不能发呀……发在这儿实在是拉低了您的档次。老爷子'啪啪'两下拍在自己腿上，从椅子上站起来，斗鸡公似的激动不已，近乎指着我鼻子说，怎么样，我就说嘛，绝对的好，哎呀我真是后悔呀，如果不是年轻时被生活耽误，早早地下笔写作，我现在已经拿'诺贝尔奖'了，张爱玲那个人说得确实对，出名要趁早，看我，活生生的例子，就是出名晚了……晚了呀。他就在那儿懊悔不已。我也懊悔不已。我为什么要因为害怕他有什么隐疾（高血压、心脏病什么的）而对他说谎呢？他写得真是太不好了。内容倒是'丰富'，丰富到令人发疯，什么东西都往里面塞，就像个大号垃圾桶似的，他的创新可能就是在其中突然把一句话砍成碎片，那些一个字、两个字、三个字地分行一路下来，就像尸块一样下来，把我的眼睛都要看瞎……哎……我现在怀疑我就是这么给弄瞎了。"

"然后呢？他怎么样了。"

"他高高兴兴抱着稿子准备出门，去找下一家刊物投稿。我追着他的背影忍不住跟他说，大爷，您没事干的话，去公园里找人跳舞也挺好的，别写了，累身体。"

"然后呢？"

"然后他震住了，很悲伤的样子，后面转成愤怒，又用骄傲的眼睛狠狠瞪我一眼，摔门而去。临走的表情就像他的大作那么丰富。"

"这个故事不怎么好笑。"

"对啊，我没讲出来的时候以为是个有趣的笑话。讲完了发现不是。"

"我笑不出来。"

"人类总是被他们的爱好成就，也被他们的爱好困住。爱好这种东西，恰好在所爱的东西上表现出天赋，爱好就会成为翅膀让其飞翔，如果在所爱的东西上没有天赋，爱好就是一座炼狱让其痛苦。"

"对，也让别人痛苦……哈哈哈。"

"我们到哪儿了？"

"快到了，已经看见了大半个山尖。青萍，天要擦黑了，我也快没有力气，果然是'无力气'，我的脚非常疲软，带不动另一条腿。"

段青萍停下来，放下行李。她已经感觉到了天黑，那种天擦黑的冷是她瞎了以后摸索出来的感受。只不过山顶的冷更为严酷，冷风不停地钻入鼻孔和嘴巴，说话也开始困难了。她们已经套上了薄款羽绒服。

二人只能暂时坐下休息，吃一些东西填饱肚子。天边的云彩已经变红，明日会是个好晴天；不过，也不能抱太大希望，雪山下的晴天该冷还得冷，太阳晒着也获取不了多少暖意。如果雪天来得早，顶多再有十几日，"干海子"周边的区域就会被大雪覆盖。她们这一趟可是商议好了，在此露营，等待奇迹。

吴丽琪想到了一个办法，用狗绳子绑一截木棍在残废的腿上，相当于假肢。拄拐试走几步，还挺好。这个"发明"让段青萍也很高兴。这意味着她们天黑之前——最起码天黑得不是太晚的时候，就能到达山顶。

七

这像是太阳睡醒后又降落的地方，草色似乎常年都是枯黄模样，贴地而长，浅短不已。山体到了顶部基本平坦，用"一马平川"来形容也不为过，飘带似的从这座山头连接到另一边，一路遥远地到达天边的无尽处，与天际云层相接。

枯黄色成了这块草原区域的基调，松树在雪山下面、在草原的高处，到了这里的松树已经无法再像山腰处的同类那么挺拔高昂，普遍偏矮，其中的杂木有一部分长成了面包树的样子，圆滚滚地掺杂于松林之中，它们高矮胖瘦相等，以山顶草原和雪山之巅为界的中间地带，从左右两边方向，一路延伸直到看不见踪影；晚秋的风已经带着严酷的寒意在草原上扫荡，灰尘犹如上一个冬天藏在草根下面的雪粒子，从浅草中扬起。人无法长时间瞪着眼睛看向某一处，必须不停地寻找避风港，可这儿没有避风港，小山包全是缓行的，像一个个蝴蝶结的疙瘩，无法真正用于避风挡雨。

也没有传闻中的清澈明亮、水域宽阔的"干海子"，摆在段青萍和吴丽琪眼前的，只是一眼圆形的，比家用池塘大不了多少的水窝，吴丽琪围着圆形的水窝走了一遍，以正方形的模式丈量，差不多直走三十步，横走三十步，就是这么一点点儿大的东西，不费吹灰之力就绕完一周。"这就是干海子？"吴丽琪感到失望，觉得残废的那条腿这会儿要彻底从大腿根部脱落下去，要散架了，心里泄气不已。与传闻中的"干海子"相差实在太远了。

"它这个样子也太小了，就跟我们在地上看到的天上的月亮差不多大。"吴丽琪跟段青萍解释。气馁的声调。

"水质怎么样呢？"段青萍眼睛看不见，而在这个时候，双目失明倒成了她的长处，在此刻的想象中，干海子就算是吴丽琪说的那么小,也一定美得像一匹马的眼睛。

"浑浊不堪。"吴丽琪说。

"嗯?"段青萍以为自己听错了。

"就是浑浊不堪。暴雨天泥石流冲到山下的那种浑浊,看不见水下有什么东西,完全没有一丁点儿清亮的颜色。"

"不是说有仙女……"段青萍话说一半,突然转了弯,"是不是走错方向了?也许'干海子'在别的地方。"

"不可能。就是这儿。它的旁边竖着一块牌子,上面有一排字写着:雪山之巅,草原之眼——绝美的无根之水:干海子。"

"广告倒是细致。"

"嗯,名不副实。"

"也许昨夜这里刚刚下了雨,所以水质不好?就算没有下雨,也一定是牦牛和矮马来过,毛羊肯定在其中滚过澡。一路上我们可是遇见不少打野的家畜,它们总得喝水呀。何况在这片地方,能看见水已经不错了,也许我们要求太高了。水清不清的,都是水。"

"是啊,看见水就不错了,还能怎么办。你这么一说我倒是注意到了,先前确实有一只受惊的毛羊从水边跑开。等一下找不到别的水喝,我们还得喝它,毕竟我俩此行的目的也是来喝它,内饮外洗,两个方法相结合,才能指望奇迹出现。只希望畜生的尿骚味儿不要太浓了。"

"还要等到月亮圆起来。你忘了我跟你提过,以前听一个老妇人说,必须等到月圆之夜才能又饮又洗,然后等待奇迹。她儿子的脚疾就是这样好的。"

"也不知道我们两个着了什么魔,竟然相信这样的话。你信吗?"

"我不知道。"

"我不信。这话我也是到了这个地方才敢说,我怕在城里说了,你就不来了。谁也不敢保证此行到底有没有收获。但我肯定不会有什么收获。我不是单纯的脚疾,而是一条腿截了肢,只有壁虎的尾巴断了可以重新长出来,没听说人的腿截肢了还能长出来。这是多瞎的话呢……啊,对不起妹妹,我不是说你,我是形容这话没有根据。但我还是来了,没办法,我抱着一种信念,希望此行给我一些力量。我需要力量。何况'无根之水'对我没有用,或许对你有大的帮助。世上总会存在一些解释不清的偶然的奇迹。希望奇迹在你和我身上照耀,让我们两个不幸的人,有活下去的勇气。"

"来都来了,信不信已经不那么重要,等待吧,明天晚上月亮就圆了。"

"是啊,来都来了。"

"你觉得冷吗?那边的高山上有一条灰白色的沟,从山顶一路滑到山脚,看样子那里曾经有水流过。你知道那座山叫什么名字吗?我细致看了一下,山形生得好怪,躺成一个人形，那条沟恰好在人脸的位置，一路滑下去，看着像一条泪痕。"

"干哭河——应该是这个名字。它从未有真正的水流通过，只是一条颜色显眼的灰白色山沟淌在那儿，让人以为是流水冲刷形成。我也是听人说，往年探险的人喜欢顺着'干哭河'的'泪痕'一路爬上去，再从那个地方绕到我们对面的雪山顶。我从前编辑的一篇文章里，有人这么写过。"

"你的工作经历这次可派上用场了，也给我带来了见识。它确实像一个人在干哭，没有泪水，深深的一条泪痕，看得人心里难过。"

"我们该找地方架上帐篷了。这件事还得麻烦你，琪姐，你可是我的救星，没有你，我到不了这个地方。"

"别说傻话，没有你我也到不了这个地方。"

吴丽琪开始搭帐篷，这顶帐篷可是花了她们不少钱，比不上最专业的探险者的帐篷，但是在天气不算很恶劣的地方，露营几个晚上不成问题。这一带也不必担心野兽，最凶猛的野兽不会到这片毫无藏身之处的浅草区域"谋生"，它们之中偶尔来一个两个，也仅仅属于此地的"过客"。这一点，段青萍早已心中有底。她过去编辑的"自然生态"栏目，有人专门写过这里的动物习性；即便不能完全依靠一篇文章就将性命托付出去，但根据别的"证据"，也可放宽心思，这里从未有传言猛兽伤人的事件，说明她从前看到的那篇文章内容非常真实。性情不算残暴的野兽胆子小，早已被经常到此放牧的牧民和一大群马匹、牛羊等等，驱赶到别的山林。

牧民们几乎将家里圈养的所有家畜都赶到草原上来了。就在吴丽琪搭好帐篷的时候，一只全身赘肉的老母猪，肚皮松松垮垮拖到四条腿之间，"刷拉刷拉"擦着地皮而来，后面跟着七八只小猪崽冲到了"干海子"旁边，它们哼哼着就要跳进水里滚澡。吴丽琪捡起石头打它们，它们才发觉这里已经驻扎了人。老母猪拖拖拉拉，边走边回头张望，一副不甘心不服气的样子，带着它的孩子们离开。

"有猪来抢水呢。"吴丽琪说。

段青萍张嘴大笑，说："是我们跟猪抢水。这里算是人家的地盘。"

吴丽琪也笑起来。

"天已经黑了，刚才那些猪一个个的好黑，一看就是经常放在外面打野，猪食都不用人操心，全靠自己在外觅食；全天然的'走地猪'，跟'走地鸡'一样，在城里卖得最好。"吴丽琪说。

"或许自由对牲畜也是有好处的，自由让它们的肉质香甜，但自由或许也不适合每一种动物，比如牲畜，人们给它们自由，只是为了杀它们吃肉，也为了吃起来口感更好。它们刚才吓了一跳吗？一定以为有人捉它们回去吃肉了。"

"老母猪可没有,它胆子比它的身子还肥。它不高兴离开。猪不会有这种恐惧感,在它们之中少了哪一个,它们都照样吃喝酣睡。我见过的家畜当中只有牛,它们会为自己被宰杀的同类流泪,哀叫,痛哭,眼泪像长河一样,哭得人心里升起罪恶感,只有牛是我见过的最悲伤的动物。这也是我不怎么吃牛肉的缘故,当然不是绝对不吃牛肉,不管在什么情况下我肯定是吃过牛肉的,然而至今不敢吃牛眼睛,觉得牛眼睛里全是泪水,就算煮熟了,煮熟的牛眼睛里也还包含着煮熟的泪水。"

"你比我更敏感呀,这种敏感是天生的,不因为身体残缺以后才是这个样子。好啦,我们说点儿轻松的话题。今晚有月光吗?这个时候。"

"没有。月亮像黑猪,躲在黑猪毛一样的天空里不肯出来。"

"明天它就出来了。"

段青萍钻到帐篷里。到了夜间,晚秋的山顶实在冷。幸好她们还带了保暖的东西。

吴丽琪也钻入帐篷,她到现在还很佩服段青萍的力气,所以她在开玩笑,喊段青萍为"段大力"。

两人说说笑笑,忘记了先前"干海子"带来的失落感。黑夜能将一切不完满的东西遮蔽起来。

八

没有半点儿月光,也没半点儿星光,夜色越来越浓,野鸟的叫声穿林而来,打野的牲畜们在草原上哼哧哼哧跑来跑去;夜风吹拂中,从遥远的地方带来几分雨水的气味儿。哪一边的山头肯定在下雨。高原的雨下起来与别处不一样,云朵们分散游离,一朵云包裹着满当当的雨水忍不住下雨的时候,另一朵云空荡荡的,无法配合也不高兴配合,即便两朵云都含着雨水,它们也不高兴挤在一块儿落雨,它们总是分散游离,在高天上各占一头,保持距离,导致地上人间,这里下雨那里不下,导致一个人和另一个人,这人淋雨那人滴雨未沾。

段青萍和吴丽琪现在就遇到了这种状况,她们各坐一边,段青萍在"干海子"这头,吴丽琪在那头,段青萍这一边没有下雨,吴丽琪那边下着比较稀疏的大雨珠,能将人的额头砸出很深的痛感。吴丽琪急忙跑向段青萍。

"我那边下好大雨。"吴丽琪抖着衣裳。

"我听到雨声了。"段青萍说。

"真倒霉,看这个天气,恐怕不会有月亮出来。"

"也未必。我小时候的记忆中,边下雨边出月亮的时候不少。"

二人坐下来等了一阵,之前吴丽琪坐的那一边的雨停了,那朵下雨的云驭着它的雨水飘到了另一侧山头。

就在吴丽琪准备起身去那边等候时,她们一起听到了脚步声——踩碎了干草叶的那种响动。

"谁?"吴丽琪有点儿紧张。她害怕猛兽出没。即便段青萍一再强调这里没有猛兽,可谁知道呢,段青萍的经验也是听来的。数据只能针对普遍性,不能针对偶然性。这个时候来一只猛兽把她们吃了,也属于很正常的现象,谁叫她们两个人到中年、身体抱恙的弱质女流,跑到雪山之巅、茫茫荒荒的草原上露营呢。

"除了我还有谁?你们两个没心肝的家伙!"

段青萍从地上站起来:"妈?"

"哦,亏你还认得老娘。"老妈妈语气中带着点儿满意的味道。

"孃孃,您好。"吴丽琪想上前扶一把老妈妈,又不敢。她从未想象过,自己有一天会和一个死者对话。

"你想过来扶一把就来扶,小吴啊,我跟你说,你心里的杂念不要那么多。死后游离在世上的人多了去——当然你可以不信——如果你在路上遇见一个陌生人,她不告诉你她死过了,你会知道吗?如果我不是段青萍的老妈,她不跟你说她妈妈已经死了,我单独与你相遇,我说我活得可好了,你会不相信吗?所以说,谁能保证自己每天遇到的是人不是鬼。你啊,想明白了,心里就不那么复杂了。是人是鬼不重要,重要的是比如现在,你们两个需要帮助的时候,一个活人也靠不上,反而是我,给你们送来了好吃的。"

"好吃的?"吴丽琪两眼放光,仿佛黑夜不黑了,一盏大月亮照在头顶。

段青萍也伸出手,因为她已经感觉到老妈妈走近她,伸手要拍她的肩膀。老妈妈生前就喜欢拍人肩膀。

"也只有你们两个会相信洗眼睛、洗脚这种说法,洗洗就能好的话,所有山顶的海子都会变成洗脚水。这种话,鬼都不信。"

"妈……"

"好啦好啦,你信我就信。可能我也应该相信,我从未想象过有一天还能从墓园里逃出来跟你见面,现在不仅见面了,还能为你做点儿事情。可能很多事情我们能做到,就是因为有信心。信心是个好东西,有时候哪怕根本看不到一点儿希望,但是信心很重要。"

"嬢嬢,您带来了什么好吃的?"

"哦,有烤乳猪,也有煮熟的坨坨肉,还有生土豆和熟土豆。熟的直接吃,生的,你们自己想办法。为什么你们不生火呢?"

"嬢嬢,我们在等月亮出来。"

"等月亮?这种天气哪里会有月亮。"

"但我们必须等月亮出来。"

"好了知道了,你们要照着月光洗眼睛、洗脚,是不是?"

"是,但现在的确连个鬼影子都没有。"吴丽琪答得很小声。

"怎么没有,我不就是鬼么。"

"我不是说您……"

吴丽琪接下老妈妈的背篓,从中拿出许多装得鼓鼓囊囊的塑料袋,里面都是吃的。

"我可是一分钱也没留给你呢,这些东西怎么来的?"段青萍问老妈妈。

"这你就不用管了,我的小乖乖,难道我会告诉你,这些东西都是你的老妈妈,我,亲自去讨的吗?"

"啊?你去当叫花子啦?你为什么要去当叫花子?"

"啧啧,我就知道你不高兴。是不是觉得我丢你的脸啦?我跟你说,没人认识我了,认识我的人都在墓园里关着呢。"

"我只是意外。你活着的时候可拉不下脸。"

"噢,那你就是为此高兴咯?你说得也对,那时候我确实干不出来。那时候我对生活极其讲究,也许一文钱逼死老太婆吧,没有办法,我不这么干,你们就得饿肚子。我知道你们带的吃食不够丰富。就那么一些压缩饼干,哪怕饿不死,营养充足,却过不了嘴瘾呐。人必须眼睁睁看着各种丰富的食材吃下去，才会真正觉得满足。"

"你都那么老了，真是……"

"就因为我这么老，这件事才这么顺利，可怜兮兮往饭馆门口一站，人家看我破破烂烂的，摇摇晃晃的，都怕影响他们的生意；他们给我许多吃的，要什么给什么，加上饭馆里吃饭的客人也奉献了一些，我就满载而归了。你也知道我们居住的小城市，人人都怀着一颗善心，讨点儿吃的不成问题。你要是到了我这个年纪，你也会发现人老的好处。我跟你们两个说啊，就他们给我饭菜那会儿，我简直就在想，要不，就不去墓地了，躺在那儿早晚会腐朽，不如再次出山，游游荡荡地过一辈子也挺不错。我准备凭双手讨饭，拿去给那些吃不起饭的人，你们不要不承认，总有那么一些人，吃饭都成问题。我不是指你们两个。你们两个不是吃饭有问题，你们是身体有问题——别怪我嘴臭，我觉得你们可能脑子也有问题。我这一趟来，送给你们吃的，然后就去完成我的愿望了，我已经想好了，反正，我找到了比躺在墓园里昏昏欲睡更有意思的事情来做。"

"妈妈，你可要想好了。"

"我想得很透彻。"

"可能不是每一个人都愿意接受别人的剩菜剩饭。"

"但总有人会需要，你们两个现在不是吃得挺开心的嘛。"

"我是担心万一有人吃出个什么毛病，会大大地怪罪你，怕你好心办坏事。他们可能会说，既然有心做好事，为什么不直接给他们钱，或者请他们下馆子，反正，总会有话说。"

"我不信。"

老妈妈固执地走开，走到了吴丽琪身旁。

段青萍被困意席卷，就像被人故意撒了一把瞌睡虫。

"嬢嬢，我真为您感到高兴，您找到了梦想。"吴丽琪终于鼓起勇气握住老妈妈的手，发觉对方的手非常温暖。

"小吴啊，我知道你的工作是给人算账。"

"嬢嬢，是会计。"

"就是算账嘛，称呼不同而已。你能做这个工作，说明你脑子很清醒，性格应该很冷静，当然我也没看出你哪里冷静，你看上去比我那个经常跟文字打交道的女儿更敏感，我还是要跟你说，敏感的人活得不快乐，容易钻牛角尖；我再跟你说，任何事情都可以慢慢扛过去，在这儿散散心就行了，回去好好休养身体，然后重新找工作，别的不要想那么多；也别等月亮出来，你看老天爷的脸，它像是要出月亮的样子吗？我走了，你们两个好好的，尤其是你，你要好好的，说也奇怪，我总觉得你这一趟来，不是为了寻找什么奇迹，也不是为了散心，你是不是……好好好，你不用捂我嘴巴，不让说的话坚决不说，我可是非常尊重别人的意愿的，不管怎么样，你可是我女儿的眼睛，算我一切拜托你，吃完东西早点儿休息,然后回城里去。"

老妈妈说完就走,没跟段青萍告别。段青萍还陷在她的睡梦中。

吴丽琪非常恍惚,也十分困倦,对于老妈妈的突然到来,都分不清是在梦境还是现实。不过,她心里突然明朗起来,对这次旅行的目的下了最终的决定。她很悲愁地看了一眼段青萍,当然,没有月光的黑夜中,她什么也看不见。只有无边的绝望,无边的孤寂。

九

段青萍做梦也没想到,吴丽琪会淹死在"干海子"。第二天早晨一个牧民的孩子到河边洗脚,看到了告诉她的。

"你的好朋友死了。看样子是昨天后半夜死去的。我知道她是你的朋友,你们经过我们村庄路口那天,我亲眼见过她。"牧童说,他说得轻描淡写,就像看到的不是一个淹死的人,而仅仅是一只小鸡崽。

段青萍双手发抖,也不知是因为听了这个难以置信的消息还是昨夜山风太凉。双手抖颤的她,半天才握紧拳头,问道:"她还有救吗?"

这话出口就把牧童给逗笑了。

"狠心的小崽子。"段青萍脱口说道。

"她反正已经死了嘛。"牧童没有收住笑。

"你是谁家的孩子？教得这么无情。"

"说了你也不认识我爹妈，就不要问了。我看得出来，你这位朋友就是来寻死的。'干海子'这点儿浅水，她走到中间站起来，水位也不会盖过她的肩膀；但凡折腾几下，也能活命。你没有听到她挣扎，没有是不是？那就证明她根本不想让你发觉，一心求死。"

段青萍想了一下，牧童的话很有说服力。昨晚后半夜她半点儿声响也没听见，吴丽琪只跟她说，要去帐篷睡觉了，然后就再没有听到她的声音。后来她自己也睡着了，就算吴丽琪临死的时候本能性地发出一点儿响声，也很难传入做梦人的耳朵。

段青萍心情灰暗，她的世界本身已经黑了，这会儿直接连感觉都是黑的。以她目前的情况，回到城里还得费不少心思。

"你今年多大了？"段青萍问。

"很大。"牧童说。他语气里始终透出吊儿郎当的味道。

"很大是多少？"

"大概十三年。"

"十三岁，还小着呢。"

"不小啦，我爹在我这个年纪可厉害了。"

"为什么你不知道精确的数字，要用'大概'这样的字眼？你也不说十三岁，而说十三年。"

"我不知道。但我爹说，人在世间其实没有岁数，人的岁数不足一提，只有活了多少年，以'年'来计算。有人活了八十岁，但其实，他自己可能觉得只活了二十年。就是这种意思。我现在还小，活了多少年就只能算多少年，我爹说，人只有活得越久，苦闷的日子经历得越多，越知道自己到底活了多少年。"

"我明白了。你爹这个牧民倒是挺有意思。他们人呢？我是说，你爹和你妈妈。"

"他们放羊、牛、马，一个在这片山，一个在那片山。具体我也不清楚。我们一家三个，互不打扰，各有各的事情做。我妈很少回家，只有她很想念我的时候，才会跑来看我一眼，然后就走了。我爹每隔几日回来，他比我妈妈对我更上心一点儿，大概因为我是个男孩子，他担心我这么跑来跑去万一被熊叼走了。这儿对面的那片山，有熊。"

"你放什么？"

"我放猪。"

段青萍忍不住想笑，但是，她不能。水里还泡着吴丽琪的尸体呢。她现在跟他聊这么多，是想了解这是个多大的孩子，包括他的身高，有没有水性，肯不肯帮忙把吴丽琪从水里捞出来。再然后，她得想办法让他去报案，一个大活人突然死在这里，总要有人来处理。起码得洗脱她的嫌疑。毕竟吴丽琪是跟她一起来的。

"昨天我们看到一头老母猪，是我的朋友看到的，那时候她还活生生的，我也没感觉出她有寻死的心。她还看到许多小猪崽跟在母猪身后。天黑的时候它们跑到这里，它们在打野，到这儿寻水喝。你从来不把它们关起来吗？"

"对，那就是我放的猪。为什么要关起来呢，我爹说，所有的动物中，只有人喜欢把自己关起来，还喜欢管闲事，把别的动物也关起来。"

"你爹像个诗人。"

"我爹就是诗人。他教我读书识字，画画，画草原上的……你们。"

"我们？"

"就是和你一样到这儿的人。都是从外面来的，有些来自你那个城市，有些来自别的城市，有些也来自别的我不知道的什么地方。反正'干海子'每年都会来一些人。各种各样的原因。有探险者，探险者喜欢挑战世上最难走的路，攀爬最险峻的山崖，像你朋友这种状况的，我也见过好几个，男女都有，都是第二天我来这里考察我的那些猪有没有到水边喝水时，看到他们死在水里，在水里泡着，有些面朝上，白白的肚皮露在水面，像胀饱了水的鱼肚子，有些面朝下，用黑乎乎的后脑勺对着天空。我不知道他们是因为绝望还是因为太喜欢这个地方，我爹说，世上的确有那么一些人，当他们太喜欢那个地方，灵魂脱壳而出，他们就会决定不要那烦琐的躯体，解开束缚，死在那里。只有孤寂的人，才会想到将生命托付给无边的孤寂，那是灵魂最极致的回归，是一种说不清楚的幸福感。我爹就是这么跟我说的。这些话就像生根石一样长在我心里。"

"你复述得就像你爹本人在这里说话。你不像是只活了十三年的人，像是活了很久。"

"十三年已经很久了。"

"我都不知道我活了多少年。"

"这有什么关系。很多人也不知道呢。"

"我朋友大概是因为不知道活了多少年才寻死的。"

"看样子是。她平时的生活中，肯定也比较脆弱。"

"她和我一样，因身体残缺丢了工作。她害怕孤独，比我更怕孤独。这个我可以肯定。她总是说一些特别有信心的话，心里却一点儿也不勇敢。"

"我看她不是孤独，是太要强了。要强的人有时候也活不好。一旦坚信自己活不好，就会找个好地方把自己给结果了。你朋友可能就是这种。我现在的看法就是这样。"

"你倒是挺会分析。将来说不定比你爹更聪明。"

"我妈也是这么说的。"

"你妈肯定很爱你爹。"

"这我不清楚，没问过。"

"你这小孩子，说话更有意思。"

"你放心吧，你会活得好好的。"

"你还会预测吗？"

"当然啦。见过许多鸟兽的人，眼睛和心就会与众不同。我爹说的。"

"又是你爹的名言，你爹可真会说话。"

"你好像很欣赏他。"

"不否认。通过他的一些话，觉得他是个很有意思的人。"

"我也很欣赏他。但我妈说，很有意思的人有时候最没意思。我劝你还是不要欣赏他了。现在我们应该做的是，怎么把你朋友捞出来。然后你要报案吗？我想你肯定要报案，不然怎么证明自己的清白。毕竟你的朋友是跟你一起来的，还死在你的眼皮子底……面前。"

"啊，天呐，我跟你说那么多，就是在等你这句话。但又不好开口，你毕竟是个孩子，也不知道你的水性，更不知道你的身高和力气。如果你足够高，没有水性也可以走到水位合适的地段，用棍子把她往岸边赶。"

"你根本不用觉得不好意思，'干海子'里的尸体都是我捞出来的。凡是我看见的，都是我捞出来的。我把他们都葬在了'大河坝'边上——当然是在官方处理完之后，无人认领的遗体，都葬在了那个地方，现在那儿基本上可以称为

'公墓'——就是雪山下面那排松树脚下，与草原相连的那条河沟边。那条河就叫'大河坝'。"

"你不提起，我都忘记这儿除了'干海子'还有'大河坝'。说起来，它也是'无根之水'——天呐，我突然想到，会不会它才是'无根之水'？我跟我的朋友就是冲着'无根之水'来的。据说它的水源头就在雪山之巅，从那儿某个洞口里冒出来，由松树脚下一路流向'干哭河'方向，再往前一些的山边，突然就没有了踪迹。山下没有人见过这条河水。"

"你了解得很多嘛。"

"我以前的工作天天跟文字打交道，负责看别人的文字。看到过关于'大河坝'的介绍，它的名气以及在那些文字中出现得太少了，导致我没有太大印象。我真是太粗心了。"

"你说得不错呀，它就是'无根之水'。当然这是你们外面那些人给取的名字。在我们这里，只叫它'大河坝'。"

"啊？"

"有什么可奇怪。"

"那我的朋友不是……"

"死太急了，对不。"

"我也不知道该说什么了，命运果然对每一个人都不一样。"

"其实是一样的。只是每个人坚持的程度不一样。"

"你又说大人的话。总是说一些比我们大人更成熟的通透的话。"

"我是打野长大的人，说话不绕弯子，你听起来觉得新奇罢了。我也见过大大小小的野兽，不算个纯粹的傻孩子。"

"你倒是很能掌握自己的底气。"

"我爹说，知道的就是知道，不知道的就是不知道。"

"你叫什么名字？"

"我没有名字。你可以随便叫我。比如说：十三年。这也算是个称呼。"

"那明年你岂不是要叫'十四年'。"

"对。明年又是明年的称呼。"

"你可以帮我把朋友葬到'大河坝'吗？我是说，请你帮我去报案，等他们处理完了之后，如果没有她的家人来认领，就把她葬在河沟边。我觉得她应该很喜欢这个地方，不然……她为什么要死在这里。其实我也不十分了解她，我们只是住在城里同一栋楼，她住在一楼，我住在三楼，我不认识她的家人，我们这一趟结伴出来，没有跟朋友和家人说，现在她死在这里了，我也不知道怎么去寻找她的亲人。她有没有亲人我都搞不清。照现在这个状况，就算她的亲人找来了，她也等不及。她会腐烂，会引来不该来的野兽。我想请你将她捞出来之后，立刻报案，希望这件事早点处理完，我不想她被野兽吃了。"

"你算是说到重点了。就算没有野兽，家畜也会把她吃干净，剩下一点儿残渣剩骨，还会被鸟雀啄食。到时候清理起来更麻烦。我可不喜欢做事情拖拖拉拉，你放心，我会利索处理，骑一匹快马下山就行了，你信不信，我的马是被神仙祝福过的，它跑起来又稳又快。"

"那太好了。十三年，你下水了吗？"

段青萍听到水响。

"放心吧。"十三年说。

他的声音像是从水底冒出来的。

"你小心一点儿。不行的话，找一找别的牧民帮忙……你还有朋友在附近吗？"段青萍追着说。她可不希望这么聪明的孩子出什么事。如果可以的话，她还希望他能当一程她的眼睛，送她到山下。只要到了山下，她就能搭上回城的车子。

"放心吧。"十三年又说。这回声音清亮，不像是在水底了。

十

"大河坝"的水流量小得跟名字完全不匹配，以外形命名的话，随便取一个"山间小溪"足够了。

它的气势倒是挺大的。可能给它取名的人，依照的也不是水流量，而是周围衬托它气势的环境、带给人心灵的震撼。

顺着大河坝一路至少三公里，两旁杂木始终像长长的拱桥，将河水围护在脚下；杂木林灰扑扑的，无一片哪怕枯萎的树叶，每一棵树都只有拉拉杂杂的枯枝，像是在它们身上从未长出过一片嫩叶，仿佛死去多年，但伸手折断，却又看见其中鲜活的内里，才知道它是活着的，只不过活得无比灰暗，让人看不到丁点儿活的样子。人可以踩着杂木拱桥下的河水一路穿行，直到河流突然向下，往"干哭河"脚下的石沙里一钻，就不见了。而逆行追溯，看到河流从雪山之巅流下，从那么高的地方下来，沿途却没有形成瀑布，顶多在遇到即将变成水晶石的大石头上，细流变宽变薄，淌过石身，垂落成水珠，还没到形成瀑布的样子已经落到石头底部。

杂木林里遍地鸟粪，水下彩色石头被阳光照耀，红色居多，白色偏少，青蓝色的石头数量更少一点；青苔以及一些水生植物附在浸泡于水里的树棍上，挑起来就像水妖的长头发。

段青萍摸着水，也将青苔抓了一些放在脚前，她很感谢十三年将她带到"大河坝"水边。十三年将吴丽琪的尸体埋葬在水沟旁，是几天前的事了。现在，十三年在水边洗手，她听到洗完后擦手的声音，又听到向她走近的响动，坐在她身旁。

"你可以放心了。吴丽琪是个孤儿。他们都查清楚了。你也跟他们说了你所知道的一切。死者也入土为安,你不是说,她喜欢这个地方吗?她可以永远留在这个地方了。你为什么还不开心呢?"十三年说。

"我不知道她是个孤儿。"

"反正,你不用担心有人将吴丽琪的死怀疑到你头上。"

"我倒是没有这么担心。我不知道她要寻死。我是惊讶,她从未跟我提起没有亲人这件事。"

"她自己写的遗书上说得很明白呢。确实是个孤儿。官家也查得很仔细。她将遗书写好了用防水的密封胶袋装着,挂在脖子上,大概是为了让人看到以后,读给你听?她说十四岁那年,她住的山区发生了泥石流,父母被大水冲走了,死了。"

"我心情很复杂。"

"嗯。"

"十三年,你觉得我要相信奇迹吗?我和我的朋友,是来这里寻找奇迹的,我希望我的眼睛可以重放光明,而她希望她的脚……"

"我爹说,如果你相信奇迹,奇迹就会来找你。说不定明天早上一睁开眼睛,你的眼睛就亮了。"

"你爹就像个奇迹。他一定是从城市里来的吧?"

"不。他说他从未去过城市。"

"我真不知道这里还有没有奇迹,说不定奇迹像一个皮球,早就从这片山顶滚下去了。"

"你这是悲观的看法。我倒是觉得奇迹就像太阳,在这里升起,也在这里降落。你看这儿的草原——我是说,我眼睛里看见的这片草原,并非是无望的枯色,而是阳光的暖意像一件朴素的旧衣裳,始终铺在这片土地上。你虽然看不见花朵,总是看见那些树木的骨头,草的枯黄,遍地的灰山石,'干海子'以及'大河坝'的浅水,可是你心里却非常激动,是一种寂静的激动,不是爆发性的,不是冲动的情绪,是一种发自于生命深处、舒适的激动。"

"十三年,你的声音怎么变了?"

"哎,是啊,我的声音变了。我还是控制不了自己,终归要回到我自己。但是我没想到,我还能帮助别人。"

"你在说什么呢?你怎么了?你是谁?"

"我是谁,我怎么了……是啊,我怎么了?"

"我不管你是谁,你不用装鬼吓我,你只要告诉我,十三年去哪儿了。"

"是啊,十三年去哪儿了……"

段青萍惊慌地从河边站起来。她听着那颤抖而伤心的声音,就在她的左手边,于是她转向左边,面对着跟她说话的人。

"你到底是谁?那个小孩去哪儿了,请你告诉我,先前他送我到河边。就在刚刚，你说话之前我听到的都是他的声音。我不知道发生什么了，突然就变成你的声音了。不，也许是……十三年，莫非是你在模仿别人说话？你不要捉弄我，我只是一个瞎了眼睛的人。"

"我不会捉弄你。我就是我。我不是十三年……可又的确是他。你听到的十三年的声音是我模仿的。你也可以理解成，我就是十三年。"

"你差点儿把我绕晕了。那你是谁？"

"我是十三年的亲爹。"

"啊？"

"很惊讶吧。"

"是很惊讶，简直不敢相信，你为什么要模仿你儿子的声音？"

"因为他死了。"

"呃……"

"就是这样，他死了。"

"我不知道怎么安慰你。"

"不用了。悲剧面前，什么安慰的话都会显得很无力。我每天都在模仿他生前说话的样子，他生前喜欢模仿我的语气，他把我看成世上最有智慧的父亲，我的话他都能背下来，他非常聪明，能写能读，所以现在，我也模仿他模仿我说话的语气。"

"我说呢，一个十三岁的孩子，怎么会说出那么一些……沧桑的话。孩子的妈妈呢？"

"不知道。也许就在这片山上呢。但我不知道她在哪儿。"

"你不担心她吗？"

"说不清。"

"你不找她？"

"不找了。"

"就是说，你寻找过。"

"对。寻找过。"

"你其实知道她在哪儿吧？"

"你问得太多了。"

"你的语气很孤独。"

"没关系。我有独处的能力。"

"我相信你有独处的能力，一个人放牧，没有独处的能力根本没办法在这里生存。真遗憾，我的朋友没有坚持下来。她的情况其实没有我糟糕。她完全可以活下去。"

"你还有更难过的心事吧？在你的脸上布满了不开心的神态。当然，我也看得出来，你很顽强。"

"我确实有一件烦心事，但如果跟你说，我死去的妈妈回来让我给她缴纳护墓费，你会觉得我在说疯话吗？事实上这一趟出门，我都搞不清自己真正的目的，我可能只是出来散心。突然瞎了,这件事我没办法一下子接受,再加上背后还追着一只讨债鬼,让我日子更艰难。我特别不想待在城里的房间,觉得像个囚笼。"

"我不感到吃惊。因为就在昨天晚上,我遇到了你的妈妈。是她跟我说的,她是你妈妈。"

"她跟你说什么了?"

"让我不要害怕她,虽然她死了,那也是她告诉我她死了,如果不说自己的身世,谁也不会知道自己遇上的是人是鬼。你妈妈说话特别有智慧。"

"智慧?噢,可能她也觉得这几句话特别有智慧,见个人就要复述一遍。她找你做什么?"

"她跟我说,让我帮你把朋友的尸体好好安葬。如果可以的话,让我照顾一下你……就是当你的眼睛——哦,你不要误会,我是说,我可以送你到山下搭车回城。"

"这回算是替我分担了一下。她人呢?"

"哭着走了。"

"你不会是看错了吧,我妈从来没有哭过。"

"反正她是哭着走的。她还说了一些话。"

"什么话?"

"我记得不太仔细,她好像是在抱怨做好事特别艰难,不是每个人都需要剩饭剩菜。"

"这么说来,我和吴丽琪上次并没有做梦,或者就是做梦,哎,我也说不清,反正她去讨要食物帮助别人这件事,也不知道她是在梦里还是现实里跟我说的,我对这个事情有印象。我就知道她要碰壁。她的样子一定很狼狈。"

"确实不太好看。头发上沾着一些饭菜的汤汤水水,油腻腻的,好像被什么人朝着头上浇了一碗汤?"

"那我就放心了,活人的事情活人都管不了,她如何管得了,这会儿她一定安安静静躺在墓地里疗伤呢。一个失去理想的死者。"

十一

段青萍从睡梦中醒来,已经是大清早了。她推开窗户,闻到从月亮湖那边飘来的草香气。湖边正在修剪草坪。

上次来收缴护墓费的那个人在门口喊话:

"段女士,逃避是没有用的,请您认清事实,早日续交费用,早日让您的母亲大人安心。"

段青萍觉得这些话听着十分难受,仿佛自己干了什么伤天害理的坏事,被包围了。

"段女士,百善孝为先……"

"段女士,您的眼睛看不见了也不能逃避现实。"

"段女士,您应该想办法解决问题,去求助,甚至……比方说……盲人也有盲人的出路。"

段青萍听不下去了，摸到床头柜跟前，打开一个抽屉，拿出一个塑料袋。然后去开门。"进来吧。"冲着门口说。

那人走进门，坐在了沙发上。

"你要喝杯水吗？"段青萍问道。

"女士，您今天看上去气色很好。"那人说。

"是很好，想到今天之后就不用再听到你鬼哭狼嚎的声音，气色就好了。我把钱给你，以后不要再来烦我。"

段青萍将塑料袋递过去。

"原来您早就准备好了钱！"

"这是我用来给自己买房子用的首付款。现在没有了。中年人，又瞎了，生活完全断裂。"

"您不要伤感，没准儿明天一早醒来，您的眼睛就亮了。"

"你这话我已经在别的地方听过。"

"听过同样的话吗？"

"是啊，同样的话。"

"可能世界上所有安慰人的话都差不多，几乎一模一样。"

"你很会说话。收据写好了吗？"

"好了，您要看一看……对不起！"

"不用。收据给我吧。"

那人出去了。这件事算是了结。

段青萍坐在沙发上长出一口气。觉得屋子里好安静,好黑,是比看不见更黑的那种黑。

听到另一间卧室里传出来打呼噜的响声。段青萍吓了一跳。是一个男人的呼噜声,不是她熟悉的老妈妈的呼噜声,就更吓得不轻。

段青萍走到卧室门口,呼噜声没有了。那个人似乎醒了过来,听到翻身的响动,紧接着,那人似乎从床上坐了起来。

"青萍,是我呢。"

段青萍听出来了。是那个牧童的父亲。

"牧羊诗人?你怎么在这里?"她把牧人称为"牧羊诗人"。这算是她给他取的名字。反正他也从未告诉她,他的真正名字,哪怕像牧童那样,给自己取一个"十三年"这样的称号,也没有。他以前可以叫"十三年",身份识破以后,总不能再用这个称呼。他也没有拒绝,一次也没表示反对,似乎对"牧羊诗人"这个名字还挺满意。

"很惊讶吧?"他说。可能是带着微笑说的。

"你不是把我送到山下就回去了吗?"

"你忘了,是你让我跟着来帮你收拾东西的。"

段青萍仔细回想,一拍脑袋想起了之前的话。她的确让牧人送她进城,收拾东西到"干海子"的草原上放牧。她准备用缴完护墓费剩下的钱,换一些羊,在那儿放牧,去过最简单的生活。

"看来你只是一时冲动决定的。没关系，理想跟现实，隔着万重山，我理解你的心情。"牧人说。

"不，"段青萍神色忧伤，又夹杂着几分坚定，说道，"不是冲动，我是认真的。"

"从你此刻的脸上，我看见你灵魂里的苦痛。青萍，我觉得你应该去草原上住一段时间，如果你愿意，可以住一生。可是很多人住不了一生。要舍弃一切去当一个单纯的牧人，太难了。"

"也不难。比如现在，还有比瞎了更糟糕的事情吗？何况我没有结婚，我一个人生活，一个人是最简单的，无论生活怎么深陷你，始终只深陷你一个人，如果我结婚了，生活就会深陷两个或三个，甚至更多个，与我扯上关系的所有亲人我都得顾及，我便不是我一个人了，我和很多个人联系在一起，与他们捆绑起来生活，一旦我要抽离自己，他们就会松松垮垮，就会一起将我劝说，将我拉回到他们之中，重新将我扎扎实实地捆绑，让我把那个缺失的'坑'填满，可能比之前捆绑得更紧，因为他们都知道了，我是曾经想要逃离的一个。所以我很庆幸，我始终一个人生活。"

"一个人更不容易。你知道的。"

"是的。我知道。可能就是长期一个人生活，日子过着过着就瞎了。你说，什么样的日子不会过瞎呢？"

"我不知道。我只是比较喜欢在'干海子'周围的草原上放牧。"

"我喜欢你喜欢的那种生活,有时候,我在想象,过这样日子的一个人,会长成什么样子呢?不管什么样子,一定是最好的样子,起码你的灵魂是最好的样子。你过的日子,一直是我从前想往却没办法过的。现在好了,眼睛一瞎,似乎什么日子都可以接受。"

"那你想好了吗?"

"想好了。我要去过你那样的日子。"

"想象和现实有区别。有时候我也怀疑,我过的日子,没准儿是世界上最坏的日子。"

"还能坏到哪儿去呢。"

"你这有点儿破釜沉舟的味道了。"

"就算是吧。你从来没有进过城市吗?"

"不记得了。有可能我是从城市到草原上放牧的,也有可能,我生来就是牧人。人活得越久,记得的东西越少。"

段青萍笑了笑,没说话,开始收拾东西。她看不见,但对房间的一切非常熟悉,很快将包袱打理好了。

十二

现在她不叫段青萍了,她有了新的名字:五年。五年是她到"干海子"生活的时间，从"一年"到"五年"，已经换了这么几个名字。明年春草发芽，她又会有新的名字：六年。

可是没有人叫她"五年"或者"六年"。牧童的父亲——"牧羊诗人"，也总是喊她"青萍"。她不知道，是她把他改变了，还是他把她改变了。

放牧是辛苦的，前三年摸爬滚打，跌得满身是伤，羊群在她看不见的草原上。好在"牧羊诗人"一直陪伴在侧，现在她已经分不清他们之间的关系了，像恋人，又不完全是。或许人间最好的关系，就是模糊不清，她爱不爱他不知道，他爱不爱她也不知道，这种"不知道"才是永恒的。谁也不担心失去谁。

段青萍觉得幸福。但她从未真正表现出幸福。幸福是不能展现在阳光下的，它会融化。

每隔几日，感觉到暮色渐深，段青萍就到吴丽琪的坟上添一把新土。有时候她觉得，她已经可以看见东西了，就像"牧羊诗人"说的那样，她的眼睛肯定早就亮了，只是不敢睁开。

她确实不敢睁开眼睛，准确说来，是"解"开眼睛，来到草原生活的第一天，她索性给自己戴上了一副真丝眼罩。她认为这是非常理智的，认为世上好多东西都经不起细看，害怕解开眼罩眼睛看到心里所追求的幸福生活的样子，与过去城市里生活的样子别无二致。她不能不承认，内心的强大还不到最高程度，还不到解开眼罩的最好时机。只要时机成熟，只要内心不再逃避，她就会毫不犹豫亮出双眼。只不过眼下，她必须闭上眼睛，只要闭上眼睛，日子就有了单纯的安全感，就觉得自己无比富饶，就觉得在一大片草原上，她一个人，拥有了一大群干干净净、理想主义的山羊；而孤独，也不再难以忍受。

少女鸟

我从高楼的窗口跌落那会儿,妈妈像抓鱼一样捞了一下我的"尾巴",她没有捞着,于是我才会在后来的坠落中发觉自己变成了一只鸟。

我本来是要摔死的人,惊吓和绝望中的变身使我看到了一点希望,最起码我知道自己以别的方式存活下来了。

我变得不是特别好看。"糟糕的孩子!"——如果妈妈知道我会变成这样一只丑丑的鸟,她一定会这样说。

我变成了一只麻雀——又丑又小。

妈妈并不知道在我身上发生的转变,她一个劲儿地哭,攀着窗口往下看那已经不算是真的我——那具虚空的尸体……我只能以"虚空"去形容。她尖叫了好几声。一般人只尖叫一声。大概因为她特别爱我,一声尖叫不足以表达痛苦和爱意。

她的眼泪像雨水一样滴落,在十四楼的窗前。

我在十四楼对面的空中拍着翅膀，保持在与十四楼平行的高度。我第一次感受到有翅膀的好处，也是第一次觉得，作为有毛的动物，可以如此洒脱，如此快乐，摆脱了作为人类的苦痛。

当然啦，我也想说几句人类的语言，这是坏毛病；但是不能了，我嘴里喊"妈妈"的时候，咕嘟咕嘟地，只蹦出来两个字——吱、吱。

妈妈跪在了地上，哭得像个傻瓜，鼻涕掉进嘴里也不知道擦干净。她有洁癖，但这时似乎没了。

我在十四楼上空飞了一会儿，再回到与十四楼窗口平行的地方，发觉妈妈已经晕倒了。

许多人在楼下喊叫——许多熟人在喊叫妈妈的名字。

——黄莺、黄莺、黄莺……你闺女跳楼啦！

——他们的声音像沙子在楼下铺成一片。

许多人看见我死了，但是我没有，我变成了一只鸟。他们不知道我已经变成鸟。

我停在窗户跟前，也喊着这个名字——黄莺、黄莺、黄莺……妈妈，我现在是一只鸟！

多么悲伤啊，我还遗留着作为人类的时候留下来的伤感，先前那种作为鸟类的快乐像我身上的羽毛一样短。我不知道该如何处理这种情绪，"吱吱"地大叫了两声。

妈妈晕倒了，她听不见我的任何喊叫，就算听见了也不会听得懂，谁会相信一只鸟在跟自己说话呢。

我是一只少女鸟，我能感觉到自己的年龄，我的翅膀在鸟类中不算特别有力，但极有飞翔的天赋，毕竟再小，那也是一双翅膀嘛。我还可以将翅膀贴在玻璃窗上，紧紧地，模仿人类的十根手指，抠住玻璃窗不让自己掉下去。

我想跟妈妈说话，就在"抠"住玻璃窗的时候，想起很久以前，妈妈站在窗边我的身后，几乎像是抱着我，指给我看远处天边的彩霞。那天她心情很好，我也很快乐。

妈妈在哭——不，她晕倒了，眼泪还挂在眼角。

她是个好强的女人，又孤单又寂寞，爸爸死了以后，她从未想过好好地去过自己的日子，她把所有的希望都放在我身上，把我的姓氏也改了跟她姓。可能世上所有的妈妈都是好强的人吧？

妈妈希望我是个天才。

有一天晚上，我是说，我还没有变成少女鸟的时候，妈妈希望我是这个城市最给她长脸的人。当我勉强在学校考试考到第一名的时候，她高兴得就像终于有人跟她说：黄莺，你生出来一个天才，你终于成功啦！

就是这样，我变成了妈妈的工具，她有多普通就指望我超越这种普通，成为一个社会上顶尖的人。可她忘了，我是普普通通的她生下来的，虽然基因有可能突变，让我的脑袋在某个时候变得聪明，可我也非常清楚，我的聪明程度远远实现不了她的"理想"。

我觉得羽毛真暖和啊,当我飞翔的时候,它们软软的,就像云彩一样。我一点也不后悔自己变成了一只鸟。

妈妈醒过来了。她一步一步踩着楼梯走到楼下。她居然忘记了要乘电梯——傻妈妈。

十三楼、十二楼、十一楼、十、九……三、二、一。

我陪着她到了一楼。

妈妈在一楼的地上找我,披头散发,她可能下意识觉得我已经摔碎了,两只手在地上搂来搂去。

我站在树枝上。我多么自在。我已经不是她的孩子了。

哦,她喊道:你醒来啊、醒来啊、睁开眼睛啊……宝宝。

我多么自在,我已经不是人了,我是鸟,我可以不跟她一起难过。

她喊道:你醒来啊,妈妈知道错了,不要丢下我……宝宝。

我假装不听见。

前天,妈妈说:

你怎么回事?黄然然,你完蛋了知道吗?你是我见过最没有出息的孩子,你们班上任何一个孩子都比你聪明。

为什么?黄然然,你爸爸死了以后,我过得很苦,本来可以不这么难过的,有人喜欢我,我拒绝了,爱一个人太费劲了……哦不,不是太费劲,是我害怕你受到委屈。我觉得你是你爸爸的心肝宝贝,我不能对不起他。你也是我的心肝宝贝。

黄然然,你是我的希望。

黄然然,你可以替我争口气吗?

黄然然,我心脏病都要被你气出来了。

昨天你奶奶过来看我了,知道她说什么了吗?她阴阳怪气地说:黄莺啊,我的好儿媳妇,我请求你,如果想改嫁,一定不要让我的孙女再改姓,我已经失去了儿子,不能再失去孙女……为什么穿这么招眼的衣服?作为一个寡妇,黄莺,你不可以穿得这么鲜艳。

黄然然,我从未想过改嫁,你奶奶太欺负人了。当然我也不怨她,毕竟生活也欺负了我们每一个人,尤其她失去了儿子,我失去了丈夫,我们两个都是可怜人。

昨天,妈妈说:

你只有成绩上去了才有出路,知道吗?你妈妈已经是个没有出息的人了,而你的爸爸直接完蛋了,他就那么丢掉了性命,他再也没有翻身的机会。作为一个没有爸爸的孩子,难道不该好好攒劲读书,考一所好学校吗?黄然然,世上虽然不是只有读书一条出路,但是任何工作都需要一块敲门砖,知道吗?前一阵子我认识一个作家,他写诗写得非常好,但他没有文凭,他小学毕业证都不知道丢哪儿去了,你说说看，一腔热血写诗有什么用呢？在这个社会上闯荡，前程最好的可以是一个平庸的名牌大学生，但不可能是一个优秀的诗人。你可以说我偏激，但这么多年我闯荡过来，事实证明了，平庸者很有可能战胜优秀者。你不要死脑筋，我给你说，你要是考不上一所好学校，你爸爸死了也会爬起来揍你一顿。我能想象到，你爸爸会告诫你：当你想要谋得某个职位的时候，除了文凭，其他任何天赋都是无用的。

你必须在集体当中脱颖而出，不是我要逼你，你现在不能背负一个沉重的嘱托，将来更不能背动其他；就像第一天进幼儿园的时候，你的老师告诉你，今天你背不动书包，明天就背不动前程。

我想让你快乐，可是快乐只会消磨你的意志。

我也想快乐，黄然然，我还想四处云游，两袖清风地走到哪儿算哪儿，可我们不可以如此轻松。我生你的那天，把你生在了门背后，注定你要经过努力才能亲手打开出去的门。

我现在很痛苦，黄然然，你可以争点儿气吗？我花了一辈子的积蓄才买下这套学区房，专门为了让你读书方便。

十分钟前，妈妈说：

这道题有什么难的？算数题而已，开动你的脑筋，你不要问我，我一辈子都不会做算数。要是我会，怎么可能混成现在这种样子？我要上班，早上七点钟就要出发，晚上六点才回家。黄然然，我跟你实话实说，我的工作还是你爸爸帮我找的，你妈妈完蛋了，没有你爸爸的关照，你妈妈随时可能完蛋，直接往死里完蛋，你懂吗？

为什么要我管控自己的情绪？我是你妈妈，到底谁才是谁的妈妈？你有资格管我吗？我又不是观音菩萨，发个脾气还要想着普度众生？

黄然然，我受够你了。你爸爸自己去死了，把你扔给我，我很难啊。

黄然然，作为你的妈妈，我已经忍受了很多。这个月的房贷快到扣款日期，车子的贷款也快到期，可是你妈妈很穷，不敢生病，不敢丢工作，只要稍微松懈，我和你的日子就没有了保障。我本来还打算学开车，考一个驾照，这样我就不用每天踩着自行车上班了，你爸爸留在那儿的车子也不用闲置，事实上呢？——我不敢去。车子只能想办法卖掉。只要离开工作岗位，我就极有可能被辞退。像我这种平庸的人，到了中年，只可以夹着尾巴勤勤恳恳地工作，尽量不让人逮着辞退我的理由。

上个月，我扑在你爸爸的坟头哭泣，哭得相当无助，的的确确让人看了觉得，我是个十足的寡妇。

黄然然，我郑重地跟你说，好好读书！我不知道考一所好学校对你是不是真的有用，但目前看来，确实没有比这更有用的。人人见了我都说，一定要让孩子去上学，让他们适应集体生活，一个人孤单地成长会出很多问题，哪怕学到再好的知识，心理也会不健康。我不是神，我只是你妈妈，我已经不去奢求将日子过得有质量有意义，能将你顺顺利利地养大，看着你有朝一日成材，就心满意足。

有一天晚上，我梦见自己生下你——是在梦里重新生下你——梦见生下你以后，我没有剪刀弄断脐带，我用嘴咬断它，然后发现你是个男孩儿，小鸡鸡软塌塌的，看样子像是不能传宗接代了，我当时有点想哭，可是呢，你就被谁给抱走了，而我……我的下体流出很多鲜血，紧接着，我发现生下你之后，我的肚子是敞开的，一层表皮包裹着，里边全是生硬的小石头；我把石头扒出肚皮，剩下空空的皮肉，然后我就醒了。

黄然然，我不知道这个梦是什么意思，也许它是你的某种心情，或者我的某种心情，我在猜想，是不是你渐渐地不爱我了，是不是恨不得自己当初像石头一样碎在我的肚子里？我不知道有没有这种意思和预示。有时候，我觉得自己还是个孩子，像你一样单薄无助，根本没办法承担某些责任。如果我们能选择的话，做一只鸟或许更好，有那么大的天空随便飞。

有一天晚上我爬到顶楼，二十四楼，我想跳下去，可是后来我想到你，我就没有勇气去死了。虽然我没办法承担某些太大的责任，但内心里，我是非常爱护你的，希望你可以比我幸福。

——就是这样，我实在受不了妈妈的苦脸，受不了她连续跟我诉苦，我爬到窗台上，想骑在那儿吹风或者随便透透气……一不小心，脚滑了下去。我发誓，并非故意踩滑，我没有那么勇敢——死，是非常需要勇气的。

我一直静悄悄蹲在一楼场坝对面的树枝上，妈妈在哭，我想飞过去给她擦擦眼泪，又想起来，我没有手。

——黄然然、黄然然……你良心不会痛吗？

妈妈的声音很清脆，我用鸟的耳朵在听。

我扇了扇翅膀。

妈妈把我从地上抱起来——怎么可能抱起来，至少抱起来的已经不是我，我成了一只鸟儿。

做鸟我也没有做成一只凤凰，这是我目前的遗憾。

妈妈回到十四楼。

十五天过去了……

……半年过去了。

妈妈的头发从我变成鸟那天开始，已经花白。

我是从上个月开始后悔的，我想说话，喉咙里咕隆咕隆地，不能吐出清晰的语句。

今天早上，妈妈在煮一碗面条。她已经不怎么煮米饭了，米饭是我和爸爸最爱吃的主食。

我经常在她的厨房窗台上玩耍，有时忍不住用鸟类的声音喊她：妈妈……！

今天早上我壮了壮胆子，双脚踩在她的面条碗的边沿，趁她进厨房拿东西那会儿；碗好烫啊——我的两根细脚要破皮了。

妈妈在打扫卫生，后来，她开始收拾我的房间。她哭了。半年了，痛苦像坏天气，毫无预料就会将她的好心情击溃。

我又踩在拖把上。

我开始打嗝。也不算是打嗝。抽动症犯了，很早以前留下的病根。我的双肩不由自主地往上耸，我还眨眼睛，喉咙里"咯儿、咯儿"响，又滑稽又丢脸。我还以为做了鸟以后，人类的毛病就不会再有了。

我觉得难受，恶心，想呕。

很久以前，妈妈特别不愿意看到我抽动肩膀、眨眼睛的时候，她恨不得把我的眼睛摁住，她比我脆弱和敏感，没办法接受我是个有缺陷的孩子。

可我已经有缺陷了。而且在这个时候，作为麻雀的我，缺陷尤其明显，两个翅膀不停地向上向下抽动。我试了试，抽动症使我无法保持平衡、无法展翅飞翔。

妈妈在洗脸——我观察她很久了，一天之中洗好几次脸，要么忘记吃饭，要么吃很多次饭，恍恍惚惚地像个傻子。这也好吧，我是个有缺陷的孩子，她是个有缺陷的妈妈。

她趴在梳妆台前，把头发剪短了。我记起来，在梳妆台前，我爸爸跟她说：我死了以后，你找个好人嫁了吧。妈妈当时泪流满面，她说，世上没有好人了。至少再没有我爸爸那样的好人，爸爸大概是被妈妈气死了，他一生都在妈妈的阴影下生活。妈妈很脆弱，但是在爸爸面前非常强势；爸爸很爱她，直到死，他都希望妈妈能过得幸福。

直到爸爸死去，妈妈也没有过得幸福。

妈妈希望我能幸福——我幸福什么呀，我都没有什么信心。幸福在我的心里是一种很苦的味道。在我们这一代人的肩膀上，担负了许多连我们自己也说不清的责任和压力。我每天都不想读书，却又不知道该干些什么来证明自己的价值，我们找不到实现价值的路径和方式。我觉得生命越来越像一个大豁口，往里面丢什么东西都显得空荡荡，有时候连回声都不会有。大街上那么多平庸之辈，我干什么要努力呀！我就是这么想的。就算我和妈妈一起工作，我们两个的幸福指数也不会高多少。难道我努力到最后，只是为了减轻妈妈还房贷和车贷的负担吗？难道我努力到最后，只是为了陪她去一趟她一生中渴求的沙漠之旅？我们母女二人为了这些"理想"，要赔上多少岁月、多少复杂的心情！到底该怎么生活，妈妈自己都没想清楚呢，她只是忙得像一阵风，在我面前吹过来吹过去，把我这片她所形容的春天的嫩叶，吹得快要站不住脚。

妈妈弯腰收拾起剪掉的头发——那么笨拙,人到中年,活得像一条松松垮垮的虫子。

我抽动了肩膀,翅膀就往两端塌下去一点。

我飞不起来了。

我在妈妈的拖把上站了好一会儿。后来,就是现在,我跳到了她梳妆台旁边的椅子上。

妈妈——!

我喊她。

她听不见,皱了一下眉头……不,也许她能感应到我,就像当年生我的时候感觉到阵痛。

没过一会儿,妈妈似乎突然惊醒了,她居然能听到我说话了。

黄然然、黄然然……是你吗?

我是黄然然……黄莺妈妈,我现在是一只鸟。我说。然后猛烈地拍打翅膀,让她看见我。

她立刻扑上来,把我捉住了,捧在手心,泪流满面。这是我第一次真正体会到被人捧在手心的感觉,好温暖啊。

你是黄然然?她说。

是我啊,妈妈,我是黄然然!

她确实听得懂我说的话,应该没错,她手舞足蹈,像个孩子;同时也含着鄙夷和更加悲痛的目光,她把我两边的翅膀使劲扯了扯,然后问我:你怎么变成这么个东西了?

我回答不上她的问题。但我的鸟嘴能说出人类的语言,我好开心,便对她说了另一句话:我会飞了。

妈妈不许我再飞了。即便我已经是鸟类,可毕竟也是她的孩子。她郑重地跟我说,不能再飞来飞去,那么多灰麻雀飞在天上,她根本区分不出哪一只是我。我也觉得她区分不出哪一只是我,我当了半年麻雀,也越来越区分不出地面上生活的这些母亲,哪一个才是我的母亲,似乎她们都是一样的,脾性和外表包括爱护孩子的方式,都是一样的。我害怕飞远了再也找不到亲妈。在我还能最后认出亲生妈妈之前,确实不能再冒险,我就答应了,重新与她生活在一起。我还抱着一种期待,我们母女一个作为人类,一个作为鸟类,可能不会再像从前相处起来那么糟糕了。

妈妈给我准备了一个鸟笼子,铁丝网打造的笼子,看上去就是个监狱,我还以为,我能睡在从前的房间里呢。妈妈不许我睡在房间,她委婉地、最后几乎是含着泪水跟我说:你已经不是人类了,就算我认定你就是黄然然,可你以这种样子躺在我女儿(她说她女儿?那我……)的床上,总会使我更难过的,你只能站着把脑袋歪在翅膀底下睡觉,你也无法管住自己的屁股,你四处拉屎,你洗完澡也是臭的。

我被关起来了。突然我感受到,作为人类的时候那种被囚禁的感觉又来了。不管我是人还是鸟,我都没有自由。

妈妈让我学习流利地与人交流，作为一只麻雀，这太难为我了。可是她兴致很高，她跟我说，既然你是我的女儿，就得证明你确实是我的女儿，来，跟我说话，嘴唇合在一起，清晰地学我的样子说——妈、妈……我女儿是个天才，她无比优秀，是个可以超越平庸的人。

我哭了起来。作为鸟儿，哭起来特别费劲，我还是耐心地哭了一场：扇动翅膀，作为哭泣的节奏。

你还想怎么样？妈妈，我已经被你逼成一只鸟。我对她哭诉。

你还想怎么样？黄然然，你已经成了一只鸟，把我这个做母亲的完全抛弃了……我觉得她是这么回答我的。

我就更加扇动翅膀，恨不得立刻飞远。

想起那天掉下去的时候，我挂在十三楼窗户的晾衣绳上，像件破衣裳，那时候我可一点也不想回到以前的房间，再跟我人类的母亲交谈什么心事。我真不该一时心软，重蹈覆辙。

我想跟妈妈说，算了吧，我是一个鸟类的少女，不是一个人类的少女，让我走吧，用我自己存在的方式，去广阔的天空中生活。

妈妈更加固了笼子。

也许她已经疯了，她可能从未听见我的声音，也从未认出我就是她的女儿，她只是太孤单，随手抓一只鸟关起来与她做伴。就像有人独自生活到老年,也会养一条狗,把它当成孩子,整天"宝宝、宝宝"地喊。

时间像一条秃尾巴狗,在我笼子外面的地方一声一声叫;我无限地怀念窗外天空,当我用嘴去撕咬已经生锈的笼子的铁条时(已记不清被关起来多久了),铁锈就开始掉落,有一些碎屑落入我眼睛,眼睛干涩发痒。

我终于咬断了一根实际上很快自己就会锈断的铁丝,嘴角受伤出血,趁着妈妈吃饭那会儿,我扑腾出了笼子。她听到响动追到阳台,险些又将我捉住。我的翅膀受伤了,她捉我的时候没有捉住,却也硬生生扯掉了翅膀上的三根羽毛。然后她呆站在那儿。我又痛又惊慌,失去了一点儿平衡,还是咬牙飞出十四楼窗口,向着荒凉的天空飞去。我也感到心很痛,很孤单,我也知道妈妈会更加孤单,可我不敢回头去看她的样子,毕竟,我的的确确是她的孩子呀。

我现在自由了,我闻到了自由的味道:生锈的味道。

失　约

一

再往前走就是水沟，她丢开不知从哪儿抓在手里的一把还滴着水的湿草。擦干净双手。先前下了一阵小雨，夜路湿滑，走了半个时辰，凭直觉估摸着离约定地方不远了。

可实际上，还不到见面的时间。她只是不甘心，提早来看一眼约定地点，想确定是不是真的来早了就一无所获、什么也看不见。

过了水沟，进入灌木丛中的小路。这是早些年她放羊时常走的。闭着眼都熟悉。

路过一所荒亭，是峡谷里住着的村民吉鲁野萨和他后来闹僵的亲戚雁地拉威一起搭建。他二人兴致来了会到林中捕猎。他们去世以后亭子无人照管，一天天荒败下去，只剩三根柱子苦苦支撑；已经倒下的一半落在地面生了新草（白天她亲眼见过），尚未倒下的一半混入眼前夜色的泥潭中。她想进入亭子歇脚是不可能的。风在残破的荒亭中穿过再吹向她，让她心底翻起无限愁苦。

往日她怕黑。天黑一个人不敢走在路上，睡到半夜摸出门厮泡尿也要将屁股紧紧贴着墙根。今夜却没有半点儿害怕。今夜她感觉自己就是一个鬼。

蹲在倒下的一根树干上，细雨停了才重新迈开步伐。这是中秋节后最吉祥的日子：八月十八。天空很配合她此刻心境，略微将黑色面纱挑开一点，露出恍恍惚惚一丝亮光。她无法再像从前那样看见星子，眼里的光一天一天减少，灰蒙蒙的东西像杂草一样长起来，挡住她原先清透的视线。她预感过不了多久，她的世界将完全黑下去。

前面就是松林，落在地面的松针早已成了一片厚毯子。只要穿过松林就到了。仿佛已经感觉到，那个人正在林边翘首以待。

那个人是她的丈夫。他有个不难听的名字：松明。

松明是她心里喜欢的人。来提亲那天，她毫不犹豫就答应了。父亲去世早，母亲由着她的性子。

松明曾立下承诺，说他死后只跟她一个人住在一起——这纯粹就是一句鬼话，可她居然相信了——他还说，会在村子背后山梁底下的一处洼地等她，在那儿建一所草棚，他死后会一直在那个地方独居，直到她来。当然了，只有她也死了才能看见那所草棚，才能重新和他生活在一起。他跟她才是真正的夫妻。他的原配……对，在她之前他已经娶过一个妻子……他的原配妻子不会生育，他说，他和那个人之间没有感情——但是，天呐！这令她想起来心里就冒着一股冷烟，哪怕那个原配十多年前已经死了，还死在他之前，可他们三个人毕竟在同一个屋檐下生活了很长很长时间。她心里非常难过。可又不敢太难过。毕竟她能嫁给他，也是原配亲自操办。他们出生的那个年代一个男人还可以多娶一个妻子。她要是晚生一段时间就好了。晚生一段时间就能赶上一个男人只可以娶一个妻子。可她又不想晚生，晚生意味着彻底与他错过，她只想嫁给自己中意的人。

不知道他的原配死后会去哪儿。她可不想再看到松明身边还站着那个女人。

"我唯一放在心上的人只有你。"这句话是松明死的那天晚上，咽下最后一口气之前跟她说的。

她一直记得死后一起生活的约定。已经十年了，按照松明的嘱咐，这十年她从未踏足村子背后山梁底下的洼地。今天晚上她怎么也控制不住情绪，无论如何要提早看一看那座草棚。

在松林中走了一段长路，也可能路本身不长，是她太老，体力大不如前。听见细微水声，越走水声越亮，嗯，不是响声，是亮堂堂的感觉。她心里也跟着亮起来。

出了松林地,一个大月亮从天边跳出来。她灰蒙蒙的双眼似乎也亮开了。这儿不像刚刚下过雨的样子,地面干燥,风也不冷。她顾不上细想。走到松林旁边的山梁往下一看……什么也没看见,没看见草棚,没看见想见的人。而这一切就像松明说过的那样,就该看不见。本身她确实来早了。

一些光秃秃的石头卧在洼地里。一些鸟偶尔飞来落在石头上又飞走,这些,她倒是可以看见。

吉鲁野萨突然来了。

"你走路一点声音都不出,吓死我了。"她说。

"用不着我吓。"

"瞧你说的什么话,听上去就是成心诅咒我。"

"用不着我诅咒。"

她闭上嘴巴。心里万分不痛快。

"你们不是说我已经死了吗?死人有什么可怕。"吉鲁野萨笑道。

"死人的确没什么可怕。可怕的在于死人不承认他死了。"

"听听,你这才是诅咒的话。我经常在山林和各个村子闲逛,你应该早就习惯了。"

"你可不是人。你是鬼。"

"这话你说过好多遍了。不过,我现在并不在意我是活着还是死了。我有时觉得自己死了，有时觉得没死。我自己也摸不准。反正，活着或者死，都不是一件坏事吧？我高兴就好。"

她偷偷看他一眼，还是从前那把狩猎的烂弓箭背在身上，一套烂衣裳，一只酒葫芦别在裤腰上，一顶草帽。她忍不住说："你倒没什么变化。难道你真的像他们说的那样，在找你祖上藏起来的宝藏？"又说："你是路过这儿吗？"

"不。我特意来找你。"

这话她就不爱听了。

吉鲁野萨清了清嗓子：

"我不是跟你开玩笑。我是来告诉你，这儿根本没什么草棚。毕竟我时常去村子闲逛的时候也喝过你亲手烧的热水。算是还你人情。你就别在这儿白费力气了。"

"什么意思？难道你也看不见草棚？"

"看不见。"

"不可能！"

她心里一慌。如果连吉鲁野萨也看不见草棚，那就说明草棚根本不存在。松明为何要骗她？

吉鲁野萨又说：

"我在毛竹林还有老房子。反正我和我的女人已经不需要那儿的房子，你要是不嫌弃可以暂住。"

"我为什么要住你们的房子。我有房子住。"

"你没有房子了。"

"我看你今天一定喝了不少酒,尽说瞎话。"

"我说的都是真话。你要是不相信可以马上往回走,看你还能不能走回去。"

"除非我见了鬼,不然怎么走不回去。"

"我就是鬼。"

"你不算。你已经活得人不人鬼不鬼。"

"好吧,马玉兰,看在朋友一场,如果你实在没有去处可以去毛竹林。"

"马玉兰"这名字已经很久没有人称呼。她都快忘记自己叫马玉兰了。

马玉兰抿嘴笑笑,望了望天上大得有些奇怪的月亮。转身回家。

马玉兰很顺利就回到了自己的房子。回家时天亮了。她的儿子和媳妇也回来了。他们夫妻二人正在厨房里做早饭。

儿子长得比过去胖许多。他爱上了喝啤酒,啤酒终于把他的肚子给撑得圆滚滚的。媳妇倒是清瘦。看来她减肥成功了。听说城里的女人都喜欢瘦瘦的,这样穿衣服好看。

儿子转身喊了一句:孃孃。

媳妇也跟着喊了一句:孃孃。

马玉兰心里顿时空荡起来,她一共生了五个孩子,死了三个,还剩一男一女,她为那些早夭的孩子流下的眼泪可以足足下一场大雨,而为活着的孩子也没少操心。可是多少年来,松明和那个女人已经死了,儿子和女儿仍然没有改口喊她一声"妈妈"。有一次她跟他们说,你们喊的那个妈妈已经死了,以后只有我了,他们也没换称呼。他们好像已经习惯了。

"您生病了吗?"儿子问道。他总算察觉到马玉兰脸色有些灰。他以为她从外面回来只是去了一趟茅房。

马玉兰没有回答。她摇了摇手。然后就走回自己房间。

房间有两扇窗户,一扇向外,有月亮的晚上开窗就能看见月亮,一扇向着另一个房间。松明活着的时候,以及他的原配还活着的时候,松明如果睡到半夜想换个房间,不用从一个房间出门再进入另一个房间,他可以直接推开两个房间之间的窗门,从那儿跳过来或者跳过去。那个窗户是他亲手打造,方圆百里……不,世上恐怕只有她房间的墙壁上长着这样一个奇怪的窗。年轻时她觉得那窗户就是她心头的疤痕,现在老了,也仍然觉得它是个疤痕,并且现在这个疤痕比从前感到更痛了。

她走到窗户底下,打开,对着另一边黑洞洞的房间。那个房间里所有搬出去的家具又从她的眼睛里"长"出来,完完整整地"长"在过去它们所处的角落。曾经她恭恭敬敬称为"大姐"的女人又出现在脑海。不过,她怎么也想不起她的样貌了。

"嬢嬢。"儿子在门口喊她。

马玉兰关上窗门。

"什么事?"她走到门口,视线没有落在儿子身上,冷冷地问道。

"吃早饭了。"儿子说。他有点慌张和疑惑,马玉兰还是头一回用这样的语气和脸色说话。

二

儿子和媳妇开始摘树上的柿子。已经过了中午。马玉兰茫然地看着两个年轻人,拿起竹竿在两棵树下转来转去,将树枝轻微钩下,挑喜欢的果子,踮起脚尖摘了放进背篓。

"嬢嬢,给您摘几个吧?"儿子说。他胖得上不了树,原地走几圈就开始喘气。

"我不爱吃。"马玉兰说。

她最爱吃柿子。这两棵树,一棵是她栽的,一棵是松明栽的。那时候她好年轻,喊她的丈夫总难免有些放肆,连名带姓地喊:古松明。古松明总是一副温和好看的笑脸,她看得出他还想说些什么,但最终什么也没说。毕竟他身边还有另一个女人。

儿子和媳妇走了。她早就知道他们只是回来摘走地里的蔬菜,摘走可吃的果子,顺便让别人看见他们两口子"经常"回家。就是这样,她在别人看见的"孝心"下孤独地活了十年有余。

——她想死。

可是死了能看见草棚吗?最重要的是死了还能不能回家。她深爱儿子,想看到儿子和媳妇早日生下孩子。吉鲁野萨说,有些人死后性格大变不愿回家。她怕自己到时候不愿回家,再也见不到未来的孙子。

马玉兰捂着胸口狠狠地咳嗽起来,剧烈咳嗽的抽动,让嗓子和心口痛得难以忍受。她只好回到屋里,找出一条青色头帕将脑袋裹住,这样能给头皮挡风,不感到太冷。她关闭所有窗门,打开电灯。灯泡已经被蜘蛛网和灰尘蒙住了,灭了光就像一颗黑色鸭蛋。

外间传来声音:"我们走了噢。"

她大声喊他们走。过了一刻钟,外面就不再有声音。

马玉兰又是一个人住了。这种日子一个月中能被打断一次或两次,每次一小时或二十四小时——不会超过二十四小时。女儿逢年过节才会来两三天,然后就忙忙慌慌去过她的小日子。有时候她后悔曾经血淋淋地生下他们。有时候她也后悔……啊,她不愿承认——努力去想那棵红柿子树,想象那些果子是一盏一盏的小灯笼,古松明还活着的时候说,等到中秋他有了空闲,就带她去山下集镇看花灯,可惜每年都没有去成,因为他们之间还有另一个人存在。古松明就说,把红柿子当成花灯是一样的。自从古松明说了那样的话，她就不再吃柿子，剩在树上的最后几个柿子都是鸟吃的，它们将柿子从中间一口掏空，剩下薄薄的一层皮贴在树枝上。

现在她年纪大了，古松明也死了，儿子和媳妇总是掐着时间把刚刚红了不出两天的果子摘走，使她的感情也不像过去那么绵延。他们摘走果子不出两日，她就会淡忘关于"灯笼"的事。并且更可悲的还有，她的一天之中有很多时候想不起古松明，只有在看见古松明留下的物件时想起他。这也是她想拆了那扇内置的窗户，最后却没拆的缘由。她怕古松明留下的东西一旦丢弃，就彻底想不起他；怕有一天忘记那个约定，所以提早去看那所草棚。眼下她深切体会到，爱一个人就像足下一场大雪，然后剩下的日子，竟然不是一直下大雪而是慢慢融化，融化到最后时刻，就露出内心的荒坡，孤零零的荒坡，仿佛什么也不曾有过。她在咳嗽，或许正是在清倒心中最后的雪片：变成荒坡之前，要忍受无数个疼痛、吐干净往日情感。想到这儿她害怕极了。古松明死前的那些日子，一直在咳嗽中度过，寒风似乎每日吹他，吹他直到死去。

她靠在古松明亲手给她打造的藤椅上，搂紧毯子。预感着寒风可能也要来吹她了。

三

　　她有羊圈，但是早就没有羊。
　　她有牛圈，但是早就没有牛。
　　她有猪圈，但是早就没有猪。
　　她有鸡圈，但是早就没有鸡。
　　可就在今天早上，她路过羊圈的时候看见一只绵羊关在里面。它像大风刮来的一朵云。
　　这是过去她每天放牧的一只羊。
　　是她年纪大了以后，为了躲避孤独的日子，买来放着玩的一只羊。
　　是她后来放不动了，失踪在山里的一只羊。
　　今天她看到这只羊还是小时候的样子，小绵羊，叫声细得像个孩子。她回头怔怔地望着它。它也望着她。
　　你回来啦？小畜生。她高兴地喊了一声。搂搂羊脖子，带着羊上山了。
　　刚到山里，绵羊跳进草林看不见影子。无论如何呼喊，它都没有出来。天边乌云聚集起来，后来雨点落下来，越落越密。她坐在悬崖边的一块大石板上。她忽然记起丢失绵羊的那天也是这个样子，也是坐在悬崖边的一块大石板上，头顶遮着一片肥厚宽大的树叶，嘴里"咩咩"地唤羊。现在她正重复那天的样子，急慌慌地找羊。当她停下一切举动，细细思考今天所遇的怪事,脑子却一下空了。她忘记眼下的一切经历是过去的重复,她便起身,全心全意去寻找她的……"刚刚丢失"的绵羊。

她走路很慢,雨水打湿的路上,树枝、枯藤和深草时时将她绊倒。有一段路她是蹲着滑的,年纪大了,她猛然感到自己特别可怜,便一路滑一路哭,一路哭一路喊着古松明的名字,喊一会儿没人答应,再喊绵羊的名字。她喊:"小畜生,小畜生,你果然叫个'小畜生'就没有人性,我找你那么长的路,你听见了也不出来见我?!"

滑到大路上,她才勉强站起来走。跌跌撞撞。

遇到一个熟人。和她年龄相仿。那人盯着半天才把她认出来。

你是马玉兰?

是我。她回答。

你找什么?

羊。我的绵羊丢了。

那个人摇摇头,你找了那么多年,还在找吗?

她没耐心跟他多说,但还是说:我才丢的羊。

我看你的病有点严重了,马玉兰,还是让你儿子带着去山下看看医生。那个人说。

她横着眼睛。隐约觉得这种话以前好像在哪儿听过(大概很多人跟她说过同样的话)。可她没病。

那个人是一路摇着脑袋走的。他看上去似乎比她更难过。

她继续找羊,大路上找完小路上找,树林中找完草地上找,悬崖边找完河沟边找——这么一路折腾,天又黑了。

天黑了她感到害怕。在黑路上行走,大声喘气都不敢。收着声音。身体尽量缩起来。

路过观音洞,她才稍微放松一点,觉得神灵至少会庇护她一小段路。过了观音洞她又害怕了。不过还好,过了观音洞离家就近了。

她摸到墙壁。是她家的墙壁。是她在无数夜晚害怕的时候摸着它走路的墙壁。摸到墙壁那会儿眼泪就出来了。一路哭着并摸着墙壁回家。点了灯,看见屋里墙壁上那扇窗户,抱着窗户眼泪更止不住,并说道:古松明,我一个人好难活。后来她又坐到梳妆台前,对着镜子,深深地看着自己。

天亮后,她仍然记得昨天丢了羊,顾不上洗脸,走到羊圈门口看一眼。羊圈是空的。绵羊没有自己回来。

吉鲁野萨倒是来串门了。

他打开酒壶跟她说:给我烧一壶水装进去。谢谢你了。

她就烧了一壶水给他装满。

吉鲁野萨没有马上离开。

你还有话说吗?她问道。

就怕你不爱听。他回答。

吉鲁野萨说话极少吞吞吐吐。他向来有话直说。但是今天他犹豫了再犹豫。

有什么话你就说。她说。

你觉得昨天丢了羊，是不是？

不是觉得，我就是昨天丢了羊。你看我的衣服和裤子都是脏的，还来不及洗了挂在铁丝上。

你不是昨天丢的羊，你很早就丢了羊。你是在重复往日那些令你伤心的日子。马玉兰，你要是不听我的话，你就再也过不上好日子了。从你打定主意提早去看草棚那天起，你就不再是这个房子的主人，甚至可以说，你一直就不是这个房子真正的主人。它只会拖着你掉进回忆的陷阱。就算你觉得它是你的房子，也仅仅过去是，现在它已经有了新的主人：你的儿子和媳妇。你昨天忙活了一天，找的不过是你从前就没有找到的东西。最可悲的还在于，你一直觉得，那是昨天才弄丢的。

她沉思了一会儿。努力回想那只羊：绵软的皮毛，羊角还没有长出来……一只小嫩羊。

就是昨天才丢的。我确定。她说。

吉鲁野萨哈哈大笑。说道：你还是搬到毛竹林暂住吧，在你没有找到合适的住处之前，我的老房子可以借给你遮风避雨。要是你还有精力和兴趣跟我们一起捕猎，我就造一副弓箭给你——当然啦，我只是开玩笑。

说什么笑话？她回绝道。

难道你没有过够昨天那种日子吗？

那是昨天。明天是不一样的。

明天你的牛又回来了。你等着看。明天你还会继续找牛。然后你的猪也回来，它跳出猪圈去打野，你又去找猪。最后你的鸡也回来了，它被黄鼠狼咬着脖子，你就跟黄鼠狼搏斗。等着瞧，接下来你的日子都是这些鸡零狗碎，鸡飞狗跳，乌七八糟，都是你失去找不回来的东西把你绊住。你一把老骨头，每天都在回忆中折腾，直到你没有力气，抱着一根遗落在地坎上、快要腐朽的玉米秆哭得像只狗，那时候你再想去毛竹林就不行了，恐怕只有祈求老鹰把你的肉和骨头扛到毛竹林。你不害怕吗？

你在说话吓我。谁会是你说的那么惨。

我没有吓你。看在给我烧水喝的情分上，我是在帮你。

你快走吧吉鲁野萨，我现在什么人也不想见，什么话也不想听。

吉鲁野萨就走了。

她后来一直蹲在柿子树旁的水缸边。一口早前废弃的水缸，周身布满青苔，缸底有个漏洞，缸内填了不少树叶。

四

"你可真是我马玉兰的好儿子。"

"嬢嬢,我没有办法了,我只能回来找您想办法。"

"说得这么好听干什么?要钱就是要钱。你娶媳妇的七万块钱,是我一只羊一只羊放出来的。我早就没有钱了。你不信吗?我的眼睛一天一天瞎下去,也没有钱将它治好,一颗坏牙横在嘴里那么久,也没钱拔……有人说我还有什么别的毛病,也没钱医治。你还来跟我要钱?"

"嬢嬢,我妈死的时候应该把她的首饰盒……"

"你妈?"

"是……是呀……不是吗?"

"是,怎么不是,她就是你妈!可我没有拿过什么首饰盒。你从哪里听到的鬼话?"

"我媳妇说——"

"媳妇说'你去吃屎吧!',你去吃吗?"

"嬢嬢,您说话还和从前一样难听。我妈说话就比较温和。"

"你们就是喜欢听温和的话,才从心眼儿里当别人是妈妈。对不对?"

"是父亲说的,让我们喊她妈妈。喊了这么久谁也改不了口。嬢嬢,这您不能生我们的气。我们生下来长到好几岁才弄明白,我们是孃孃生的,不是妈妈生的,那个时候我们也感到奇怪并且伤心……您要是在我们很小的时候多陪伴我们,而不是生下来就把我们扔给妈妈,我们也不会觉得自己和别的孩子一样,都是妈妈生的。"

"难怪你们改不了口。喊了亲妈一辈子'孃孃',喊了那位'孃孃'一辈子妈妈,你们心安理得。"

"您不要生气。"

"我哪有资格生气。在这个家里,我的地位一进门就注定了。我的丈夫改变不了什么,我的儿女们也无法指望。难道我不想亲手带你们吗?我能有什么办法,孩子一生下来就注定不是我一个人的。她表现得大方得体和热情,永远像个亲姐姐那么关心人,要替我带孩子,只让我跟着古松明在地里干活,家里一切事情都交给她操办。我那时候年轻,对这种'好事'很容易就接受并习惯。何况你们无法体会,坡地上的活,远比你们想象的辛苦,没完没了的农活最磨人。我逐渐就疲惫了,逐渐就变成一个只知道干活,吃饭,睡觉,生孩子的人。等到后来我惊醒自己的人生特别糟糕,可那时候你们已经长到好几岁,早已成了她的孩子。直到现在,我那么爱你和你的姐姐,你们的心却不在我这边了。刚刚看你从山墙背后的小路走回来,我还以为你是特意回来看我,开始心疼我这位老人家,可惜,你竟是回来要钱的。"

"孃孃……"

"一说到这些,你就低着头支支吾吾,就像你父亲一样,永远比我委屈,永远比我过得苦。"

"孃孃,我们买了房子,要还一大笔钱。要还三十年。"

"是啊,你们用三十年去'孝敬'房子,时不时还要回来搜刮你们老母亲的零用钱。你们都是好孩子呀。"

"孃孃……"

"你把头抬起来。"

"我不敢。"

"不好意思吗?"

"是的。儿子没有能力。儿子现在觉得,天下间所有的儿子都是傻子加白眼狼。"

"你往日骂自己的那些话都不对。这次是对的。"

"我们每个月要付房贷四千块。等我还完房贷,我一定每个月给您两千块零用钱。"

"儿子,你想多了,我敢肯定我没有你的房贷活得久。等你三十年还完钱,我的骨头在土里恐怕连渣子都不剩了。你们选择了供房子,我就知道你们放弃了供养我。是没指望的了。"

"孃孃,我们要给将来的孩子准备遮风避雨的地方。"

"说得那么可怜。"

"事实上就很可怜。我们想离开这片山,到好过日子的地方去。我们当初是这么想的。那些大地方回来的人给我们也是这么讲的,他们总是说,外面的日子如何好,作为年轻人不能像只青蛙,在水井里跳几个圆圈就算了,我们要有勇气跳出去。我们就信了。毕竟一身泥灰和光鲜靓丽去闯荡,一比较,总是后面的好。日子逐渐就被我们活到表面上。孃孃,您要是到外面生活一年两年,您也会鼓励我跟那些人一样,挣个首付买个房,用三十年时间把它养成自己的家。我敢保证您一点也不会考虑别的。谁会想到,大家一窝蜂跑到那个地方,才知道日子并不好过。但是谁也不敢说透,好歹都付出了代价。如今大家都习惯了,似乎每个人屁股后面拖着一所房子才是对的。"

"你们花钱养房子,导致没有钱养老人和孩子。自己还不敢生病,也不敢生孩子……"

"……还不敢死。"

"你知道就好。你们打算什么时候才生孩子?再有一年你就四十岁了。"

"等我们挣够了生孩子的钱,就生。您知道现在一个学期多少钱吗?"

"我不懂你那些。"

"孃孃,我们这个月房贷还有三天到期。上个月她生了一场病,很严重,就把还房贷的钱花进去了。"

"我真是可怜你。"

"孃孃,不,妈妈,您能不能再帮我们一把。"

"我等了这么久的称呼,这会儿听到了,却没有感到高兴。我还替你觉得羞耻。"

"嬢嬢,您不要生气。"

"还是'嬢嬢'听着顺耳。"

"只要您愿意再帮我们一把……"

"在跟我谈交易吗?我马玉兰一定是闭着眼睛生的你,所以你说的话一句比一句瞎。我们那个时代的人,上养老,下养小,所有人生活在一个屋檐下,那才是家。你们这个时代的人,你们所经营的这个家,我是一点也看不懂。你们跟我讲什么大环境,什么大方向,什么顺应潮流,我不懂。为什么你们可以为了在大环境里活得要脸,就在父母面前活得这么不要脸,我也不懂。在没有嫁给古松明的时候,我在娘家人的长辈那里学认字。我敢肯定学得比你认真也比你聪明。没有读死书。哪怕我读得比你少。可现在,我拿它们来对比你们生活中接纳的东西,是完全对不上了。我就更不能理解你为什么要过这么累的日子,远比我干的那些农活累多了。你在大环境里,乖得比马玉兰的儿子还更像个儿子。早些年我还想劝你回家,过一点小日子就算了,起码你会活得像个真正的马玉兰的儿子,不用拖着一屁股烂账,我也不用活在你那种遥远的'孝心'下。听说你们在手机上,每到母亲节就发一则祝福的话,我虽然用手机但不会上网,你也不用费心教我,眼睛不好,也不习惯。你们把祝福发在那些什么地方,我也看不到,只是别人跟我说,说你儿子祝你节日快乐。我才知道你们祝我节日快乐。听到这个事情我恍惚以为自己已经死了,你们是在给我烧纸。有什么话不能跟我直接说,要说给别人看见?"

"孃孃,我们以后不在网上发了。"

"我再接着之前的话多说一句:有时候我觉得你那个房子不是家,是瘤子。你不要低着头。抬起头来。低着头让我很生气,让我气得眼睛都是酸的。"

"我觉得头很重。"

"看你始终低着头,我的眼皮重。"

"您能不能……"

"我没有首饰盒。也没有人给过我什么首饰盒。"

"那您还有别的什么办法吗?我实在是……"

"我实在是没有别的办法,要不然你把这座老房子扛到城里?或者,你不能把房子卖了吗?"

"不能卖的,卖了我和她没有地方住。"

"租呀。"

"租的房子始终是别人的。在心理上不觉得它是家。而且我害怕搬家,房东只要一声令下收回房子,我就得搬走。我已经在城里租房子住了十多年,搬家无数次。受够了。"

"打肿脸充胖子吗?"

"嗯。"

"我没有钱。我还要去找羊。"

"嬢嬢,那只羊已经丢了很多年了,您找它做什么。您还是给我想办法凑钱吧。"

"胡说,那只羊昨天才丢的。"

五

大太阳晒在马玉兰头顶。灌木丛发出浓郁的花香。一种叫破坏草的植物将山林完全盖住,它开花,花朵是干净的白,样子像菊,细碎而数量极多的花一团一团开在一起,高高低低排列,看起来比菊花壮硕,而且它只用一种颜色往死里开,漫山遍野,就更把菊花所有颜色都杀死了。凑近了看到花瓣仿佛漂在水面,再凑近又觉得它早已超越大地,用天空的蓝色做了底,天空在它的脚下生了青草和苔藓。

对破坏草花过敏的马玉兰眼睛发痒,连着几个喷嚏鼻子就堵了,用嘴呼吸,很快吸得满嘴都是花香味儿。

一只猪,一只鸡,一只羊,一头牛,它们都是小的,在她眼前的坡路上向前走。

这么看来,她今天确是来放牧的。

路过一段陡坡,草地上落满松果。覆盆子还没有长成。她把畜生们全都赶进草地。"吃多一点儿吧!"她跟它们说。拍拍牛的屁股,又摸一下羊头,至于鸡和猪,它们早就跑得远远的。

居然遇到了古松明。这件事让她脑子嗡嗡响。

"你不是？……"她指着古松明，半天说不出后面的话。忘记想说什么了。

古松明扛着一把锄头，弯腰从林子里出来，他拖着用松枝捆绑的架子，架子上捆着一条装了什么东西的麻袋。他拖得非常吃力。

"你不是……"她仍然不知道往下说什么。

"马玉兰呀，你来这儿干什么？"古松明累得放下锄头，蹲在他脚边的石头上。

"好了，你可以说话了。"古松明又说。

马玉兰顿时觉得喉咙松开了，脑子也清醒，想说的话突然想了起来。

"想不到我们还能见面。你怎么拖着这么重的麻袋，拖它去哪儿？你的锄头可不是家里那一把。"

"吉鲁野萨没有跟你说吗？有些人性格阴晴不定。"

"他说过。"

"你一下子问那么多，我该怎么回答你？"

"那你告诉我，为什么我看不见那个草棚？"

"什么草棚？"

"你不记得自己说过什么了？"

"我说什么？"

"古松明，你怎么翻脸不认人？"

"马玉兰，你现在已经不是我的女人了。"

"你说什么鬼话。"

"这话你说对了，我现在说的就是鬼话。我们两个已经没有关系了。"

"古松明，你怎么能说这样没良心的话。"

"你生气跟我也没有关系。是你自己要问。我只说了该说的话。你一定是成天想着跟我见面，才在深山老林遇见，要按照我的意思，我是不想和你见面的。不管过去我说了什么，那都是过去的事情。你拿着过去的事情来追究现在的我，很没有道理。我已经不再是过去那个古松明了。马玉兰，你能听得明白我的意思吗？"

"不明。"

"慢慢你就明白了。我还有事情要忙，就不耽误时间啦。"

马玉兰眼睁睁看着古松明从眼前拖着麻袋离开。

大太阳晒在头顶。晒得马玉兰头昏脑涨。破坏草的花香更被烈日挑起，飘浮在空气里像大浪一样冲击她。眼睛已揉肿了，睁不开，脸上火辣辣的，心里也火辣辣的。

牲畜们在草地上各玩各的。金鸡上树。绵羊吃草。猪拱土。牛打滚。

"嬢嬢……"

是儿子的声音。

她四周看了看忽然醒过神。破坏草让她过敏得快要产生幻觉。

"嬢嬢……"

"催命的!"她想。

太阳就像她过去没有端稳的碗,突然歪倒,突然一下跌落山崖,天说黑就黑,黑得完全不能预料。

马玉兰哭丧着脸,一阵巨大的委屈笼罩着她。

"走啊!回家啊!"她茫然地冲着山林喊。是在喊她的牲畜们。可是潜意识中在喊古松明。

没有声音。除了风。

"古松明……"她放低声音,低到只有自己的心能听见。

她摸黑在草地上走了好几圈,想在黑沉沉的暗夜里"找"到畜生们。没有找到。只能独自摸黑回家。

今夜没有一颗星子出来陪她走路,月亮像是在很多年前已经瞎了。

松林里传来脚步声。后来她才发觉脚步声是自己的。

到了家门口,灯亮着。一阵惊喜像雨点一样爽利地落在心头。走进门才想起,是自己忘记关灯了。灯独自亮了一天。就像她的一生从来就独自亮着。古松明虽然有个和松脂一样的名字,却从未被她点燃。

马玉兰越想越气。尤其看到墙壁上通向两个房间的窗户,觉得眼睛生疼,心里一把火在烧。

她决定拆了它。找斧头,又找锯子,再回到窗户底下最后看它一眼,便一刀砍了上去。毫不犹豫再一刀上去,窗户就掉下来了。它本身也在腐朽,木条中间已遭虫蛀。

马玉兰还是很生气。用锯子将它们锯开,锯到虫眼部分,木头完全碎掉,像生活的堡垒,终于塌陷。她是在火塘边锯的。锯完扔进火坑。她突然感到全身疼痛,仿佛自身被扔在火坑里烧。

"嬢嬢……"有人抱着她的肩膀摇晃。

她清醒过来。儿子坐在眼前。而她竟然不是在火塘边,是在床上躺着。

"您终于醒了。"儿子哽咽道。

她可从未看见儿子这么伤心。

"这副表情是在哭丧吗?不知道的人还以为我死了。"

"您醒来就好。您今天昏倒在路上,有人把您送回来又通知了我。"

"胡说,我白天还在放羊。"

"您就是在放羊的路上晕的。可是嬢嬢,那只羊早就丢了,您不要每天出门去放了。"

"听你这意思,是我每天出门去放一只根本不存在的羊?"

"您有没有觉得哪儿不舒服,是生病了吗?他们说您生病了。可我看着又不像。"

"别听人胡说八道。我身体好得很。"

"您刚才一直在说梦话,说要拆了什么。"

"拆什么?"

"没听清。您想吃点儿什么?"

马玉兰想了想说:不饿。偷偷将眼睛看向墙壁,以为将看到一个残破的窟窿,却看到窗户是打开的,通向另一个房间。

六

马玉兰听得清清楚楚,房子右侧山墙一直往下掉泥巴,像细雨落地。可是儿子说她听错了。儿子回来几天又要走。

昨天晚上他们进行了一场对话:

"我有沉重的房贷,您是清楚的。我只有三天假期。明天一早必须出现在工作岗位。"

"我知道呀。你昨天就应该离开这儿。"

"您不要生气。我没有撒谎。的确因为假期短。"

"你是我马玉兰的儿子,有没有说谎我一眼就看出来。从你脸上看到忙忙慌慌的样子,就知道你说的不是假话。这个村子里,年轻人回家看他们病重的父母总是这种脸色。我对你脸上这些神情已经不陌生。那谁家的孩子……我记不起来……他那次回家看望父母,也说只有三天假期。那时候我看着那个孩子就开始可怜他和他的父母。我就猜到,有一天如果我死了或者病了,你工作的地方路途遥远,肯定也没有耐心——最重要的是你没有假期——我见过很多这样的子女,他们死了父母也只有一周左右的假期,甚至有的地方只有三天。生一个孩子最少三十天才出月子,而死一个父亲或者母亲,三天就'热闹'完了!好啦,我明白,你不知道这种事情应该怪谁……你不要流眼泪,也不要总是低着头。头一直低着,习惯了就抬不起来了。你是不是也像那些人一样,期望我赶紧死?其实我也想死了。"

"嬢嬢,我希望您好起来。"

"我晓得,这个时候我死了,你连丧葬费都出不起。"

"我……"

"你明天就走吧。"

"如果我没有那么重的负担,我也会是个好儿子。"

"你这话我以前就听别人的儿子说过了。你放心,从你进城那天起,我就做好了心理准备。你堂哥就是这么告诉你伯父,他会是个好儿子。你伯父下葬的第二天他就去上班了。死了父亲这件事没有在他脸上挂着,挂在脸上的全是他不能丢了工作这件事,恨不得立刻出现在工作岗位上。儿子,你买了房子就等于在屁股上拴了一条狗,你不往身后投食,它就随时咬你屁股,一寸一寸咬,咬到你脖子为止。你觉得我这话说得对不对？"

"是这样的，嬢嬢，您说得对。每个人屁股后面都有一条狗。不仅仅是买了房子的人，没有买房子的人也大致如此。现在我也到了不小的年纪，有些事也看得懂，也变得不如从前那么率性，和大家一样捂着眼睛过日子。我可能再也没办法过好这一辈子了。我很沮丧，不知道是从哪天开始，日子变得灰沉沉的，每天早晨醒来也不是我自己醒来，是一种无法推开的沉重的力量把我催着醒来。不怕您生气，我现在人坐在这儿，魂早就不知道哪儿去了。每一天我都觉得自己像个空心人，像漂在河水上的烂木柴。"

"你说的丧气话。"

"可能是。"

"我没有能力给你挣钱了。要是我还年轻二十岁，也去城里扫地，听说扫大街一个月有一千元。"

"是。"

"我现在连一千块钱也不值了。"

"嬢嬢，您真的没有那个首饰盒子么？"

"你是不是和吉鲁野萨一样，相信他祖上在松林中埋有宝藏？那是穷鬼的念头。你不要有这种想法。"

今天一早，儿子煮了一碗清粥给马玉兰放在床头的桌子上，就走了。马玉兰没有喝粥，盯着饭碗，竟希望它是一碗毒药。

快到中午她才将冷粥喝下去，胃里瞬间感到一阵寒凉，但是身上逐渐有了力气。死亡这件事她还没有做好准备。至少她的儿子还没有做好准备。

右侧山墙的确有泥沙从上面掉下。墙脚堆起小小的"山包"。最可气的莫过于，有只乌鸦飞到柿子树上，突然两声怪叫，吓得马玉兰差点儿跌倒。这是晦气的。她还不打算死。可是乌鸦好像要来吃她了。

七

就在马玉兰赶走乌鸦的第二天中午，她从午睡中惊醒。慌慌张张逃出门外，看见右侧房子的山墙倒下半截。

无家可归的事实让她恨不得蹲下来大哭一场。可是没有眼泪。

她必须想到一条出路。一个落脚点。

她不要去毛竹林。

也不能进城。

"缓两分钟再想办法！"她在心里跟自己说。

"总会有去处。"她安慰自己。

要是别的孩子都活着，至少还有三条路可走……不，她突然想明白了，就算他们都活着，她也照样无路可走。

她这是第一次亲身体验到，一个人活得太久并不是一件好事：房子会死在眼前。

不知道儿子的房贷有没有凑齐。说去说来，他才是最可怜的人，四十岁了，媳妇一个，房子半只，膝下孤零零。如今连老宅也倒了下去，还险些砸死他的老母亲。这件事要不了半日就会被外人传说，说得他抬不起脑壳。

当然这是好几天前的事情了。这会儿她没有心情再去可怜自己的儿子。这会儿她走在松林中，连续几个夜晚的露宿慢慢冲淡悲伤。人老了也好，不太能记得住痛苦的事。至少眼前的痛苦还没有像皱纹一样长进她的血肉。给她带来伤感的都是过去的事和已故的人——古松明（现在还能称他为"丈夫"吗？恐怕不能了！）他那天仿佛看待陌生人一样看待她的眼神，想起来心里还是冰的。他竟然会忘记给他生儿育女的人，忘记那个临死的约定。

"男人的话不能相信。"她一边踩在湿滑的松毛上，一边说。她懒得自言自语，有什么话直接挂在嘴上，大声地说给自己的耳朵听。原打算再去看一看那个草棚，又不想去，走了相反方向，踏入松林之后，发现松林的地盘大得像一片天。茂密而挺拔的松树底下，偶尔还长着胖胖的几丛野杜鹃树。这种到了五月之后大量开花的树，终于这会儿累垮了。依靠在松树的腰上休息，却仍然不忘使自己根系发达，开枝散叶，长得跟它做的梦一样快，使得马玉兰每遇到这样的野杜鹃，都要花费很长时间穿过它们。事情也总是那么巧，除了硬生生从野杜鹃树下穿行，没有别的路可走。往年她在山包上放羊是喜欢野杜鹃的，今天她对它们只有厌烦。更厌烦的是穿过它们之后，眼前还是松树林。走来走去都在松树底下打转，似乎所有之前走过的路都是白费的。

她心里感慨道：也许什么样的人才会走上什么样的路，吉鲁野萨就不会走这么倒霉的路，他肯定不会没完没了困在一片松树林出不来。

又一个白天的时间从松林顶上随着太阳滚远，又一次夜晚降临，马玉兰累得靠在一棵松树脚上睡着了。天没完全黑，她入了梦乡。睡梦中闻到松脂香，还有蜂蜜的香，还有哗哗响的溪水，还有蜜蜂飞过耳畔的声音。这是个好梦。她在梦里就知道这是好梦，于是沉下心来，要在梦里多待一会儿。竟一下子醒了。"果然命贱的人受不起好梦。"她骂自己。

心情却突然好起来。人确实需要一些指引或哪怕一丁点儿虚妄的力量，或，一场短暂的好梦。

圆滚滚的月亮站在一棵松树的尖子上，形状大得要压弯松树，像那天晚上，她去山梁那儿看草棚的时候，在松林边看到的那个月亮。这么大的月亮，它的光芒自然也更加明亮和清澈，天空水灵灵的。她低头能看清自己鞋子的颜色。也能看见松树半腰上卡着一只鸟的空巢。月亮那么好，月光那么好，好得让人想哭一场。

马玉兰不会轻易哭出来,也不愿意哭,年老的眼睛只够用来探路,而哪怕半颗泪水也会阻碍视线。她起身茫然地向前走了一段。一段下坡路出现在眼前。她向下走。看见一堆巨石林立,长成了天然的石头棚子。在那些石头中间烧一堆火取暖再好不过。突然看到巨石背后有火光。并不是眼花,确实有火光。火苗被风吹得绕过石头。

一个人从石头背后走出来。影子纤细,像个女人,被火光和月光照射到地面,附在一小片杂草上。

"谁呀?"马玉兰问道。她半点儿害怕的意思都没有。自从房子倒了以后,她再没有力气对什么东西感到害怕。

"孃孃……是我。"

"儿子?"她叫了一声,放下心来,却又突然觉得不可思议。

"你在这儿干什么?"她严肃地问。急匆匆走到儿子跟前。

儿子低着头。

"这么大的月亮也没有把你照亮吗?低着头让我看不见脸。还没有告诉我,你在这儿干什么?"她又说。

这回他抬起头来。月亮把他的脸照亮了。不知道他是突然瘦了还是因为处于晚上的月光下,他很瘦。脸更瘦。影子更瘦。

"我是来找您的。至少一开始我是来找您。"说得有气无力的样子。声音病恹恹的。

"这么说来,你已经知道房子倒了。"

"我很快就知道。住在我们周边的人迅速就把消息传给我。"

"他们说话一定不好听。"

"他们开玩笑说:你妈飞了。"

"我就猜到他们会胡说八道。"

"嬢嬢,我跟着您在树林中走了好几个晚上。您走路可真快啊,我都没想到您这么能走。"

"那有什么办法,我恨不得马上走出这片松林。"

"但您其实并不想走出去对吧?不然不会顺着走一段,又倒着走,这种方式一辈子也走不出去呀。"

"我是这样走的吗?"

"是。"

"我怎么不知道。"

"您心里是明白的。"

"这些天我可一直没看见你。"

"您大概根本不想见到我。"

"听你这话像是对我有怨气。"

"后来我发现在树林中瞎转能缓减压力。像是露水把我整个人清洗了一遍。"

"所以就算你找到我,你也不肯马上和我见面。"

"我需要一个进山的理由。如果我已经找到您,就不能每天晚上再往山林中来。"

"我有个表妹住在山对面,这你是知道的,我和她关系很好,却很久没有见面了。我准备去她那儿住一段日子,住到你将老房子修好,我再回来。谁知道迷路了。你不能一直抬着头吗?又低头干什么。"

"孃孃,我这是习惯性低头。如果您去我生活的地方走一圈,您会发现大家都是这么低着头生活。都成了习惯。您去仔细观察,看完就不会觉得我这个样子有什么奇怪。"

"你好像在说我没有见识。"

"不是这个意思。"

"你们头顶长了钉子,抬头会戳到吗?"

"差不多。"

马玉兰恨不得亲自上去将儿子的头端起来直直的,然后用一根藤子拴着头发再挂到树尖上,这样他就低不下头了。如果他不是一颗光头的话,她就马上这么干。

她也是现在才发现,他头上光得像个穷光蛋。不过看上去倒是干净,尤其此刻,跟天上的大月亮这么一对峙,好像很有点儿气势,好像可以随时将自己的光头飞到天上去。

她收回目光,慢悠悠地仿佛刚抽完一支烟,说道:

"你该回家去了。不管怎么样,你在城里买了房子,有房子就必须回到房子里去。人是跟着房子走的。"

"我真后悔买了房子。但是没有房子我就什么也没有了。就像您现在一样,被人剪了尾巴似的。"

"对啊,我没有房子了。前几天我还为此难过。"

"我如果没有房,我的女人可能早就走了。女人的心思我一点也摸不懂,她说有了房子才有家。现在她又准备买车。她跟我说,反正欠下那么一大笔债,一时半会儿又还不清,着什么急呢,不如干脆再买个车,把好日子先过起来。以前的人都是把钱攒起来,快死的时候才过那么几年舒心日子,那多么不划算,舒心的日子难道不是越年轻越好过吗?这就是她跟我'商量'的话。我当时也被她说动心了。我就想,一个人因为欠了三十年房贷就每天郁闷,那不是要郁闷三十年吗?我想起来也觉得那样过着太累了。我就报了驾校。嬢嬢,也许下一次我再回村,就是开着车子回来的。"

"好像是这么回事儿。她说得有理。"

"但我越来越摸不清,她是爱我还是爱那些死物。现在连我自己也陷进去了。"

"你早就陷进去了。你只是感到有压力,却并不排斥那样的日子。从你打算离开村子进城生活那天开始,你就更愿意过那样的日子。也不能小瞧那些死物,它们能让你们这样的人'活'起来。"

"嗯。"

"那你为啥还不高兴。"

"我不知道。"

"你回家去吧。"

"天亮时回。"

马玉兰很伤心,他没有说:嬢嬢,您跟我一起回家。

八

心里仍然放不下古松明,马玉兰才会下意识再次来到曾经约定的山梁上。走不出之前那片松林是假的,就像她儿子所说,她只是故意在那片树林中迷路,来来回回反反复复不让自己走出来。

昨天早晨马玉兰走出来了。

今天早晨她就到了这片松林的边缘,就是此刻,在一块光滑得像被人精心打磨过的石板上站着。

鞋子早已磨烂,光脚,凉风吹在脚背上。

马玉兰仰着头,闭眼,让早晨的阳光照在脸上。今天的太阳爬到天空之前,像是特意洗了一把脸。她闻到阳光里的香气,还有风——风从天边带来了云彩的味道。今天的云彩也是香的。

身后突然传来响声。她没有回头。浸在阳光里的人就像浸在山顶的温泉中。她猜想,是一只野兽觅食到这儿来了,要用她填饱肚子。就算是这样也不能扰她"清梦"。

她没有害怕。在松林中走了很久，正感觉自己是一只野兽。或许所有野兽都是无家可归的人变来的，它们难掩悲伤，长成怪兽，还想为昨天刚刚倒下的旧宅痛哭。既然如此她更不担心，同类会谋她的财害她的命但总不至于吃掉她。她太老了不好吃，连续在野外奔波，弄得浑身上下脏兮兮。眼下身无分文，连鞋子都穿成了破烂。

"老人家，您要买鞋子吗？"这个声音突然钻入耳朵。这是再熟悉不过的声音了。

她心里的湖面被风吹开一条缝，又很快平复。

"古松明你来了。"她说。这话说得像是她早知道他要来。

她转身。看见一个两边肩膀上各挂了至少二十双草鞋的古松明。他没有继续变老，以眼下这种样貌称呼她一声"老人家"倒也不过分。可是。

"你在卖鞋子？"

"是你啊！我认识你！"古松明脸露笑容，用一只草鞋的鞋跟指着她。

"我是马玉兰。我也认识你。"她说。

"'马玉兰'这个名字很熟悉呀！你之前是不是买过我的鞋子？"古松明像是在回忆。

"大概是买过的吧。"她说。

"那你该换一双新鞋了。可不能光着脚。"

"古松明，你装得好像第一天认识我。"

"难道我们不是第一天认识吗？虽然我觉得好像之前在哪儿见过你。大概你确实买过我的鞋子。"

"是呀。我肯定买过。"

"你不用回想这件事，反正这儿的人记性都不好。反正卖鞋子的只有我一人。你们只要穿鞋，穿的一定是我做的。"

"你会做草鞋？我还是头一回知道。"

"我女人教我的。"

"你女人？"

"是的。我女人心灵手巧。"

马玉兰听得心里发抖。房子倒了之后她就觉得心里也塌了，有些东西从心里被挤了出去。挤出去正好。她早就应该丢掉一部分记忆。现在古松明一句话，又把挤出去的东西套了回来。

"我都忘记这件事了。"她自言自语。

"我能问一问什么事吗？你好像很不开心。"

"你的女人。"

"你也认识她吗？"

古松明问得很认真。他完全不知道怎么回事。

"认识，她就住在……"她盯着古松明，故意不说后面的话。

古松明盯着她，在等她后面的话。

"没什么，她就住在我旁边的村子。我们小时候见过面。后来没有联系。但我知道她是你的女人。你们结婚以后就搬走了。"

马玉兰觉得心里很痛。世上最难过的事情莫过眼前，她记得古松明，古松明却不记得她。吉鲁野萨说得对，古松明早就忘记她了。自从上次见面之后，他彻底忘记了曾经身边还有马玉兰这么一号人。

"原来是这样。我还以为你们有仇。"古松明放下心来，脸上又重新有了笑容。

"你好像很关心她。你们的感情一定很好。"马玉兰说。

"一起过日子的人，也说不上好或不好。说句冒犯的话，我总觉得和你很熟悉，却又想不起你是谁。"

"想不起就算了，说不定想不起来，也不是一件坏事。"

"你说得对，我们注定会忘记一些人一些事。能被我们忘记的事情，要么开心要么不开心。如果忘记的事情本身就是一件理不清的麻烦事，那么再想起来难道不是又重新掉入麻烦？要真是这样，'忘记'就是一个出口，能从这个出口走出来，就是一件幸运的事。"

马玉兰听后心里一怔。觉得古松明这话像是把她心里的浓雾一下清扫干净，明亮起来了。

"你说得对。难道我还要再过一遍从前那种日子吗？我可是明明记得那个窗户被我砍下来烧掉了。虽然现在我还没有忘记早应该忘记的。也许明天就忘记了。"她笑道。

"我好像没听明白你在说什么。"

"我在说一些跟你没有关系的、你不知道的事情。"

"我突然觉得，我们两个好像是很早就认识的朋友。"

"如果我们只是朋友就好了。"

"就用这种似曾相识的感觉来做朋友，是最有意义的，你觉得呢？虽然我们的年龄好像有点儿差距。"

"肯定有差距。我一个人在你之后活到现在，我算一算啊，好像……我记不清了。"

"你说什么？"

"没什么。我太高兴了。我胡说八道。"

"那就这么定了。马玉兰，我送你一双鞋子，祝贺我们今天正式成为朋友。"

"好啊。祝贺我们。"

马玉兰接过鞋子，套在脚上大小刚刚好。她觉得眼睛湿润，从未流泪的眼睛突然滚出泪水。

"年纪大了要注意保护眼睛。不要被风吹到。今天确实日子好。"古松明说。

马玉兰擦干眼角。

"以前有个人跟我说，他会给我造一个草棚，就在这个山梁下面。"马玉兰说。

"他没有造，是不是？"

"你看那个地方哪里像是可以造草棚的。是他快要死的那天跟我说的胡话。"

"听你这么形容,我觉得他当时是认真的。他好像是为了安慰你一个人好好活下去。给你留了一份指望。"

"你能感受到他的心意吗?我很高兴听到你这么说。是啊。大概是这个意思。人确实需要一份指望,不然活得没有意思。我和他的事情有点儿复杂。他有两个妻子。在他还活着的时候,那个女人也还活着的时候,我们三个人住在一栋房子里,我和那个女人的房间只隔着一面墙壁,墙壁上一个窗户时常打开,他呀,就在那个窗户间跨过来跨过去。后来他年纪大了,就死了。吉鲁野萨说,死去的人会重新选择生活。我相信这个说法,因为吉鲁野萨现在选择的生活和过去完全不同。所以我更相信那个人留给我的指望,他说死后要跟我一起过日子,他只会选我。我就毫不怀疑。"

"噢。"

"可他选了那个人。"

"噢。"

"你怎么了?古松明。你哪儿不舒服吗?"

"我不知道啊。我只觉得好像有点儿难过。大概因为我们今天成了朋友,听到朋友的伤心事也跟着伤心。"

"我现在不伤心了。"

"噢。"

"他可能彻底不想再过从前那种日子了。谁知道以后我会怎么选择呢。说不定我比他更绝情，连他什么名字、什么样貌都不记得。"

"噢。"

"你怎么了？"

"我不知道。我只是有点儿难过。我感觉我们以后见不到面了。"

"怎么会呢，我鞋子穿烂时你总会来的吧！你可是这儿唯一卖鞋子的人。"

"我倒希望还能见到你。因为我们是朋友。我也说不清这种突然冒出来的情绪。隐约感觉到，你会把我忘记。"

"你只是突然有了一个朋友，还不适应，容易多想。"

"好像有人跟我说，有些人连做朋友的缘分也很浅。"

"你好像很悲观。"

"我只是不想失去和你做朋友的机会。我不知道怎么了。"

"我们现在是朋友。"

"这倒是，我们现在是朋友。"

九

马玉兰在山梁的松林边搭了一所草棚。她也不知道为什么要在这儿"暂住"。原本要去山对面的表妹那里过一段日子，突然改了主意，不去了。这个"房子"的建造，花了她差不多一个月时间。她自己也没想到对老房子的感情那么薄，一次想回去看看的念头也不曾有。

——不，其实她回去过。只是不知道怎么回事，走到半途就回来了。总是走到半途忽然间没有兴致。

儿子来看过她两回。一回下雨。一回天晴。之后没再来。

渐渐地，马玉兰不记得时日了。不记得在松林边住了多久。她觉得时间是被头顶的太阳和月亮驮着跑，天空一会儿黑一会儿亮，云彩有时干净有时脏。而夜里的星子，就像一群勤快的小狗，跟在月亮的屁股后面擦灰尘。它们擦得很用心也很用力，导致天色一黑，就露出擦破的密密麻麻的小洞洞——透着银光的小孔。她每日天黑就到草棚外面，盯着上空发呆，偶尔温和地笑出声音，仿佛看见一群小狗子在天上"汪汪汪"地冲她叫唤。她便下意识抬手向它们挥动："走吧，走吧……"她极少关注草棚后面播种的蔬菜有没有发芽，或者已经被虫子吃光。她极少吃东西。吉鲁野萨总会送来一些食物。之前她还跟他道谢，现在，只会习惯性地接过来挂到房梁上，饿了再取下来吃。她不太能记得每次都吃了些什么。她觉得自己很快就要死了。一个人对她常吃的食物感到厌倦和无动于衷，要么正在悟道修仙，要么就像植物，叶片开始干枯发黄接近死亡，不再需要多余养分了。她是后者。当她从白云变幻出来的那群小狗子中间突然醒来，就更能预知自己所剩的时日不多。

如果儿子能再次出现在眼前，她就抓紧时间跟他多说几句话，然后她就可以放心去死。

可是儿子没再来。

今天早上马玉兰很早起了床。她觉得浑身轻松，像是一直穿着的一件重衣裳，突然脱了去。起这么早，是离开老宅之后头一回。这会儿正午了，阳光晒在眼皮上。

吉鲁野萨来了。这个老者今日似乎特意洗干净了脸，脸庞红润的肌肤像是新生的。

"你早啊马玉兰！"吉鲁野萨打招呼。

"你遇到什么好事了？"马玉兰也跟着他高兴。不，并不完全跟着高兴，从恍惚中醒来以后她的心情就特别好。

"并不是我有什么好事。"

"那是谁？"

"是你。"

"我能有什么。我什么都没有。"

"你的房子建成了，这难道不是一件好事吗？我特意过来祝贺你。"

"你已经祝贺好几回了。你是来找水喝的吧？"

"好吧。我确实需要一杯热腾腾的开水。大雪天就要来了。怪冷的。你打算一直住在这儿吗？如果你不嫌弃，我的毛竹林的老房子随时欢迎你。"

"吉鲁野萨，你自己的房子应该自己照管。我知道照管老房子很麻烦，但你不能指望将自己的麻烦丢给别人。你是希望有一天你的女人回家，看到房子还是好好的。你有这份心确实让人感动。但我可没有时间帮忙。我自己的老房子还塌着呢。"

"你还打算回去住啊？"

"对啊。"

"地上捡捡吧！"吉鲁野萨说。

"什么？"

"捡你操碎的心！"

"吉鲁野萨，你不要在这个时候跟我开玩笑。我儿子过得很惨。他欠了一屁股债。但他会把老房子修好的。"

"他知道你在这儿搭了草棚，以为你这位老母亲在学城里人隐居，早就把修缮老房子的事情抛在脑后了。他现在开车回村，只是回来看一看风景，散一散心。你以为他还顾得上你的老房子。我劝你不用管他了。你管他那么多干什么？"

"难怪我儿子见到我的时候，没有喊我回家。原来他以为我要在这儿长期住下了。"

"你是不是每天还在求菩萨保佑，保佑你儿媳妇生个大胖小子，让你的儿子也有儿子？"

"是的呀……如果我有这个能力的话……希望借你吉言,我的媳妇未来生个大胖小子!"

"你变成这种性格我一点也不喜欢。"

"随你怎么嘲笑我。今天我心情很好。像是刚从我母亲肚子里出生一样,很高兴。"

"他们两个连一声'妈'都没有喊过你,你还保佑他个屁。我祝她生个蛋。"

"吉鲁野萨!"

"好了好了,她什么蛋也不会生,这样行不行!"

"你还是别说话了。你不懂,做父母是可怜的。"

"我是不懂。还是别说这个话题了。"

"好啊。我们说点儿别的。"

"欢迎你马玉兰,既然你打算暂时住在这儿,那我作为这片山林的常客……过客……随便什么吧,欢迎你。以后我路过这儿就有热水喝了。希望你不要明天又改了主意,搬到不知道哪儿去住了。"

"我还没有别的地方可去呢。你以为我会一下子飞到月亮上吗。"

"月亮有什么好。月亮是被人望旧了的故乡。你信不信,那上面肯定长满荒草了。"

"吉鲁野萨,你这话说得很伤感。说明你其实每天晚上都在望月亮。你是不是在想念什么人?"

"可能吧。一开始可能在想念我的女人。但是我和她吵架了,我恨她,她也恨我,她赌咒这辈子不跟我见面。我也发誓不见她。我们分开以后,我就总是一个人孤零零走来走去,还总是习惯在夜间的山林中游荡,每次低头看见的只有自己的影子,抬头只有月亮或黑沉沉的天,就算有什么想念的人也早就累忘了。我只是越来越感到孤独。这可能跟我走了很多、很久的路有关。我的脚步又停不下来。孤独也停不下来。所以我白天才会去周边的山村露一下脸。我故意让一些人看见,让他们跟我说说话。你不明白这种意义。啊,不要再说我的事情了,来说你,你还要去找古松明吗?"

"古松明是什么?"

"古松明是……"吉鲁野萨望着马玉兰,他从马玉兰眼神中看不到任何一丝听到这个名字时的亮光,便说道:"古松明是月亮上的一个地名。"

"那有什么好,被人望旧的地方,我还是喜欢山梁边的松树林,它让我觉得住在这儿很安心。"

像一场亮脚雨

我把吉鲁野萨的脖子差点拧断了,他要是晚一点儿求饶,我敢保证他现在不是住在医院里。

他龇牙咧嘴:"啊啊……雁地拉威,放开我的脖子,这次算你有种!"

他就是那种可怜相——不,可恨的样子!

他住到医院了。

住到医院已经十天了。

现在顶不住压力的反而是我——住院的钱由我出。

开始那几天我还比较乐观,以为这个混球住上三五天肯定憋不住无聊自己闹着出院。没想到十天了,他一点儿没打算出来。我的女人每天煮了饭端去给他吃,她已经很厌烦了。"雁地拉威,你拉屎要人给你擦屁股吗?你的烂摊子我已经受够了!"

我也受够了!

我得学聪明一点。只要这个女人准备张口跟我"讨说法"立马抢着给她来一句"吉鲁野萨这个杂种",她就没法继续抱怨。本来她肯定也打算这么骂一句吉鲁野萨然后再骂我。

眼下快入秋了,高处的雪山之巅白雪早已融化,我的村庄坐落在峡谷一小片盆地上,在我房子的门前和山的背后,都是我的田地。两年前我的腰还没有被树干砸断,腿也没瘸,我还在田地上耕种,那时候我就是一头公牛,有使不完的劲儿。

说起我的腰……那是一场意外,噢……不值得!

我有点儿沮丧。这几日天气不好。即便天气好的时候雪山也总是第一个被阳光照亮,剩下的光芒才会落到我的土地上。我感觉我的运气太差了,差了半辈子。可我也不能搬到雪山之巅居住,人在低处才会像植物一样向上生长,如果处于高处要怎么生活我还没有想过。我就更沮丧了。

"雁地拉威,好狗不挡路!"

是我女人的声音。

啊天呐!她近来对我的态度简直差到无法形容。

我挪了一下屁股,才发现醒来之后一直蹲在门槛上。

她又踢了我一脚。

我出于生气,等她过去之后又将屁股狠狠挪到先前的位置(坐太狠,一股灰尘从屁股底下升到眼前)。但出于心虚和愧疚，我又一瘸一拐走到院坝的边角一块石板上坐着。这两年她非常辛苦，所有的重活都落到她身上。更何况她背上还背着我的小儿子，他还处于吃奶的年纪。我的小儿子是我的第四个孩子。我的大儿子已经结婚了。我的二儿子快结婚了。我的三儿子也快结婚了。他们都长大了。结婚的那个自己修了房子住到一边，住得还挺远，没结婚的两个跑到外面打工，几年也难见一次，有时候我都怀疑自己是不是真的生过他们。已结婚的大儿子就不说了，他自己的生活过得又忙又穷、又穷又忙，简直是我年轻时候刚结婚那种生活的再现。我也帮不了他，甚至想离他远点儿才好，这样我就不用因为看见他眼下的日子想起我自己过去和现在仍然没有多大变化的日子，除了分几块他应得的土地给他耕种，我也帮不了更多的忙。想必他也并不想时刻见到我这个当父亲的。从前他总说我没有太大的能力，使他过得不如别人体面。想必他要用我做反面例子，奋发图强过上体面的日子。我离他远一点对我们的父子关系是有好处的，不至于闹得更糟。我只是比较生气二儿子和三儿子，他们出走的那种决心简直像是要跟我断绝父子关系。难道生在这样的高山是我的梦想吗？我无数次说过，人有人的命运，狗有狗的命运，我出生在贫苦的环境中是我的命，他们出生在我的家庭更是他们的命。"有本事自己去创造自己的出路。"我是这么跟他们说的。他们负气而去，偶尔回家一趟，也似乎只是可怜和想念他们的母亲。我和他们的母亲还住在老房子里，就是因为他们都长大了，都各自有了家庭或者跑出我的家，我才感到特别寂寞，我才下狠心再生个小儿子来陪我。我的女人还年轻，但这份儿年轻也只够她勉强帮我再生一个，往后我的小儿子再长大一点，我想再生一个儿子的愿望就不能完成了——但谁会关心这个呢！目前我的小儿子正在我女人的背上啃他的小手，他多可爱啊，感觉他继承了我所有的优点！

其实我的腰痛得很，十天前跟吉鲁野萨打完架我的病就复发了，腿也更痛：右腿肌肉已经萎缩。这些都不敢告诉我的女人。她安慰人的话早在两年前就说完，对我的呻吟和诉苦提不起耐心。

"雁地拉威，第十天了，你打算怎么办？"我的女人走到离我稍微近一点的地方说。

我不知道怎么办。

"你没有什么话说吗？我看你打架的时候挺厉害。"

"如果我不厉害就被他们打死了。"

我女人伸了一下脖子，没有说出什么话。她在我跟前站了一会儿就走开了。她很伤心。

田里稻子长势很好，再有些时日便会黄灿灿的，风一吹就有谷子的香气。以往腿脚好的时候我会亲自去播种，收割，将它们扛进谷仓。身体残废以后，我连活着喘气都觉得累。我曾试图放牛，牛是牲畜当中相对"乖巧"的，不料这个简单的活我也干砸了。这更让人觉得我从此往后是个什么也干不了的废人。我感觉四周都有人在说我闲话，就算不是说我坏话，单纯地同情我的话，我也不愿意接受。山中潮湿的气候时常让我的腰和腿半夜痛醒，痛入骨髓那种痛，可以击垮一个要强壮汉的那种痛，不被人体会和接近死亡的痛。这种痛第二天醒来还埋在我脸色当中，被许多旁人看见也被我的女人察觉，可是她想安慰的耐心早就没有了。想到这些我突然有点儿难过。一股怒气始终在心里盘旋。雪山底下不知哪片林子里最近飞来许多乌鸦，一只连着一只，叫唤着从我头顶上空飞过。仿佛专门叫给我听的，心里更烦闷了。

我女人下地干活了。她背着小儿子。脸上有怨恨的神色。我只好瘸着腿跟在她身后问一句：要不你把儿子放下来让我背？（身体报废以后我总是这么说，也只能说出这样一句我认为可以说到做到的事儿，至于其他的比如锄地、割草、扛柴，甚至喂猪、做饭，需要不停用到腰和腿力的活，我就不敢作声了。背孩子是可以的，我可以背着他直愣愣地站一整天，或者勉强坐到地上休息，也可以抱着他稍微玩几个我能做到的游戏。这个活我觉得我可以干得不错。）

她没有说话。其实她很想说并大声地说。她涨红着脸，赌气似的没有把孩子让我来看管。那种意思好像是，她能将孩子生下来，就有本事自己拉扯长大。而我这个丈夫既然靠不住也就懒得靠了。她就是这种意思。对于我的好意不予理睬，想把那种窝在心底的硬气更明白地让我感受到。

中午的阳光火辣辣地晒着我小儿子的脸，他黑得像一只乌鸦，而这种肤色是我造成的。如果两年前我不去帮吉鲁野萨干活，不帮他将砍倒的树干扛回家，或者他踩滚下来的那根树干快要砸到我的时候早一步跳开，那么我就不会被砸倒，我的腰和腿骨就不会断。那个时候用我女人的话说，我躺在医院里只剩一口气了却仍然还像个活菩萨，我没有让吉鲁野萨出一分钱的医药费，更没有让他的女人煮饭给我吃。可是自那以后，吉鲁野萨这个杂种不但不感激，还每天造谣生事，四处说我坏话，说我心里对他有恨，说我时刻想要报复，说我如何"欺人太甚"而他"仁至义尽"。没想到人一翻脸这么难看，吉鲁野萨简直不像个人了。我若健健康康不出意外，我的小儿子也就不会晒得像只乌鸦，他必定会在他母亲的怀抱中，好好躲在我的屋檐底下，像他几个哥哥小时候那样白白胖胖。现在他黑得简直让我不敢多看一眼。

我低头坐在地边，像个旁观者和监工，我女人背着小儿子在地中间干活，像个奴隶。

晚饭时分，我女人收工回家，煮了饭给吉鲁野萨送去。她肯定又要可怜巴巴地试图跟吉鲁野萨商量，请他看在她如此用心照顾他的分儿上，可怜她还带着一个奶娃又要照顾一个残废的丈夫的分儿上，早点出院。她实在负担不起更多医疗费了。一定会用各种委婉的话，将意思传达给吉鲁野萨。

吉鲁野萨也肯定会用各种办法让她死了这份儿心。不然她也不会连续十天，带着希望出去，带着绝望回来。

"我们快要穷死了！"她回来跟我说，"你觉得我们的钱还能撑多久？他还是不出院。"

我决定亲自去找吉鲁野萨。

我去找吉鲁野萨了。为了不耽误时间，我起了个大早，天不亮就到医院门口了。

吉鲁野萨躺在病床上。他似乎早就知道我会来找他。看见我进门就把脑袋缩着并扭到一边去。

"看来你的脖子没事。"我说。

吉鲁野萨不说话。鼻子里冷哼一声。

"你准备住到什么时候？"我耐着性子问他。

吉鲁野萨不说话。

"那么你要多少钱？"

吉鲁野萨动了一下脑袋。

"我不记得我有把你打成哑巴。"

吉鲁野萨脑门上的青筋抽动了一下，很生气但还是不说话。无论我用什么语气说出什么样的话，吉鲁野萨都不搭理。我只能回家。回家后的日子更不好过了。我女人跟我说话的语气透着更多的不耐烦。

后来我才知道，我前脚刚踏进门，流言后脚踏进村，几乎所有的女人都用她们觉得非常聪明的方式盘问我的女人，是不是不想帮吉鲁野萨交医药费，是不是像吉鲁野萨女人说的那样，我去看吉鲁野萨只是去逼他出院。更可恨的是，那些女人极其同情吉鲁野萨，说他那么大的年纪，我虽然腰和腿是帮他们干活残废的，可那是意外，这种意外不能算在年纪比我大了那么多岁的吉鲁野萨身上，何况他们也出了不少"心意"了。他吉鲁野萨出了什么心意我真不知道！再没有比这更委屈和令人气愤的事。我女人把这些怨气全都带回来摆在脸上给我看。要不是那些女人当中有沉不住气的，想要直接从我这里找到答案（也或许是准备帮吉鲁野萨打抱不平），不然我也不知道我女人的脸色为何那么难看，我用多少软话也不能使她高兴一点。

我再没有心情找那些女人的男人聊天了。突然之间，我不想孤独寂寞地活着都不行。

我强撑着跟我的女人一起下地干活。我们的土地都在山坡上，除了门口这几块水田，其余都是山地。山地上的土壤偏硬，又因山势陡峭，无法使用耕牛，播种完全靠人工，十分艰难，需要下锄的地方得先找到能站稳脚跟的位置，这样才能保持平衡不浪费力气。我丢掉拐棍拿起锄头，这件事挺让我女人惊讶和感动。她不知道我每挖开一块新土，就像在我病痛的腰和腿上砍一刀。但是只要她高兴我也就高兴了。

夜里我经常睡死了一样，翻不了身。如果第二天不是一觉醒来，我都以为我死了。我女人倒是变得体贴了一些。

然而这种强撑最终让我更比从前虚弱。那条已经开始萎缩的腿变得更细弱，除了拿着锄头的时候，其余的时间几乎离不开拐棍，离了拐棍寸步难行。连我的女人都笑话，说我干活的时候看着像是好了，不干活的时候却像是残废得更厉害，她已经摸不准我到底是好还是不好。

我当然不好。我的那条好腿现在也跟着要坏掉了。用不着多久，我可能就会因为腰和双脚报废而亡。

她不能替我感受到更多痛苦。我的小儿子更不能体会。他还不到两岁。不过他已经开始长心眼儿了。为了讨我欢心，让我有更多时间陪他玩耍，他就在我身前故意摔倒，或者冷不丁跑上来砸我一拳。我怎么会不知道这个小儿子想要干什么呢！他在博取我更多的宠爱和关注。可我有心无力。白天跟他的母亲一起干活，晚上只要腿脚不是痛得睡不着觉，我就必须抓住机会睡一觉才能保证第二天活着醒来。

吉鲁野萨还在医院里住着。快一个月了。我真不明白一个人好生生地住在医院里有什么意思。

我田里的谷子已经归仓，吉鲁野萨却像只田鼠在医院那个"洞"里准备消耗完我所有的粮食。

我只能不停地将新收的谷子和其余的作物拿去变卖，使得吉鲁野萨的医药费一直续得上。

"他是准备在医院里养老呢！"我女人说。

"吉鲁野萨这个杂种！"我只能这样接着她的话骂一句。

"要不然我们就去告他？"我女人以商量的语气说。她其实早就说过这种话了。

"不行。"

"我就知道你会这么说。雁地拉威，你为什么要相信族中长辈的话呢？他们说我们跟吉鲁野萨沾亲带故，不能将事情闹到官家那里去，你就不闹吗？你明明吃了大亏！"

"反正不能闹到那儿去。"

"在这儿说不通的道理为什么不让别人帮我们说一说？"

"我们自己的事情只有我们能解决。闹复杂了以后还怎么相处。我们住在同一个地方，当初也是当着族中长辈认了这笔医药费（毕竟吉鲁野萨比我们更穷，我打伤了他，出钱医治也是应该），男子汉大丈夫，多多少少要讲究一些体面，说出去的话不能反悔。"

"吉鲁野萨可没有给你什么体面。他年纪大了，又穷，平时有什么毛病都是熬着，像个老机器一样，你这样将他送进医院，他还不趁着机会将自己好好翻新一下吗？"

"他会出院的。"

"他不会出院。他会一直在那儿住着，住一辈子。他准备在那儿养老，你等着瞧吧。"

我现在白天跟她的对话基本都是这些。到了晚间，我俩各自上了自己的床（自从她生了小儿子，我们就分床睡了），就不再说话了。

大雪就要来了。我必须去找吉鲁野萨谈判。这一次我决定说点儿软话。选了个天气晴朗的日子出发。

吉鲁野萨精神很好地躺在病床上。他果然像我女人所说，把医院当成养老院，养得他那张原本很黑的脸都变得白起来。

"你来做什么？"他说。这回居然是他先说话。

"我来问你到底什么时候出院。"

"好了就出。不好不出。"

他手里抓着电视遥控器，对着医院墙壁上高高挂着的黑白电视机选自己喜欢看的节目。

"你倒是过得逍遥快活。"

"都是托你的福。"

"我们有必要闹到这种地步吗？吉鲁野萨，你这是耍赖皮。我们好歹也是亲戚。"

"雁地拉威，就因为我们是亲戚，我只是躺在医院里治病，没有让你除医药费外再给我一些补偿，更没有闹到官家那儿将你抓起来关起来，你不要把我的善心糟蹋了。"

"说起病痛，你病得有我厉害吗？吉鲁野萨，我这身毛病都是因为帮你干活落下，我有没有问你要过一分钱？这两年我过得生不如死，在家人面前羞愧难当，家中大部分积蓄用在治疗我的腰和腿上，剩下一部分，如今全都用在治疗你的脖子上面了，我真没觉得你的脖子有什么毛病，你的喉咙还能送话，你的嘴巴也没有歪斜，你的脖子还能将你的脑壳支撑得不偏不倚，为什么你要一直住在医院里消耗我的钱呢？我很穷了，吉鲁野萨，我谷仓新收的粮食已经变卖得差不多，再这样下去，我们一家人的日子没法继续了。我今天诚心诚意来请你出院。我们只是喝多了打一架，你要躺在医院里骗光我的财产吗？"

"什么叫'骗'？你说话太难听了。"

"我是来请你出院。"

"病还没有好呢。"

"你要在这儿养老吗？"

"我是在养病！当初你摔伤是意外，树干要打你，不是我要打你，你要找麻烦应该去找那根砸伤你的树干，不该来找我。我已经很对得起你了，当时为你身体尽快康复，我亲手杀了一只灰山羊送给你吃。今天你来翻旧账对得起我那只死去的羊吗？"

"吉鲁野萨，我真想把你打死了。"

"你回去吧，我什么时候该出院就出，用不着你来提醒。"

回家遇到下雨，下的亮脚雨，一边下雨一边下太阳那种天气。我女人见我淋成落汤鸡，急忙给我烧了一碗姜汤驱寒。

"你的腿这么细的吗？……"她惊讶地望着我那条残废

的腿。我们两个已经很久没有睡在一起了,夫妻生活也早就不过。我的裤子被雨水打湿紧紧贴在身上,恰好让她看见了我隐瞒许久的"真相"。

"它早就这样了。"我说。

"肌肉萎缩了吗?"

"是的。医生早就说过会这样。你不要担心,我并不觉得很痛。"

"难怪上次小儿子踩到你的腿,让你痛得在床上打滚,我当时无法理解。"

她许久没有这么关心我了。

我走过去,搂了一下她的腰,太长时间与她没有任何肢体接触,觉得有点儿陌生和害羞。她把我推开,我也顺势放开。我们都很吃惊一起生了四个孩子的人落到今天居然会觉得对方陌生。

她看着我笑了一下,是那种连她自己也把握不出该表达何种心情的笑。

她让我把裤管卷起来看一看。我就把裤管卷起来。

我也是第一次仔细地观察我的腿。一直以来不敢正视甚至不敢承认这条腿已经报废,可是,我还怀着别的信心,即便每一次疼痛都让我恍惚觉得这条腿即将无可救药消失于身体、突然变成一个只有一条腿的人,我还是更多地相信来自废腿的疼痛会像新发芽的植物——因为生命本身就是带血的，要经历钻心入骨的疼痛——终究让我丢开拐棍重新站立起来。

"你会好起来的。"她说。这是她能想到的安慰我最好的话了。她用手轻轻在我腿上按摩，手法非常温柔，仿佛我们当初刚刚结婚那时候，她也是如此耐心地给我按摩双肩，那时她的手还是年轻女人的手，掌中没有老茧，皮肤光滑细嫩，不像现在，手背粗糙手心里尽是枯枝利草戳伤的痕迹，就连她脖子那一圈的肤色也跟从前两样，汗水和烈日从那儿淌过，留下红不红黑不黑仿如浑水退去之后土地的颜色，属于女人脖颈的香气估计也不复存在了。我很久没有抱着她，亲吻过她脖颈以及脸上任何一寸肌肤。此刻，我感到愧疚难当。

"你要对自己有信心。我们的小儿子转眼就会长大，你会有最好的帮手，我敢说他与你之前那几个儿子不同，他会很听话很孝顺你，等你老得走不动，他就把你背着去田间地头看一看。你相信我说的话吗？"我的女人微笑着，仿佛眼前浮现了她所说的场景。

我点头。心里很苦闷。

该死的吉鲁野萨并未给我更多希望。更气愤的是他的女人竟然在我的地里偷东西——我女人辛苦种出来的粮食：留在地里做种的红薯、青菜和萝卜。她趁着夜色或天亮之前行动。要不是那天晚上我出门撒尿看见地里一盏亮光，追到地边看个究竟，还不知道我的粮食遭了殃。

吉鲁野萨的女人瘦得和吉鲁野萨简直天生一对。他们夫妻二人的嘴都是一样的……说出的话又可怜又可恨又没办法跟他们讲道理。

我摸到地边吼一声，她吓得摔倒在地并且回了一下头，照着月亮我把她认出来了。

"你怎么偷我的东西？"我气得要咳嗽起来。

"你不要这样说话，我的丈夫还躺在医院里。"

"我知道他躺在医院里，但你在偷我的东西。"

"该死的狗日的没心肝儿的，你不要乱扣罪名，我只是顺路拿了一点我觉得该拿的东西。"

"我家的东西怎么成了你该拿的？"

"你跟我扯这些有用吗？雁地拉威，我的男人被你打进医院了你不是应该去跟他表示你的悔意吗？"

她说来说去就是想让我明白，吉鲁野萨一天不出院，她就一天不给我好脸色，甚至故意来偷我的东西。并且在白天（我早就知道）她扎堆在人群之中，做出她可怜的受害者的样子，一把一把的鼻涕哭出来丢在灰土中，所以她的眼睛一直都是肿胀的，人们没有一天不看见她的可怜样子。因此哪怕我雁地拉威是个残废，日子过得也不宽裕，在他们眼中也不值得同情，是一个"忘恩负义"甚至"活该残废"的人。"吉鲁野萨一家人对你是有恩的。"他们对我这么说过。

我觉得人一旦翻脸就不会打算再把脸翻回来。就像吉鲁野萨的老婆，本来我没有抓住她的时候，她只是偷偷摸摸在地里刨点儿东西，被我逮个正着就干脆白天也出动了。在我的土地上窜来窜去，就好比逛她自己的菜园子。我女人只是叹气。后来她却突然不叹气了，脸上还有了高兴的意味。说到底我女人是个相当有耐力并且觉得自己是个很聪明的人，她跟我过了半辈子，每次遇到什么难以解决的事情，她都想着"大事化小"。这是她从生活经验中领悟的生存技巧。这次也一样。为了讨好吉鲁野萨的老婆，她不但没有骂这个偷她东西的老女人，竟然还自己牵头带对方去"最好的那一处"摘走青菜或萝卜。地里的东西越来越少，她竟越来越高兴，她跟我说，吉鲁野萨的女人只要肯拿我们的东西就是好的，她总会因为心里有点儿愧疚而在吉鲁野萨面前说我几句好话，那么到时候我们不去说情他自己就出院了。

吉鲁野萨并没有出院。老天倒是突然下了一场小雪，薄薄的一层，第二天就融化了，之后风里一直都是雪的味道。

我拥抱了我的小儿子。也拥抱我的女人。我自己也不清楚怎么会有这种奇怪举动。我从不这样细腻表达我的感情。然后就赶着羊群上山了。这是个不错的天气，风里仍然含有雪的味道，天色却看着像处于春天。

我的羊群都是灰色的，在凉意难消的空气中，它们走到山坡一处枯色的荒原上就像一片乌云。之后，我再将它们赶到草林前方,那儿是杂木林,穿过林子就到了另一片在这个季节看来相当青嫩的草地上,我便不管它们了,坐到林子边缘一块石头上想事情。

我今天心里堵得慌,也非常生气,也感到屈辱,仿佛我曾经身高八丈突然被人当头一棒打成矮子。我想起那天晚上吉鲁野萨女人的眼泪。她那天的心情就像我现在这样糟透了,也邋遢,席地而坐。"你就当同情我这个老妇人,赶紧拿钱给吉鲁野萨治病或者直接给我们一笔钱,你也看到了,我的房子在漏雨,没有吉鲁野萨随时修补房顶它很快就会垮掉。"我听了她的话什么都没说,等她一走我就跑去找吉鲁野萨,我拍着他的病床发问:"你是个骗子吗?你这样躺在医院里面消耗我的钱财是什么意思?你想把我变得和你一样穷才高兴吗?吉鲁野萨……"说到此处我的语气突然不受控制地软下来,"我其实很困难了,除了房子不漏雨其他样样不如你,而且我的房子也很旧,只不过当初修它的时候为了立面子,大门修得高一些,让人误以为住在里面的人日子过得很好。吉鲁野萨,算我请你帮忙,你回家休养行不行?为了感谢你的帮忙我亲自杀一只羊招待你,以后我们仍然还在一起喝酒吃饭,之前所有的矛盾一笔清除可不可以?"吉鲁野萨无动于衷,轻蔑地望着我,他比从前还无情,对我的话嗤之以鼻,就好像我才是个骗子。

就在我说完那些话离开医院的第二天,吉鲁野萨突然

"病情加重",主动要求转院到更大的医院治疗。那儿的医疗费用更高。吉鲁野萨让他的女人给我带话,说他的头被我打坏了,头骨开了一条缝,由于这条缝就像头发丝一样细,之前的医院检查不全面,他苦苦支撑和忍耐很久的原因是害怕转院之后给我带来金钱上的麻烦,我那天拍着病床跟他说的话太让他寒心了,也为了早点摆脱和解决我们之间的问题,他决定转院,既然我那么着急让他出院,他就必须抓紧时间治好他的骨裂之痛赶紧出院,免得我说他是骗子。

"开了长长的一条丝儿!"他女人是这么跟我形容。

我又想起我的儿子们,他们一个都没有来看望我一下。就算我的女人托人给他们写信他们也不回。住在远处的大儿子只是托人带来一个口信,让我不要太担心,吉鲁野萨早晚会出院。他说的简直是句屁话。只有我的小儿子昨天早上冲我笑了一下。

我摸出手机——进城看吉鲁野萨的时候我乘机买了一个老手机,不知道它被人用了多少年了——端着它找了半天信号,准备给吉鲁野萨打个电话。我想,这个电话能解决我所有的问题,不,是拿到最后的答案。

你到底出不出院?我问吉鲁萨野。他怒火冲天地跟我说,不!

那我就只能死给你了。我对吉鲁野萨说。

好啊,你去死吧。吉鲁野萨说。

我伤心并果断地挂了电话。

伸手摸出一小瓶毒药,是小瓶却也是满满一瓶,这是最后一次进城看吉鲁野萨的时候我偷偷买回来的,今天早上将它装在口袋。我好像终于明白早上为何要拥抱我的女人和小儿子。

我将它全部喝下去并捂住嘴巴不让吐出来。它比世上任何一种东西都难吃,但眼下只有它能给我带来另一条出路。

然后我就给我的女人打了一个电话。她的手机是三儿子给她买的,据说在城里哪个天桥上花了五十块钱,已经很旧了,有"嚓嚓嚓"的响声,有时声音全无。但这次我们通话顺畅。她当然大哭不止,并责备我为什么选了一条"很不男子汉"的道路。突然她又知道这个时候不能浪费太多口舌,她仍然想救我。"你在哪里?"她撕心裂肺。"在天上。运气好的话我很快就在那儿了。"她一时不知道如何接我的话,沉默了一会儿。只有哭声。我很难过并突然有一瞬间后悔不该那么冲动喝下那瓶药水,不该让一个女人知道我这样死去,不该特意告诉她我将这样死去,我应该悄悄带着所有屈辱和嘲笑独自去死——啊,或者,我也可以像地上的爬虫哪怕被人用小小的棍子戳断了脊梁也继续无望地活下去!

她停止哭,问我为什么要走这样一条只有女人们喜欢走的路。

我已经开始恍惚,手上无力,几次将手机落到草丛。我并非仅仅因为吉鲁野萨住到医院消耗我的钱财想不开。我最主要想不开的是身体上的残疾和病痛，那条废弃的腿虽然还长在我的身上，基本保证了人们看过来的时候我还是个"完整"的人，可实际上我的腿早已经死了。最可悲莫过于它虽死了却还时刻折磨着我，让我活在世上的每一天都很艰难。谁也不会知道（包括我的女人）我半夜爬起来在黑路上练习走路，只不过希望像常人一样能将步子不歪不斜，走得工工整整，我像幼儿学习走路那样诚心诚意地尊敬过脚下的每一寸土，恨不得先亲吻它再放上我的脚。可惜没用。我在一个人的黑路上，没有在任何一个旁人异样的眼光或同情的"待遇"下，仍然走不出像样的步伐，甚至越来越走不好。只有无尽的疼痛，钻心入骨的疼痛，在天气变化的某个晚上或黎明让我从梦中痛醒。从前我有多少尊严和骄傲，后来就有多少委屈和痛苦。吉鲁野萨并不是直接杀死我的人，他只不过需要通过住院"教训或好好报复一下"我，即便最后他让我去死，也只是没有将我说的话当真。他要是知道我会喝下毒药，这会儿已经飞到我跟前了。我对他有恨意是肯定的。他得到我死的消息一定会感到害怕，缩在医院病床上恨不得跟我一起去死。

我看到我那死去的父亲向我走来了，他是年轻的样子，嘴里含着笑，我挣扎着想要迎接。

"你坐着吧。不着急。"他说。我听到他这么说。

激动使人说不出话。风从我脸上吹过，仿佛不再是冰冷的风，仿佛春天来了，风中流窜着野花的香气。

我恍恍惚惚地清醒了一下，手机早就不在我的手上。通话也断了。我和我的女人并没有好好告别。她问我的话我也没有回答。我的邻居坐在我的身旁。他是个年轻的小伙子。他扶着我，不，他背着我往山下我家的方向走，此刻他走累了，将我放下来躺靠在一根树桩上。

"麻烦你了，小兄弟……"我说。

"我这就背你下山医治。你的女人托我来找你。"他说。

"这一带你很熟悉啊。"

"我从前也每天在这里放羊。"

"你不用管我了，你一个人背不动。等我死了以后，赶到这儿的人会将我抬下去。"

"你不会有事的。"

"我知道我的情况。我很感谢你背我一程。"

"你怎么了？你不要闭着眼睛。"小伙子边喊边把我重新扛到背上，我知道他把我背到背上了，来自他身体的温暖像灯一样照拂我。

我的父亲向我走来，他的双脚踩着一枚月亮，他的周围都是彩色的云，他的衣衫干干净净，他比我会当父亲，他让他的儿子至死都爱他。

"原来人这种东西，死起来也是很难死的。"我恍恍惚惚地说。我觉得我在说这句话。

后来,我的手从小伙子的肩膀上滑下去了。我知道。

骨头从我的身体上散下去了,像一场亮脚雨,穿透薄雾似的阳光落到地上。我也知道。

我死了。我知道。

人们还说了些什么我就不知道了。

人们按照先人的规矩为我燃起柴火,让我坐在了火焰上,此时天气特别晴朗,太阳和月亮并肩站在天上。这些我知道。

毛竹林

吉鲁野萨搬到这个叫"毛竹林"的地方已经三年了,偌大的地方只有他和他的女人一起居住。

毛竹林是险地,别人不愿意将余生安置在这样的地方。

他在原来的村子无法继续住下去。那也是雁地拉威居住的地方。自从雁地拉威喝药死了以后,他就感觉那儿的人看他的眼神里有了一些异样。人们心思多变,一会儿随风一会儿随雨,他被雁地拉威打伤躺在医院的时候他们都觉得雁地拉威欠他的,他躺在医院是应该的,躺多久都没有关系的,哪怕雁地拉威骂他是个骗子,那些人也会帮他说话;可是雁地拉威一死,他们的态度就变了,说他背上了雁地拉威的人命,说他躺在医院就是为了逼死雁地拉威,是个"不能接近的危险的人"。

"我们不能住在这儿了。"三年前他的女人说出这句话的那天晚上他就开始收拾行李。"我们走!"他差点儿用咆哮的语气在说这句话，声音大到吓了女人一跳。第二天一早牵着老女人出门，不跟任何人道别。走到半路女人都不敢放心，追问道："你的房子这么快就修好了吗？吉鲁野萨，你不要开玩笑，你才出去二十天不到！""当然！"他说。"难道有人帮你修吗？"她瞪圆了她的小眼睛。"我一个人。"他说。"你不要冲动，我虽然巴不得马上离开这儿，可也不想出去当野人。""我不会让你当野人。"他说。

他就牵着女人，不让她继续问下去，快步地头也不回地走向毛竹林。女人一路摔了好几次，啊，他都迅速地急吼吼地把她提起来了，就像是，就像是提着一条鱼。

毛竹林四面都是高耸的峭壁，峭壁一直往上是高山，高山一座连一座，再远处就是云天，就是看不见的山外的远方了，那远方是模糊的，像云雾缭绕或青蓝色的沧海。地面上站着石笋，粗壮的几根石笋扭在一起直上云霄，或独自一根石笋站在一处，都相互挨着，连成一片，石笋之间的空隙长满了细细密密的毛竹子，所谓"毛竹林"地名也是这样得来。吉鲁野萨观察完一遍，觉得叫它"石竹林"更恰当。

他居住的房屋是"卡"在石缝中间的。这倒没什么关系，他正看中石笋的牢固，沿着四根石笋边缘架上木头，一直搭到想要的高度就封顶，再盖上草皮，再往草皮身上压一层泥土，房子就完工了。这比山下汉人的砖房还省时和牢固。正是用这种简便的操作迅速搞起一座房子，让他的女人很快住了进来。虽然这个女人至今垮着脸，话里话外充满对新房子的抱怨和嫌弃。也没关系，再怎么样她也必须住下来，反正除此之外她也没地方可去。

找一块像样的土地播种确实很难，他仔细观察一番，瞧出这样的地方如果想要生存，只可将粮食的种子塞进石缝，这就完全要依靠种子的能力了，它们只能凭本事长出来，像野草一样，用原始的疯狂的力量求生，而他，也只能凭运气吃饭，就好比每一次收获都要精细地给石头剔一次牙，剔得够仔细够认真他才能填饱肚子。只有这样才能活下去。像赎罪一样活下去。他第一次来"选址"本不打算将此处作为落脚点，在石缝间走了几趟却突然有了兴趣。他就选了一个稍微宽敞的恰好能装下房子的石缝迅速将房子"塞"进去，又在老女人还想再仔细考虑搬不搬家的过程中打断她的想法，匆匆让她跟着来了。他一生都在谨慎选择，这一次，他想做一件"一拍脑门儿"就成的事。他做成了。

他每天都会爬到房顶上坐一会儿。有时在房顶睡个午觉。有时睡午觉不慎遇到突然下雨，就会湿漉漉地醒来。淋一场雨醒来心里反而鲜活。

秋天已经来了。吉鲁野萨又往房顶添了一些土。秋风绵长，压在房上的泥土如果不够厚就会越吹越薄，风大了能将房顶掀开。玉米开始成熟，哦不，已经可以收获了，风中都是玉米成熟的香气，收获的前一日，吉鲁野萨又往房顶压一层土。

"你是疯了才把房子修在这里。"女人说。她总是堵着他骂。她觉得他的耳朵一定是听不清东西了,不堵着骂没有效果。

堵着骂也没有效果。吉鲁野萨对她的话没有任何回应。但是他心情非常好。这是个晴好的早晨,女人的骂声就像一只蜻蜓不小心从石头上踩滑了,"叮咚"一声落在水面的响。山林飘出的花香弥漫在房子周围。这个时节的花开出来都是一股成熟的味道,就像庄稼成熟的味道,好闻,幽深。吉鲁野萨坐在房顶上,扬起笑脸看着树林。

女人揉着眼睛。她委屈得有点想哭。

她该去地里——石缝中!!——收玉米了……那些石头的牙缝里钻出来的粮食。

她垮着脸,不甘心地朝吉鲁野萨又看一眼。

吉鲁野萨很快就到地里帮忙。挎着大篮子。

老女人回头看见,又将视线扭开。她在生气。去年收粮食的季节她就是这种脸色和态度。

玉米秆长得很辛苦,但其实也不差,受挤压的生长环境反而让它们长得更壮实,无非产量没法跟别的土地相比。它们结出的玉米个头大,也好吃,是别的土地无法比的。

"这根本不能算是土地,你是不是真的脑壳有病?我跟你过了几十年了,到现在你拿这种罪给我受。"女人忍不住张口就说。去年她也是这么说的。

吉鲁野萨踮着脚从玉米秆上撕下玉米,剥掉外壳取出新鲜玉米,凑近闻一闻再放进篮子。

"你当我是空气吗?吉鲁野萨,我真不知道当初为什么要跟你到这儿来。我原本可以回我的老家。"她又说。她去年也说过同样的话。

"看来你是真的很不喜欢这个地方。三年了,一到收获季节,你总是说一些大致一样的话。"

"收获……"女人几乎是带着哭腔,"这算什么……"

"你不要嫌弃这些土地。"

"这算什么土地。"

"你没有闻到这儿的泥土冒着香气吗?"

"我倒是看见你冒着傻气。"

"我们至少没有饿饭。"

"吉鲁野萨,你以前不是这个样子。你为什么要为难自己呢?哦不,你为什么要为难我!"

"这儿很好。你也是不反对才跟我住了这么久。不然你早就走了。"

"因为雁地拉威对不对?你觉得愧疚吗?"

"没有。"

吉鲁野萨转开脸,他不想跟她继续说下去,也不想看着她的眼睛。她的眼睛里装着许多问题,他不高兴回答。

他希望天上赶紧下雨，即便此刻下雨会淋湿他的玉米，但可以淋湿他。这几年心里一沉闷雨水总能使他从混沌中醒来。是不是愧疚他不清楚。他不能再像以前那样活着是他清楚的。那些苦难的日子，他把它们幻想成石缝中粮食的种子，看着它们从石缝里长出来。每到秋天，连续三年的秋天，他明明白白仔仔细细收获石缝里钻出的口粮，就仿佛收获了从前丢掉的所有东西。除了自己的年岁更加老迈，一切都鲜活起来了。

忽然，他转过身，目不转睛盯着女人的脸，一些勇敢的神色在眼中打转。只不过他的眼睛有点老了，干涩，浑浊，大风一吹眼眶就发痒，倒在眼角窝子里的睫毛戳着眼眶，眼皮松垮地压下来，皱纹让他勇敢的光芒不那么明显。可他的女人是可以看出来的。他相信她可以。她的大半生都在这双眼前生活。她分得清这双眼睛什么时候高兴什么时候不高兴。这时候他表现出的样子，是提示此刻她可以问任何问题。

她却愣住了。没问。

"这儿的泥土真的冒着香气。"他说。

"这些粮食的味道很不错。"他说。

"你是想说，是我们自己种的。我们很久不种这些东西了。"女人说。

女人趴在地上撕玉米。她自己的话使她想起往事。她的肩膀上下抽动。她在哭。她想起自己的孩子了。她和吉鲁野萨一辈子只生了一个孩子。男丁。生他的当日高兴得杀鸡庆贺。可惜这个儿子实在对不起为他死去的那只鸡，他只活到二十岁，尚未成亲，摔死在山林中。年轻的儿子死去的那天，吉鲁野萨仿佛也跟着死去，她也跟着死去。从那时候开始，吉鲁野萨和她的眼前就是黑的，他们摸黑生活在以后所有的日子里。从那天开始啥也不想干，庄稼地基本荒废。她有很长很长的时间没有正儿八经在土地里播下一粒种子。每个午夜梦中，她停留在丧子的现场，儿子浑身染着鲜血被抬着从林中走向她。她看见，一张死去多时的脸，一张死去多时的嘴巴，一双死去的眼睛，一双死去的手和脚。无论她怎样呼唤，那些手和脚、眼睛和脸、微微张开的嘴巴，全都没有任何回应，全都死了，没有任何一丁点儿可以使他复活的迹象。她每一次都从失落和绝望里醒来。可是后来，自从搬到毛竹林之后她逐渐没有梦到儿子。她生气的原因正是逐渐梦不到儿子。即使梦中他仍然是死去的，可她希望即便是死去的，她也能和他相见。现在她见不着了。她生气吉鲁野萨为什么要搬到这个鬼地方，害她失去与死去儿子相见的机会。如果不是吉鲁野萨偶尔还有求生欲，往从前那个村子属于他们的土地上播下种子，她根本就不愿意活到今天。她没有勇气拿刀杀死自己，她怕见血，但觉得可以饿死自己。饿死是不见血的。

她在抽泣。悄无声息。

吉鲁野萨知道她在抽泣。他也明白她抽泣的原因。他将自己篮子里的玉米全都倒在女人身后。

"你把这些捡起来先搬回家。"他说。

"好。"她说。

她转个身，踩着自己拖在地上的衣角，将地面上的玉米一个一个捡到篮子里。低头起身，低头穿过石笋间的玉米树林。

吉鲁野萨看着女人的背影叹了一口气。

终于，他一个人收完了所有玉米，一筐一筐运回家中。

女人始终不高兴。即便今年的玉米显然比去年和前年收成好。

"你要是能笑一下就会显得更年轻的。"他说。他想逗她开心。不知道怎么说才能让人高兴。忘了当初用的什么方法才让这个年轻时很漂亮的姑娘动了情，甘心跟着他过苦日子。现在她看上去可真是有点儿……特别老，终日愁眉苦脸，往昔温柔的样子不复存在，目光变得凶狠，不仅看别人的时候凶狠，看他也一样。他一定使她后来的日子每一天都后悔嫁给他。她的眼皮塌陷得比他的更加厉害，塌成了三角眼。两边的嘴角向下弯着，像挂着两把随时能割他肉的弯刀。他有点儿害怕。害怕有一天她把他吃了。

"你要是不高兴的话我可以走。"女人说。

"我没有不高兴。是你不高兴啊。"吉鲁野萨有些委屈。

接下来二人都觉得没有必要再说话。再说就是气话。

女人忙着。吉鲁野萨也忙着。他们把所有的玉米分成两类,一类是在玉米屁股上留了几片叶子,一类是光屁股玉米,这样分开之后他们就开始把留了叶子的编成"麻花辫子",这个十分讲究,必须一个一个添加玉米,始终将玉米屁股上的叶子编到一起,延成长长的,像女人的头发辫子,两边"结"着玉米棒,挂到屋檐底下支出小半截的木头上挑着,就成了灯笼似的,沉甸甸的了。剩下的光屁股玉米就让它们堆在屋里,晒干之后脱粒,再用石磨磨成粉,就能用它们做玉米饭吃。

吉鲁野萨挂完门口的玉米,从凳子上下来,抬头望着它们。

"你倒是容易满足。"女人冷声冷气的。

吉鲁野萨听了很不高兴。他忍着。

"我知道你很不高兴。你想骂我。"女人说。

吉鲁野萨忍着。

"我梦不到儿子,这都是你的错。是你选了这样一个地方。"

吉鲁野萨想跟她说,急什么,你早晚会见到你的儿子。

"来了这个地方你倒是过得自在。你忘了我的儿子如何死掉。说不定他就是从这个地方的哪根石笋上掉下来的。"

吉鲁野萨想说,你猜得没错,他正是摔死在这个地方。

"你始终不说一句话。你是心虚吗?"

吉鲁野萨盯了她一眼。

又陷入沉默。

第二天一早,吉鲁野萨醒来却看不到女人。他找了一圈也没找到。她的日常用品一件不少,箱子里衣服一件不少,除了少她这个人,其他样样都在。

"完了!"他心里咯噔一下。

"没事的。"他安慰自己。

"她是生我的气出去走走。"

"她会回来的!"

一直到晚上女人都没有回来。外间风吹出哭声,吉鲁野萨在屋里坐了一会儿,坐立不安,打着松明(一出门就熄了)在毛竹林附近又找了一遍,始终看不到女人的影子。

月亮出来,地上有了光。又照着月光找了一遍。

吉鲁野萨断断续续找到天亮才回来睡上一觉,一觉醒来,却发现女人在门口坐着洗衣服。

"你昨晚去哪儿了!"

"什么去哪儿了?我能去哪儿。"

"我找了你一夜。以为被野狗叼走。"

女人这回没有顶嘴。她看上去心情好极了。

"说吧,你是不是打算离家出走,走一半又不想走了才跑回家？"

"是你想让我离家出走吧？吉鲁野萨，我哪儿都没去。我只是在这间屋子找到一个更好入眠的地方，你知道我整夜失眠，可是昨天晚上我睡得很好。"

"你睡在这间屋子我会看不见吗？你睡在哪儿？"

"那儿。"

"哪儿？"

"就是那儿。"

吉鲁野萨顺着她指的方向看去，屋子哪儿都和从前一样，看不出另外哪里还多出一张床。

"你从来不对我撒谎的。"吉鲁野萨说。

女人没吱声。她在用力洗衣服。洗衣服的清水变成了泥水，黄色的，还有些草渣。昨晚她一定睡在野外的泥地上。

吉鲁野萨决定晚上悄悄盯紧女人，看她到底去了哪里。可是夜幕刚刚降临，女人就凭空消失了。他急得团团转。

和上次一样，他一觉醒来，女人就坐在门口洗衣服。

"你到底去了哪里？"吉鲁野萨心平气和，附带了一丝祈求的味道。

女人停下洗衣服的手，甩掉手上的水。

"看来你很着急。"

"我当然着急。"

"我去见雁地拉威的女人。"

"为什么要见她!"

"因为她能看见雁地拉威,而我能看见我的儿子了。就在一个……我不能告诉你是在哪个地方。只要我们两个一见面,在那个地方哪怕睁着眼睛,我们都能看见各自想见的人。"

"难道你忘了她说过,她要报仇。"

"我没忘记。但我知道她说的都是气话。她并没有报仇。这两个晚上我们相处得很好。比从前任何时候都好。要不是你整夜找我,要不是看在你一片苦心,我们也生活了这么多年,说实在的,我连白天都不想回来。你不知道那是个多好的地方。"

"我简直听不懂你在说什么。"

"你听不懂就对了。"

吉鲁野萨去做饭。往常这些活都是女人在做。而这两日无论怎么说,女人都不愿意去做饭了。她吃得也很少。

到了夜幕降临,和之前两个晚上一样,女人又不见了。不过这一次吉鲁野萨隐约看到她离开时的背影,在山边的树林旁,隐约看见一眼。吉鲁野萨追进树林喊了几声,女人不见踪迹。"我就不信你能飞走。"他自言自语,带着一丝火气。脚上穿着一双草编拖鞋,草渣戳进他的脚趾缝。这一次他没有找很久,早早回家睡觉了。

第二天一早,女人回来了。照常坐在门口洗衣服。他摸出了她的规律，出去一夜，回来必定要洗衣服。衣服也必定是染了泥土的。

"难道你非要出去过夜吗？要不是你这么大年纪，我简直怀疑你在外面有了别的男人。"

"你是在生气。"

"我不该生气吗？"

"不该。"

"你连续三个晚上不回家，我生气还不应该？"

"不应该。"

"你说得倒是轻巧。"

"事情本来就很轻巧。我只是去跟雁地拉威的女人聊聊天。我们最近总有聊不完的话题。"

"你要是跟别人聊天也就算了。"

"你害怕她？我就说你心虚。她也说了，你会越来越心虚。要不然你也不会躲到这个地方来。"

"我没有躲。"

"那你为何要整夜睁着眼睛睡觉呢？你以前从来不这样。"

"我睁着眼睛？"

"是。"

"不管怎么样，你不能总是在外面过夜。"

"我倒是想回家。"

"那你就回啊。"

"晚了。"

"你这话什么意思?"

女人倒掉盆子里的水,将衣服晾起来。

"你还没有回答我的话。什么叫'晚了'?"

"我说过这样的话吗?"

"你刚刚才说的!"吉鲁野萨生气提高嗓门儿,他觉得又被这个女人耍了。

"我忘性大。"

"你只不过屁股刚刚离开凳子起来晾衣服,说的话就忘了吗?"

"是忘了。"

"我知道,你就是不想回家。"

"我倒是想回家。"

"那你就回啊。"

"晚了。"

吉鲁野萨发现和她的对话居然重复了。

"你在害怕。"女人笑眯眯地望着他。

"我没有。"

"雁地拉威的女人说,你会害怕的。"

"雁地拉威是自己想不开喝药死的。这件事你比谁都清楚。要说逼死他,也算不上,你知道我是真的受了伤。我的脖子差点被他拧断了。"

"你是想说，你住在医院不肯出来都是我的主意。你想说的是这个。"

"我不是这个意思。"

"是这个意思也没有关系。我承认。我们失去了许多东西，总要从什么地方讨一些回来。你在医院顺便治好身上所有的毛病，我也不闲着，我差不多拔光了他所有的蔬菜。"

吉鲁野萨低着头。

女人也暂时沉默。

"你今晚还出去吗？"吉鲁野萨问道。他是希望她说不去了。

"还出去。"

吉鲁野萨失望地看着她。

"有一件事我要跟你说一声。"

"什么？"

女人张了张口，突然又不说了。

"到底什么？"

"算了，你会知道的。如果说出来你肯定不会答应。"

"不说怎么知道我不答应。"

女人不吱声了。转身回到屋里。回到屋里找不着事情做，又到石笋底下堆积起来的玉米秆上坐着。发呆。

吉鲁野萨走到她跟前，像对待一个孩子似的蹲在她跟前，伸手握住她的手。"你到底怎么了？"

女人抽回手。

"你的手那么凉。"他说。

女人将手塞进衣服口袋里。

"不要再去见雁地拉威的女人。她说过她要报仇。我跟你说句心里话，我的确感到愧疚，但并不是说，我愧疚到了可以向他们低头的地步。你知道我们的儿子是怎么死掉的。他死在山林里。可是雁地拉威呢，他就住在我们两个的旁边，和他的女人一个一个生了四个儿子。我们却连唯一的儿子都没有了。你不生气吗？我知道你也生气。雁地拉威说的一些话，总能刺痛我们两个的心。他不知道他的话有时候可以要了我们的命。"

女人在发抖。她在生气。

"你晚上不要再出去了。"

吉鲁野萨说完，情绪非常低落。提起往事总难免让人伤心。回到屋里，坐在空荡荡的屋里。

女人像鸟一样孤零零蹲在玉米秆上。眼睛很空。吉鲁野萨抬眼看她时她也看他。二人互相望着，都感觉是望着对方空气一样的影子。

到了夜间，女人还是不见了。这次吉鲁野萨很不淡定，甚至有些想破口大骂。他挂在门口房檐下的玉米不见了。更让他生气的是，女人天亮时没有回家。并且在接下来的连续七天,女人都没有回家。

他想去报官。又更想求人帮忙搜找丢失的玉米。想了许多。最终什么想法都压下去,将剩下的玉米收进屋,放在眼皮子底下。

接下来,吉鲁野萨最重要的事情就是四处寻找走丢的女人(他希望女人只是走丢,不是别的原因)。几乎走遍了附近所有山林,包括之前不敢进入的山洞也看了,不见女人的影子。她仿佛就这样凭空消失了。他到雁地拉威的女人那儿去询问,对方告诉他,从未见过他的女人,更别说聊天。"您觉得我有什么心情跟二位之中任何一个聊天呢?"雁地拉威的女人反问他。吉鲁野萨觉得脸上有点发烫,想说几句重话又不敢,雁地拉威的女人跟他的女人一样,越发显老,脾气也坏透了。但是在听到他说自己的女人离家出走那一刻,雁地拉威的女人脸上却有笑容。他只好忍着一肚子气赶回家中,幻想女人会突然出现在他眼前,可是没有。

后来他才发现,她的日常用品包括几件旧衣服全都不见了。他终于弄明白,她是早就想离开他。儿子死的那一天她就想走。她说过,她看着他的时候总是想起自己不幸的儿子,由此觉得自己更加不幸。两个不幸的人天天住在一起,只让人越发感到大不幸。

吉鲁野萨恨不得痛哭一场。连续几日的奔波让他的老骨头都快散架了。

"越老越狠心的女人!"

吉鲁野萨沮丧万分,蹲在门口像只虚脱的老山羊。

之后,他就开始了独自一人的日子。虽然每到天明都会下意识看一看门口,看看女人会不会突然回家,但他不再出去寻找。一个女人如果拿定主意不回家,她就恨不得将留在你身上的记忆打包带走。她是下决心要去当野人了。吉鲁野萨想起来有些伤感,有时也恨她。

转眼入了冬,山上的大雪总是比山下来得快而迅速。起了几场寒风,大雪就覆盖了他的房子,房子就显得格外冷清。每次从门洞里出来都觉得自己是一只孤单的男狗熊。门口的玉米秆成了雪堆,鸟儿也似乎怕冷,极少飞入林中寻食,终日躲在雪堆下的玉米秆间,他听到它们在玉米秆里啄食的声响。吉鲁野萨踩着厚厚的雪,必须走一里多地才能找一些干柴回来。女人走了之后他无心家务,之前找的木柴都烧完了。

树木被积雪裹住,落在地面的干柴压在雪下,他连落脚都要仔细,谁知道会不会掉进坑里。在毛竹林住了三年,他对周围的地形却不是特别了解,极少有时间到山林中走动。要不是前段时间匆匆在林中走过几趟,他连这儿的路都摸不清,恐怕一进树林就要迷路了。

"这倒是块好地方。"吉鲁野萨自言自语。再往前走,竟是一块没有高大树木只有草生植物的坡形草场,仿佛它本来就是一块不错的土地,是被什么人遗忘在这儿了。而且看这个样子它并不想堕落下去,还保持着一块土地该有的貌样,除了难免的一些杂草,硬是不允许任何一棵高大树木的种子从它的土里钻出来。它随时可以耕种。

吉鲁野萨丈量了一下,这块土地如果全部种上粮食,他一个人怎么也吃不完。

他有点想念自己的女人了。她可是一个干活的能人。

他走出这块看起来不错的土地。走到家中。手里抱着的一捆干柴也仅仅够烧一顿饭。他突然觉得自己很可怜。

大雪一直不停地下,快将房子压塌了。立于雪中的石笋变得粗壮,如果从上面掉一块积雪下来说不定能将人砸出内伤。吉鲁野萨每日都去那块相距一里路程的荒地上捡柴。实际上,那块土地上根本也没有几根可以捡拾的干柴,他只是去观察一下,看看那块土地是不是彻底没有主人。如果一直没有人来耕种的话,他打算开垦出来。毕竟荒废一块上好的土地是有罪的。更何况这块土地就生在毛竹林旁边,差不多可以算是他的地界上。然而大雪不停。谁会冒着风雪来整理土地呢。

吉鲁野萨很不甘心,他盼望大雪之后土地仍然是无主的。积雪之下,他用手扒开泥土看过,非常肥沃。

寻找女人这件事快被他淡忘了。但无法真正忘记。女人把家里的钥匙带走了。这件事偶尔会困扰吉鲁野萨——当他怀疑放在屋里的玉米似乎又少了一些的时候。当初或许应该从女人手中将钥匙收回。

现在他很少去关注钥匙这件事。因为他确实将女人差不多忘记。如果不是进出门的时候忽然看见她曾经洗衣服的那只塑料盆子,他恐怕连偶然想起她的时刻都没有。

山中的气温一直很低,不是下大雪就是下小雪,或者雨夹雪,这种天气只有野熊能扛住了。如果不连续找来干柴将火塘里的火始终保持燃烧,吉鲁野萨恐怕要冻死在毛竹林。他觉得今年毛竹林的气温比前两年低了许多。从前听山下的年轻人吹牛,说这些年气温开始反常,一年冷一年热,说不定未来居住的这片山区会成为南极那样冷的地区,冷得只有海狼和帝企鹅喜欢。

雪堆到足有三尺厚,脚一踩就陷下去了。吉鲁野萨完全出不了门。这种日子恐怕要持续半个月。

吉鲁野萨觉得这样活着一点意义都没有,这是等着消耗剩下的日子,等着死。他很心慌。到了第十天,雪还没有融化的迹象。他穿上前些年女人给他做的羊毛披毡,戴上女人给他织的羊毛帽子,扎上裤脚,踩一双深筒靴子出了门。雪深的地方差点没入大腿,雪浅处倒还看得见靴子。吉鲁野萨也不知道该往何处去,纯粹在屋里关闭太久想出来走走。走到那块荒地上来了。荒地的积雪并不如想象中厚,一脚下去还能看见靴筒。要不了几日它就会融化,露出之前那种浅黄色的杂草。地里有兔子经过，雪地上有它们留下的脚印。或许还有什么别的小兽到此觅食，雪地上也有一些不太能分辨清楚的脚印。想起他很小的时候——"好遥远啊！"——父亲是个猎人，常夜晚带他上山捕猎。常什么也捕不着。常空着肚子走一夜。路上的各种野兽的脚印却认识不少。父亲能从不同的粪便上分辨出不同的动物种类。现在想来，那就是个失败的猎人，除了认识它们，从未捕捉它们，他带着自己的儿子进山似乎也并不是为了捕捉。就好比后来年纪轻轻就死去的母亲对父亲的评价一样：纯粹只是想在山里转来转去。

谁知道父亲为何只在山林转来转去呢！他明明可以成为一个出色的猎人。

吉鲁野萨抓了一把雪盖掉野兔的脚印。

放眼望去，荒地周围的树林多以松木为主。高山的雪松要稍微矮一些，积雪一裹几乎成了圆形。吉鲁野萨走到其中一边，看到雪松下长了不少毛竹子，由于叶片差不多掉光了，它身上倒没被雪裹住，光溜溜地站在雪地上看着挺冷的。竹尖上挑着一段薄薄的、女人的长指甲似的冰片儿。

"啊——！"他长长地吼了一声。听说这样会引起雪崩？

"雪崩也好。"他自言自语。

也许他的女人一直藏在他身边的某个树林中。如果雪崩，她一定会像狗熊一样飞快地跑出来。她跑起来特别快，年轻时候更快,他从来没有撵得上。天知道她是不是变成一只兔子了。

回到家门口,天已经擦黑。

门口突然来了一条狗,不,是狼。不知道是狼还是狗。

吉鲁野萨下意识抓了一根木棍在手中。

"走,走!"他用棍子示意它离开。心里在发抖。勉强做出的强势的动作已有软弱的味道。毕竟他是个老人了。如果一只狼想要吃他,棍子只不过是它的磨牙棒,将棍子夺去磨完了牙再吃他,也不在话下。

狗趴在门口,不,狼趴在门口,扭头看着他。吉鲁野萨觉得那双狼眼里全是挑衅和嘲笑的味道。也可能不是挑衅和嘲笑,仅仅是看着一盘不错的晚餐。像他这个年纪的人,骨多肉少。

狼半天没有动。

吉鲁野萨紧张得很,狼不动他也不敢动。不过他没有之前那么害怕了。他在仔细观察这个突然闯入毛竹林的东西到底想干什么。

"干脆叫你狼狗好了。"吉鲁野萨试着发出声音。如果狼狗扑来,他也只能拼死一搏。

狼狗头一低,趴在自己的前爪上睡觉。

吉鲁野萨在不安中过了一夜,第二天一早,狼狗还在门口。他也没有之前那么怕它了。而且他也察觉,狼狗对他并没有恶意。它似乎只是跑来这儿避一避风雪。

吉鲁野萨整日不敢出门,虽然狼狗已经让开门前的路,在石笋下面的玉米秆里钻出一个窝,趴在里面只露出一个头,他还是不能贸然出去。到了夜幕降临,门口突然又来了一条一模一样的狼狗。吉鲁野萨吓得不敢入睡,整晚睁着眼睛。

第二天一早,两只狼狗住在一个窝里,半点儿没有想攻击吉鲁野萨的意思。也没有期待吉鲁野萨给它们一些吃的。它们在雪地里刨食:一些虫子。吉鲁野萨还是头一次看见这种动物居然吃虫子。为了让它们赶紧滚蛋,吉鲁野萨是不可能在它们身上浪费一滴粮食的。

狼狗在门口一天,吉鲁野萨就一天不能离开房子。他必须驻守起来,即便此刻雪已经不下了,开始融化了。他害怕前脚一走,房屋就变成狼窝。他不能舍弃自己的地盘。

夜幕降临时,又来了一条狼狗。吉鲁野萨又惊又怕。到了夜间,狼狗发出声音,这回吉鲁野萨松了一口气,他在原先的村子听了几十年狗叫,对狗的声音再熟悉不过。

天亮之后,他准备出去将它们赶走,狗却不见了。它们走了。雪地上留着一串脚印。他沿着脚印走了一程,狗的去向是毛竹林北面的山林,那个地方尤其陡峭。他没再追踪,三只狗跟他没有半毛钱关系,走了更好。紧要的是开垦那块肥沃的荒地。

吉鲁野萨用了十五天时间，在积雪尚未完全融化时把荒地开出来了。这是他的土地了。现在谁来跟他说也说不清，是他亲手开的，就是他的。他坐在自己的土地上心里万分高兴。

到了春天，吉鲁野萨将玉米种子播进土地，转眼它们就发了芽，转眼一人多高，新嫩的玉米苞从秆子的半腰上鼓出来。他高兴坏了。确实是一块宝地，比他房屋周围的石笋间的庄稼长得好太多。

到了收成的季节，他拿着工具来收玉米时发现，玉米已经被人收走了。吉鲁野萨气得险些栽倒。他仔细查看了一番，玉米确实一个也不剩，被偷得干干净净。第二天他连去那块地再看一眼的心情都没有。白忙了一年。他总算明白了为何一块好好的土地会荒废在那儿。

由于大半的精力都放在那块新开的土地上，吉鲁野萨对房屋周围的庄稼不是特别上心，导致这一年的收成比往年差很多。他拍着自己的心口，觉得心痛得要跳出来。

女人回来了。就在他收拾完玉米的第二天早上。三只狗跟在她身后。吉鲁野萨一开门撞见她的背影。这一夜他没有睡好，开门的时候几乎闭着眼睛，女人的身影将他的眼睛吓得睁开了。

"很意外吧？"女人转过身。边说边把狗背上的行李卸下来。吉鲁野萨也是在她卸行李的时候发觉狗背上驮着东西。

"是什么？"

"当然是我带出去的家当。再带回来。"女人脸上挂着的笑容枯萎了似的，让人看了不是特别喜欢。她瘦得像只鬼影子。

"你还知道回来吗？我以为你这辈子都不回来。"吉鲁野萨心里还有怨气。昨日刚刚丢了粮食。

"你是在为那些被偷走的玉米伤心吧？"

"你怎么知道？"吉鲁野萨盯着女人的眼睛。忽然想起她走的时候，门口屋檐下丢失的那些玉米。

"是你？"吉鲁野萨声音都发抖了。"你是疯了吗？"

"是我。但我没疯。"

"你要那么多玉米干什么？"

"不是我要的。是雁地拉威的女人要的。"

"雁地拉威的女人？别告诉我是你帮她一起偷我的东西。"

"是我。"

"你疯的吗？你帮着别人来偷我的东西！"

"是雁地拉威让我帮忙。他的女人得活下去。他说的。就像当初你住在医院的时候，我为了活下去也偷他家的东西。"

"胡言乱语！"

"你看不见雁地拉威，但我可以。"

"说什么鬼话……"

"如果你不赶我走的话,我可是要住下来了。"女人笑了笑,转身看着背后三条狗说:"去那儿。"狗听话地钻到石笋下的玉米秆堆里睡觉了。它们似乎走了很远的路,累趴了似的。

"你养的狗?"

"你见过的。我让它们来看过你。看看你是不是还住在这个地方。"

"我还能去哪儿。我还能飞么。"

"你不要生气。"

"你的狗养得太多了,而且跟你一样神经兮兮,它们一天来一个,做出的样子像是要吃掉我。"吉鲁野萨气道。

"它们不吃人。吃虫子。"

女人果然没有再离开。连续半个月她都安安分分,就像从未离开过吉鲁野萨,每日两餐,亲手下厨。

吉鲁野萨恨不得三只狗自己主动离开。省得半个月以来,他挖空心思琢磨怎样才能让它们滚蛋。

"我知道你为什么要把房子建在这个地方了。"一天午饭时,女人说。

"什么……"

"我们的儿子是在这儿摔死的。"

"你怎么知道。"

"雁地拉威跟我说的。"

"雁地拉威已经死了！你说这样的话是想吓我还是吓你自己？"

"吉鲁野萨，我跟你说过了，我能见到雁地拉威。只要我和他的女人在一起，我们就能见到各自想见的人。对于我说的这些话你其实并不害怕，而且你知道我一直可以看见雁地拉威，你相信我并没有扯谎，更没有疯，你只是不想听。在这个地方你一直都能见到我们的儿子对不对？你一个人居住的时候总是在夜间看见他。不，我们一起居住的时候你也能看见他。只是我这个做母亲的反而看不见。后来我知道了，是雁地拉威告诉我的（他现在当然能和我们的儿子一起说话）。他把儿子的心思传达给我了。儿子担心我见到他会更加想念，会终日以泪洗面。因此他只让你看见。做父亲的心肠总是硬一点，泪窝也深一些，不会动不动眼泪就溢出来。所以你睁着眼睛睡觉。这样你就可以看见他在这个房间里走动。即便至今你们没有说过一句话，可你见到他了。你的心里就没那么孤苦。你没有把这些告诉我，是知道我在这间房子里什么都看不见。你不想让我更加烦恼。我说得对吧？"

"我没有告诉你这些……"吉鲁野萨觉得喉咙堵住了。他想哭。

"我说得对吗？"

"对。"吉鲁野萨也不想再隐瞒。

"你真的见到雁地拉威了?"吉鲁野萨又问。

"见到了。"

"他还说什么了。"

"他说你应该受罪的。你该受。你害了他的性命。"

"我正在受罪。"

"他说要继续诅咒你。"

"嗯。"

"他的女人会继续偷走你的粮食。有时我也会帮着她一起偷。偷你的东西的时候我的力气会变得很大,仿佛回到年轻的时候。所以我们会在一夜之间偷光你的粮食。我会变得像马一样强壮和无法左右自己,我偷你东西的时候,几乎看不出来我是个老得要死的女人。"

"噢。"

"我现在腰很痛。昨天我像马一样干活,装玉米的口袋一边一袋挂在我的腰上,肩膀上还扛了一袋。雁地拉威是不舍得他的女人受罪的。他至死都要保护她,还有他的小儿子。"

"他在报复我们。"

"不,是要我们偿还。从我开始。他最恨我。所以我要偷光你的粮食送给他的女人。你去问雁地拉威的女人是没有用的,问她为何不用太辛苦就能收获那么多玉米,是没有用的。我把玉米送到她的玉米地里,她再从自己的地里收走。她什么都不会承认的。她恨你。"

"是我让你受苦了。"

"我没有这样说。"

"是我的错。"

"你现在承认错误的心胸倒是比从前宽阔了。我确实在受苦,不,是我们两个,我们的苦没有地方诉。我们的苦仿佛命中带来。"

"你坐下。我帮你揉一揉。"

吉鲁野萨让女人趴在床上,她趴不下去,桥一样拱着。几根骨架子像江水上随时要散开的竹筏。她腰上的皮肤全都磨破皮了,有的地方红得想流血。

"我好奇那些日子你一个人住在哪儿。"吉鲁野萨早就想问这句话了。

"北面山崖上有个不错的落脚点。"

"那个山洞?"

"你去过?"

"大概很小的时候去过。"

"你父亲带你去的。他是个……在你看来……是个不错的猎人。他带你走了很多路。"

吉鲁野萨没说话。不过他觉得,女人这一趟出门回来,好像把他所有的事情都摸清楚了。包括他从未跟她说起的关于父亲是个猎人,曾带着他走过无数山林的事情。父亲是个猎人这件事很多人都记不得,因为父亲从未捕捉到哪怕一只山鸡。他总是空着手从林中走回村子。那时候母亲只会找各种借口稳住自己的面子,比如她买几只山羊,故意赶到丛林中,父亲去山林乱转的时候母亲便有了理由告诉别人,她的丈夫是去放羊,抑或者去寻找丢失的山羊。她总有各种办法维护脸面。

"你想念他吗?"

"谁?"

"你的父亲。"

吉鲁野萨停下正在按摩的手。

他想起父亲带他走的那些路。密密的山林。没有路的山林。险峻而因雨季滑坡的山林。那些潮湿的走不出的茂密野地,有时候是在黑漆漆的夜晚,天上没有一颗星,地上看不清路,只有父亲在身旁像野生的动物只发出空冷的脚步声,让他知道他不是一个人走在野林。他跟在父亲后面或因为害怕走到父亲前面,晚风吹动树林的声音像鬼哭,无论是走在前面还是后面他心里都怀着很深的恐惧,他害怕路永远走不到头,天永远不亮,而父亲一言不发,他不确定这个一言不发的父亲是不是真的在身边。他那个时候恨父亲。觉得他在故意让他受苦,是在惩罚他。

"我怎么会想念他。"他心里说。

"我在想念他。"他心里说。

"吉鲁野萨?"女人喊道。

吉鲁野萨没有说话。他的心陷在很远的回忆中。

"明日你下山去一趟吧。"女人说。

"什么?"吉鲁野萨回过神。

"去找雁地拉威的女人。告诉她,她要的补偿我们一次性给。把所有的玉米给她够不够。"

吉鲁野萨不解地望着她。"为什么要补偿?我们不欠他们。"

"吉鲁野萨,你整夜整夜地失眠。你对雁地拉威的死一点感触都没有是假的。"

"那又怎样。"

"你不要嘴硬了。"

"是她亲口问你要补偿吗?"

"是的。肚子饿的时候没有仇人。她今年过得特别困难。听说她的小儿子病得很严重。变卖了许多东西。这个时候我们拿出所有的粮食最有意义了,算是救命。"

"她恨不得我们每年都给她很多粮食,这样就能歇下来过些清闲日子。你想一次性补偿,她是不会同意的。我敢保证。你当初不与我商量就打开给她粮食这个口子,就填不满了。"

"目前的状况由不得她选择。她今年过得特别艰难。"

"那我们怎么办？"

"你可以做一个猎人。像你的父亲一样。"

"我不是猎人。父亲从来没有教会我怎样捕猎。除了他随时随地背在身上的一条绳子，我连猎人的工具都没有见过多余的。即便我现在这么大年岁，可你知道，关于父亲那些猎人的用具我一样也不想多了解。加上后来……后来我们的儿子死了，我就更没有心情去了解他的一切了。他带我走的那些路不瞒你说，我多数是闭着眼睛走完的。"

"吉鲁野萨，时间过去那么久，许多事情你只是忘记了而已。包括他教给你的一些野林生存的本事。不管怎么样他是爱你的。至少比你爱你的儿子还爱你。如果那些路你能睁着眼睛走完，我们的儿子或许能从你的经验中获取关键时刻的活命的机会。他和他的祖父一样热爱山林，比他的祖父更想做个真正的猎人，在这个已经没有猎人的时期还幻想当个猎人，本身就不实际。因此给我们以及他自己带来的麻烦也太多了。山里一旦着了火灾，人们第一时间想到的纵火嫌犯总是他。人们丢了牲畜，也总会第一个盘问他。然而一切麻烦都没有使他从密林中回到我们身边。他并不了解野兽也不了解林中的山崖，林中的路他一条也没有走过，不会观察天象，总是被大雨淋湿，父亲也没有陪伴在侧。他只凭着一点儿勇气在林子里乱窜。结果你也知道了。或许猎人注定是要死在山林中。我倒不是在怪你。我只是把自己知道的事情转给你听。我当然知道这些了。我见过他。他和我们没有直接说过一句话但我知道。他是我生的,他的眼睛里装着什么我知道。现在我已经不为他的死难过了。"

"我很惭愧从父亲那儿什么也没学到(他确实没有教我什么)。我也就没什么经验传授给自己的儿子。"

"你没办法跟自己的父亲和解而已。你觉得他是个无用的人。你像教训幼童一样教训他没有上进心。你只是没有说出口而已。我跟你生活的那些年,你看父亲的眼神中全是这种意思。"

"是。"

"你承认了。"

"他就是这样的人。"

"你还在恨他。"

"不恨。也谈不上爱他。"

"你就是这样的人。"

"你好像在生我的气。"

"算不上。"

"我宁愿饿死也不去当什么猎人。"

"你会是个不错的猎人。肯定从他那儿继承了一些东西。"

"除了一些隐隐约约活在我身上的源于他的神态,我什么也没继承。我敢赌咒。他什么都没有教给我。"

"你不要这么悲观,你继承了什么不知道而已。他不会白白生你一场,更不会什么能力都不留下。"

"留下。能留下什么?!"

"早点休息。"

女人是不打算跟他继续说下去了。

第二天。吉鲁野萨早早就起来了。他的床留给女人睡,自己打地铺睡在一只麻袋上。分床睡了许多年,想再睡到一起肯定不习惯。落枕了。歪着脖子。他要整个身子转过来才能看见另一个方向的东西。

女人在门口梳头发。吉鲁野萨明明记得来毛竹林的时候她的头发都是白的,可眼下看到的却是一头乌黑的长发。她把头发分成两份,从耳朵的位置编成辫子缠在头上,然后戴上绣了牡丹花的青色头帕,又从头帕底下耳朵的位置将两根绑头发的赤色珠子拉出来,这样就成了长长一串耳环。吉鲁野萨还是头一回见她这么精心打扮。

"要不是去见的人是雁地拉威的婆娘,还以为你要去见你的哪位年轻时候的表哥。"

"既然是表哥还分什么年轻时候。难道老了就不是表哥?"

女人对吉鲁野萨露出笑脸。回来不过一天,脸色好看许多。

"毛竹林的确是个养人的地方。"吉鲁野萨忍不住得意,要不是脖子不听使唤,早将它高高扬起。他端着脖子转到另一边。

"今天我们要走慢一点。"女人指着吉鲁野萨的脖子。

雁地拉威的院子中,吉鲁野萨总觉得一股冷风吹着他的后脊梁。人们早早地围在院子旁边,仿佛随时准备篝火晚会。

人们像关注陌生人那样关注他们的一举一动。

"他们把我们当猴子看了。"女人悄悄在耳旁说。吉鲁野萨觉得很不自在。

雁地拉威的女人丧着脸。就好像他死去的丈夫一直没有下葬的那种丧脸。吉鲁野萨看得心里都要烦死了。

"瞧瞧,这两个疯子。"吉鲁野萨听到人群中有人这么说。他很恼怒但也调整情绪不放在心上。自从搬到毛竹林,这儿的人私下议论他们疯了。吉鲁野萨即使住在远地,该让他听到的话他们也会想办法说进他的耳朵里。他想不知道也不行。雨季来临的时候,不管住在山脚还是山腰,抑或者山顶的牧民,都会在各处的林子里寻找野生菌。野生菌山外的人特别爱吃,据说它们含有极高的营养价值,是养生上品。山外的人们依靠吃东西养生的时候,山民就翻山越岭去找那些被人惦记的珍品,除了价钱令人满意,他们也通过锻炼而达到身体康健、手脚灵便的目的。总有那么一两个人在林中与吉鲁野萨相遇。他们会把所有的闲言碎语都讲给他听。

"看样子他不是完全傻掉了,还会思考呢!"

"废话,他们只是偶尔脑袋里有毛病。"

"不要乱讲话,他们现在可清醒着呢!"

"哎,倒也有点可怜。"

"听说他们时时能见到……"

"见到什么?"

"见到他们想见和不想见的人。"

吉鲁野萨和女人互相看了一眼。眼神里传达着彼此安慰的意思。"不用管他们说什么。"女人悄声跟吉鲁野萨说。她十分担心吉鲁野萨沉不住气跳起来。那样的话他会被戏弄的。

雁地拉威的女人让他们进屋说话。

果然,一个绝望的女人带着幼儿生活确实能把日子过得很烂。尤其是在重创之下,她的每一天都在苦水里浸泡。

"该变卖的东西我都变卖了。不是我要逼着你们给我补偿,是面前的困难让人过不去。吉鲁野萨,你真是把我们一家的好日子给断送了。"

吉鲁野萨抬眼扫了四周,屋里空荡荡黑漆漆。最显眼的莫过于墙边的小床。那该是给孩子准备的。软塌塌挂在四根竖着的竹竿上的白色蚊帐,已经变成锅底黑,黑得可以洗黑一条河的水。床上乱七八糟丢着孩子衣物。窗户原本就小,看样子也是终日闭着。

"我们会把所有的粮食送下来。"吉鲁野萨说。来的时候他还准备跟这个女人讲讲情面。现在觉得没有这个必要了。

"窗户要开着通风。孩子的蚊帐该洗了。"

"我不用你来教我带孩子。"

吉鲁野萨只好将后面的话吞回肚子。

出了院门，吉鲁野萨和女人不得不加快脚步。之前在院子里的人们已经走了。但是来了一群孩子。孩子们一直追着他们走到河对岸，用石沙打他们。"我打到他的屁股了！"他们说。

回到毛竹林天已经黑尽。又饿又累又冷。山顶的秋风可比半山腰厉害很多，仿佛要把人的肠子吹到树上去挂着。吉鲁野萨进屋添了一件衣服。就在他添加衣服的这么一小会儿时间，女人已经将房檐下挂着的玉米取下来了。就像她自己形容的那样，像一匹马，非常能干，不知疲倦。"这就送下山去。"她说。像是在自言自语。她没有抬头，不知道吉鲁野萨站在门槛边。

"不急一时，"吉鲁野萨说，"我感觉自己累得气都喘不匀了。"

"如果她的小儿子病死了，她会觉得是我们害死的。"

"这没有道理啊！总不能因为雁地拉威那样死了，他的子子孙孙的麻烦都要算在我们身上。何况那孩子只是生病。我看那是衣服和睡眠不好造成的，哪怕是个孩子，让他天天穿着脏兮兮的衣服睡在一个黑洞洞的脏兮兮的蚊帐里，气也气病了。我看那孩子就是在生他妈的气。"

"你不要骂人啊。"

"我不是骂人。我说的是他在生他妈的气。"

"你还是不要说了。如果你想让她赶紧治好那孩子的病，就不要在乎眼下这点儿麻烦。你只是觉得累，又不是觉得要死了。"

"你说话可真难听。"吉鲁野萨更觉得气喘不匀了。

所有玉米都搬到山下去了，连夜，吉鲁野萨怎么也想不明白女人如何来的力气。如她形容的那样，两根麻袋往腰上一扎，飞马似的下了山。差不多所有的玉米都是她运下去的。他只负责给她装袋就觉得腰快断了。等他舒缓了一阵儿觉得可以帮忙往山下扛一袋的时候，事情已经做完了。女人最后一趟回来得有些晚，天边已经有了一层亮光。她大概跑了四趟。就算是一匹马来回四趟也累垮了。女人看着只是有些疲劳。

"我怀疑你这趟出去遇到神仙了。你肯定得了不小本事。"吉鲁野萨说。

"你住在毛竹林的好处就是学会了胡思乱想。我倒是遇到雁地拉威，可他顶多算个鬼。"

"我不是在瞎说。"

"我也不是。"

"接下来我们该想办法找吃的。你也看见了,原先那个村子的人觉得我们两个又疯又傻,跟他们借粮食绝无可能。想起来也的确如此。你看这空荡荡的屋。我心都是荒的。"

"当是赎罪。我敢保证以后的每一个晚上你都不会失眠。不要狡辩你失眠跟雁地拉威的死没有关系。"

"总觉得雁地拉威临死的时候一定诅咒了我。心里一直不得安宁。"

"我们倾光家产,又远远住在这片绝地上,雁地拉威只不过怀着他不甘心的最后一口气来与我……相当于我们……谈了条件,现在他挂心的事情已经解决了。"

"你岔开话题了。"

"我没有。我说的是你的麻烦终止了。"

"我们吃什么。"

"你还真是一点长进也没有。我们吃了一辈子的饭,暂时一两顿不吃也饿不死。你想想曾经吃了多少又拉了多少不觉得无聊吗?接下来你该想想怎么当一个猎人。"

"我跟你说过……"

"……你会去的。"

女人说完就去洗澡了。她往自己身上浇了一盆热腾腾的水,从脖子到脚,然后抓着衣服在身上搓几下,这算是洗完澡。脱去湿淋淋的衣服,抓了一件干衣服裹在身上,湿衣服晾到门口,转身就去睡了。

"这算是把衣服也洗了吗?"吉鲁野萨问女人,也是自言自语。他真怀疑回到身边的女人早就不是从前那个熟悉的人,只怕她和她只是长得相像。生活习惯和过去是两样的。可又说不上完全不同。除了性格。性格不一样了。可性格是会变的。性格就像太阳下的影子。他真想问她到底是谁,又怕被说"你是不是眼睛瞎"。她说话好难听。

吉鲁野萨穿着披毡靠在火塘边睡了一夜。火塘位于房子正中。女人的床在房子一角。往日那个角落是他躺在上面。

第二天,吉鲁野萨开门出来,发觉门口的地上躺着一把弓箭。他吸了一口冷气。

"什么意思?"心里暗叫。

他熟悉这把弓箭。是父亲的。很早很早以前,他快死的那一会儿,突然送了这么一把弓箭给他。"以后你的路要自己去打开。"父亲是这么说的。握着这把弓箭递到他面前。那场景就在眼前。吉鲁野萨茫然地接过弓箭,仿佛新一代猎人正在接受上一代优秀猎人的临终嘱托。"我什么都不会。"他哭着告诉父亲。"你慢慢就会了。你的路还有很长一段。""我什么都不会。"他委屈地重复这句话。他想冒着胆子跟父亲说"你什么都没有教我"又不敢,心中告诫自己对即将离世的父亲不该怀着恨意。父亲的眼中没有失望和怒气,因为他快死了,他也许根本没有听清楚他最后说了什么。父亲死了以后,那把弓箭就握在他手里,沉甸甸的,要反过来将他射杀似的。

吉鲁野萨感到双脚在打战，有点站不稳。

女人已经起床了。

"哈哈！"她笑了起来。

吉鲁野萨回头看到她那蓬头垢面的样子。

一阵强烈的秋风从林子扫荡过来。吉鲁野萨连续打了两个很重的喷嚏。

"我就说嘛，你总会继承到一些东西的。"女人说。她停止了笑声但脸上的笑意还在。她老得皮肤都塌下来了，笑意却很清晰。

"是你找出来放在这儿的。肯定是。"吉鲁野萨说话声音抖颤，气得要哭的样子。

"不是我。是不是我不重要。"

"当然重要！你在逼我！"

"吉鲁野萨，逼你的是老天爷，你已经浑浑噩噩过了很多年，我已经醒了，你没有理由继续睡大觉。"

她说得比他更严肃也更生气。吉鲁野萨让到一边，让她出门。"你去哪儿？"他追着她的背影问。

"唤我的狗回家。"

吉鲁野萨这才发觉好几天没看见她的狗了。

天擦黑的时候女人才回来。后面跟着三条狗。它们的嘴里各自叼着一只耗子。

"我第一次见狗拿耗子。"吉鲁野萨说。心里在发笑。

"不管拿的什么,贵在它们从不依赖人。"

"你在讽刺我。"

"听得懂最好啦。这一天你不饿吗?"

吉鲁野萨饿得心慌。说道:"说得你很饱似的。"

"瞧着吧,看你坚持几天。"女人的话冒着酸气。她把吉鲁野萨丢到房子后面的弓箭捡回来挂在墙上。"有些东西你是丢不掉的。"女人说完就躺到床上去了。很快扯起呼噜。她好像再也不思念儿子,更不会因此失眠。

第二天,吉鲁野萨睡到快中午了也不起床,肚子太饿了,他知道躺在床上消耗得少一些,只要不翻身甚至连个喷嚏也不打,就会饿得轻一点。饿了就歪头喝几口水。早早准备了一盆水放在床头的凳子上,只需伸着脖子就能够到。他尽量不下床,也不说话,睡着了也不做梦,就算做梦也逼着自己从梦中跳出来(梦里他都是清醒的)。他空荡荡地睡着又空荡荡地醒来。不过他不能承认自己可能不是睡着而是饿昏了。一直到天黑他都没有起床。又到午夜,他闭着眼睛强迫自己睡着。他已经睡不着了。

第三天,吉鲁野萨虚弱地躺在床上。伸脖子喝水的力气都荒了。

"我见过想方设法找吃的人。没见过想方设法挨饿的人。"女人来到他的床边说。她精神倒是好。莫非她有吃的？吉鲁野萨眼睛亮了一下又熄了。她一整日也躺在另一边的床上，有时盘腿坐在床上，有时在房间里走来走去，她没有出门，也不见她吃东西。她只是似乎比较抗饿。

"你不打算说几句话吗？你不说话我以为你已经饿死了。"女人盯着吉鲁野萨的眼睛，觉得他好像正在死亡的漩涡中游泳，像只没用的青蛙。她凑近了看，恨不得将吉鲁野萨的眼皮翻过来，看他到底还有没有活的气味儿。吉鲁野萨迷迷糊糊说了一句什么。她没听见。

"你说什么？"女人问道。

吉鲁野萨使出全力翻了个身避开她的视线。他彻底清醒过来。饥饿感像毒针将他的胃和肠子——不，整个身体刺破了！

女人有些凶狠地抓着他的胳膊将他再翻身过来。面对她。

"你真的打算饿死吗？如果是这样我现在就去给你挖一个坑，趁你身上还有力气还能走路，你自己走到坑里躺着，死了以后我也不用发愁怎么把你弄出去埋了。"

吉鲁野萨睁着眼睛，非常气恨。

"你盼着我死。"他委屈道。像个孩子的语气。

"如果是你想的这样，我就不回来了。你死在眼前多少会给我增添麻烦。"女人说。她的语气和缓很多。

吉鲁野萨伸脖子喝了一口水。身上攒了一点力气。"你把弓箭取来吧。我看看。"

女人将弓箭递到手中。

弓箭在手中翻来翻去,翻去翻来,他并不知道如何使用。

"这种用不上的东西。"他想。

"大概所有的父亲都以为他们留下来的东西都是有用的。适合任何时期。"他想。

他翻来翻去,有点厌倦又无可奈何。

"好吧。"他说。女人就站在跟前,她在等答案。

"天已经黑了。"女人说。

"正是时候。"他说。

"我们一起去。我可以帮你照亮。"女人说。

吉鲁野萨深深看了她一眼,心里有些感动。想起小时候他陪着父亲进入山林,也给他照亮。他以为他总会从父亲那里学会一些本事。并没有。除了带他走的那些无尽夜空下密密匝匝的路,什么都没有学到。不过,也学到一些东西。比如方向感,以及耐力。他从来不会在树林中迷路。至少没有迷过路。他印象中没有迷路,哦,天晓得,也许迷过路!他一定是饿昏了,本该清晰的事情在脑海里变得混沌。

"你怎么了?"女人看出他神情恍惚。

"没怎么。"他说。

"你准备一把电筒。我们马上进山。"他说。

女人很高兴。她到门口跟狗说话,交代它们今天晚上看好房子,也管好它们自己,不要乱跑,不要随便跑到房间里面,不要翻吉鲁野萨的东西。然后她再进屋找电筒,又找一只布袋披在肩膀上像披一件旧衣服。

"我准备好了。"她没有这样说,但是吉鲁野萨从她的眼睛里看出来了。她站着不动。就站在吉鲁野萨的床前。吉鲁野萨只好起来准备。还以为自己一点力气都不会有,谁知道——大概天黑的缘故,黑夜总是赐给一些人神秘的能量——他有了力气。

走出门,风有点大,天上一点星光也不见,地上的路就更看不清了。

"朝哪边?"他问道。他是在问自己。

女人知道他在自言自语。一言不发站在身旁。她的呼吸带着风声,就像她的鼻孔里正在刮大风。吉鲁野萨歪头看她一眼。"走西边吧。"他说。

女人将电筒开关打开,亮光就照到西边的方向了。吉鲁野萨抓紧弓箭挂在肩上,猛然想起父亲也是这么个动作,进山之前他的准备完全符合一个猎人标准。包括精神气质。如果说每个人都会继承到来自父亲的一些东西,那可能就是这些该死的难以磨灭的举止。

入了树林,风虽然小了但寒意更深。电筒光缩成小小的一朵,昏黄的光芒就要枯萎了,什么东西也照不明白,黑夜像凶兽企图把可怜的一小朵亮光完全吞没。吉鲁野萨很久不在夜晚的山林中走路,即便女人已将全部的电筒光放在他脚下,他什么也看不清,突然觉得掉进了漏风的废井下,不是在向着前方赶路,而是一直在原地打转。他停了下来,闭着眼睛再张开眼睛,小的时候父亲说过,处于黑暗中可以先闭上眼睛再打开,再打开就能适应眼前的环境。

再打开眼睛——噢!没有用!

他听到野鸡的叫声。也许是别的什么鸟。很久没有关心野林中的动物,它们如何叫唤,如何生存,有什么习惯,他半点儿把握也没有。"为何猎人一定要走在黑路上呢?"心底升起这个疑问。

"听到了吗?"女人说。她压低了声音。"兔子在地上跑。"

"你耳朵疯了吧?明明是鸟叫。"他骂了回去。

"你耳朵才是疯的。它肯定是兔子!"女人不服气。

"兔子这个时候还跑步吗?"

"你怎么把它形容得这么怪?我确实听到兔子的脚步声。它们从山顶下来了。"

"我听到野鸡叫,也许是鸟。不是兔子。"

"就是兔子。"

吉鲁野萨气得不知道说什么好。他看不到她的脸,不然他就指着她的脑袋喊她仔细听清楚。厚厚的风中兔子的脚步声怎么会穿透，除了鸟的叫声能勉强飘过来。

又向前走了几步，他忘记弓箭始终挂在肩上没有取下来。父亲也是这么挂着弓箭从来不取下，那些年一旦进入山林，弓箭都只是一个摆设。

吉鲁野萨动了一下肩膀。他想取下弓箭又觉得握在手里的弓箭尤其碍事。越往山林深处走越觉得在黑夜的井下打转。也许父亲当年正是这种感觉，人只有到了足够的年岁才会有井下打转的感觉：他深知自己的困境，却要装作四野八荒都是出路，他要带着他的后代在这些路上前进。他的后代也觉得四野八荒都是出路，企盼他能马上拿出本事捕捉到猎物，只有他自己知道自己的难处，他担心被废井周围随时坠落又随时能被风吹入废井的黄叶埋掉，他只在心里慌作一团，像只困兽，而不是猎人。这一切是他的后代无法理解的。他也无法说清楚自己的处境。但是他仍然留了弓箭下来，那弓箭就像他背过的一盏灯。吉鲁野萨心里一阵苦闷。他死了儿子。这把祖传的弓箭是没办法传下去了。相当于一盏灯入了他的手就是熄灭的。

沮丧。吉鲁野萨从未感到如此沮丧。可他还要好好活下去。

他想起一件事。那天晚上他和女人送玉米给雁地拉威的女人时，那些人毫不避讳，满口胡言说他就要死了。他们说只有死人才不想再对活人有所亏欠。死者是干净的。他吉鲁野萨一定是想做一个干净的死者。他和她的女人所做的一切就是在清理自己在人世间的债务。"这一世不还下一世还要还。"他们说。如此肯定的言论。就好像的的确确说准了他们夫妻二人的心事。可不管他们怎么说，他要活下去，活得更久一些，活得他们分不清他是死了还是活着，活到连自己也分不清是死了还是活着。

关于"活下去"这个想法从不熄灭。以往的日子中，每当他感到特别悲伤特别不想继续活下去的时候，总是想起父亲的背影，在夜晚的路上，虽然不是每个晚上都有月亮让他看到父亲，可是总有星光通明的时候将父亲的背影点亮，它那么温暖，在冷冰冰的山林中不知疲倦地行走，走在他的眼前，牵着他的目光一直向前；即便每个晚上他们的收获总是空荡荡，冷风总将父亲后背的衣服吹出响声。尤其是儿子死后，他更想活下去。儿子死了多时的眼睛还睁着，他看见（他不知道女人有没有注意到，也许没有注意到），儿子死时的脸上糊满了血和泥沙，眼睛被泥沙盖着，他轻轻抹了一把，儿子的眼睛似乎也跳动了一下，他希望他的眼睛继续跳动，能眨眼，能做出哪怕是一个鬼脸。可是没有。他的儿子再也活不成了。自那以后他就想活着，虽然他活得很糟糕，很颓废，还不如死了痛快。

想到这些他就更走不动路。觉得这树林的深井用落叶将他困住了。

"咋了?"女人说。女人的声音听上去轻飘飘像风里的尘灰。

"没事。"他说。他的话似乎才脱离嘴边就被风割断了,连他自己也没有听清说出来的话。

"风真是大。"女人说。女人的话虽然轻飘但可以听见。

突然就走进一片毛竹林,原以为只有自己的房子周围有,没想到入了山林深处,毛竹林更是长得密不透风。

吉鲁野萨取下弓箭,想用它捅开一条路。没有用。它只是一把弓箭不是刀。"总是留下一些他们以为有用的东西。实际上没有用。"

"你也不要生气。"女人安慰道。

女人今晚心情特别好。似乎只要吉鲁野萨不总是待在房间,哪怕在这些黑路上当一个没用的猎人,她就很高兴。

"我们什么收获都没有。"吉鲁野萨说。

"有。"女人说。她把电筒递给吉鲁野萨。取下肩膀上的布袋,倒出一个魔芋,一些野菜,甚至还有鱼腥草。

"荤的没有。素的有。"女人在笑。夜色下看不见她的笑却可以听出来。吉鲁野萨没有把电筒光照到她的脸。

"这些都是我们的。我们再也不欠谁的了。"女人说。

吉鲁野萨听到水声。他也顾不上这些堵着前路的毛竹子,硬生生从中钻了过去。他知道在这片山的背面有条河,小的时候父亲捕不到猎物就会带他到这条河里捉鱼。有时候还捉到螃蟹。水蛇也捉到过。没想到他竟然又走到这个地方来了。

"我就说嘛,你的父亲总会教给你一些东西的。这条河永远都在,你捉鱼的本事……"

"……也还在。"他接下她的话。

"山的尽头总是有条河等着。河里有鱼。"女人说。她也不知道自己在说什么。她很高兴。电筒光照在水面上,被照亮的水闪着碎光。

吉鲁野萨脱下弓箭,就像父亲当年那样,他学着他的样子,折断毛竹子,找来鸡屎藤,将它们绑成了一个船一样的东西,也许将它说成"撮箕"更为合适。放在水流最集中最窄的地方,压上几块石头,若有鱼来,必然游入"撮箕"。

"哈哈哈哈!"吉鲁野萨放声笑道。

"哈哈哈!"女人也跟着笑。她简直就像一枚他的影子。

连夜,他带着女人回了家。回到家天快亮了。很奇怪这一夜跑下来竟没有感到特别饿。

次日天明,吉鲁野萨起得很早,穿过山林到河边取鱼。撮箕被河水冲到下游了。没有捉到鱼。他只好再将撮箕搬到水流最集中最窄的地方,重新压上石块。晚上女人独自取鱼,她不让吉鲁野萨跟着,她带了五条鱼回家。

之后连续几日,吉鲁野萨白天怎么也取不到鱼,女人却总能在夜色中带回五条鱼。不多不少,总是五条。"三条鱼给狗,两条鱼给人。"女人说。她都分配好了。

吉鲁野萨也学着女人的样子,天黑才取鱼。果然有收获。当然他必须背着弓箭穿过山林才有收获。这是他试出来的。他还试出无论多少次取鱼,撮箕里都只装着两条鱼,没有狗的份儿。女人说,这是因为他心里根本不高兴养狗,想赶快把狗饿死了。

他希望春天赶紧到来,要想办法弄一点玉米种子。毛竹林的土地可不能荒废。

摇 桥

必须得换右脚上前了，对，就是这样，很好，平衡掌握得非常不错，哈哈哈……恨不得给自己来点儿掌声，现在又换左脚上前，太棒了，没有比今天更棒的了——他站在最近突然流行起来的网红桥上：一架约五十米长的彩虹索桥，已经这么摇晃了好一会儿。索桥搭建在与镇子有点距离的乡下，四周都是玉米地的中心地带，此刻，风是八月的风，风里有了庄稼成熟的味道。

他身材很好，魁梧……不，俊朗！他琢磨着，自己应该是桥上顶好看的那一个，要不然呢，那些胖胖瘦瘦的女人凭什么盯着他不放？！她们在桥对面站成了一排，如果是在城里，她们的文化以及思想和情趣再稍微高那么一截，恐怕这个时候已经上来给他送上一束娇艳的玫瑰花！在这个村庄里，他不是收入最好的，但一定是最惹女人们注视的，这一点他非常自信；这原因估计在于，他的女人长得实在太普通太勉强……她胖得像座山；这也恰好（应该是这样的，不可能判断错误）给了别的女人想入非非的机会。他此刻心里装着一潭春水，觉得鸟儿在春水的上空划动，弄得心里的池水都快漫出来，总觉得有一条温柔的鱼尾巴在心尖上扫荡——噢，她们就要欢呼了，要不了多长时间，女人们的声音就会聚合在一起，聚合起来就像那条搅动他心尖子的温柔的鱼尾巴。

——我必须等待……他想。

——等待什么呢？当然是爱情呀……他肯定。

——可是，孤独像狗一样咬人……他又突然自卑。

——爱情是从时间里穿过来的一条鱼，只需要准备好心里的湖水……他又下定决心。

"她们在看我、在看我、在看我，在春风里……"他的目光在彩虹桥上上下下的摇晃中扯成一片，梦幻般的，看到她们的脸，在夜光中闪烁着他投过去的那些愿望，像星星一样遥远的、被黑暗包裹和隐藏的愿望。

不得不说，今晚的摇桥运动附带了很多复杂的心思，往日只有彩虹桥前后摇动，心里没什么波动，今天心情一会儿好一会儿不好。他从不感到忧愁，对生活的要求可以说低到尘埃里，然而，人不能只按照自己的想法和要求生活（这是他慢慢体验出来的），人必须面对自己之外的更多人。当那些人坐下来喊着他的绰号"废人阿三"，七七八八地说些什么的时候，他尽量回避，随便动动脑筋，就可以想象到他们要把他说成什么样子。一个人如果想要生活得简单和幸福，就最好离人群远一些，这个道理他是懂的。

不过眼前，他确实对自己的爱情有了一点儿想法，因为婚姻已经走了二十个年头，天呐……！

如果这算是一种对过去较为满意的生活方式的一种反叛，那么此刻的情绪，充分说明了他要开始寻找另一种更为舒适的活法。

"舒适的活法"是他从成年以后逐渐形成的意识，高中毕业之后，他遵循着这种活法一直到组成家庭。再不组成家庭，他的父母就打算将他赶出门去，他非常清楚父母的意思，他们希望能有一个厉害点儿的女人将他们的儿子狠狠地管束起来，可是显然不是那么回事，只能说，他废人阿三的运气特别好，在寻求"志同道合"的伴侣这件终身大事上，进行得非常顺遂，他的妻子与他根本就形同一人。

他和妻子在一起后，两个人几乎秉持了同样的观点：得过且过，潇洒自如。"我们要自由，不能被生活给捆绑了。"他们抱着这样的信念，也的确过得非常轻松，可以说，已经达到了最理想的幸福的状态。每日早晨，他起床做早餐，她睡个懒觉然后洗脸梳妆，再走进厨房从背后搂着他的腰，将脸靠在他背上，等他转身时，把脸贴在他的脸上，他也顺势将她抱着亲吻。

他们从来没有考虑过长期固定的工作，因为那样将会失去自由，只接受短工，并且最好工资日结或者一周结一次，拿了钱，足够他们生活几天就休息几天，没钱了再考虑下一步。这种生活模式他们已经达成了共识，有大把的时间腻在一起，就像两块亮晶晶的肥肉腻在一起。

"在这个世界上，如何满意如何来，反正，生活是一段一段扛起来过的，我们先扛起这一段，到下一段再说下一段的话。"

到了夜间，两个人就过起了幸福生活，如胶似漆，孩子就是这么从他们的夹缝中钻出来的，先钻出一个，过几年又钻出一个，等到他们反应过来的时候，已经来不及了，两个孩子两张嘴巴，像狗一样望着他们流口水。还好，他们庆幸是在结婚的第二年年底，才冒冒失失地生了第一个孩子，否则，那最初一年的逍遥日子也得完蛋。至于第二个孩子，那完全是个意外中的意外，只能说，老天爷实在看不惯他们总是腻在一起，腻在一起不生孩子，似乎是有违天道？这会儿他们只能考虑人道了，日结的工资很难挨到第三天，生活从此嘈杂，理想被现实暴打，至于从前夫妻间爱玩的那些小游戏，不提也罢。"日子已经这样了，就这么先熬着吧！"他们几乎同时在心里响起这个话，即使没有说出口，对方的脸上也明摆着。

一熬就是二十年。

彩虹桥上的人越来越多了，都是成年男子，女人们都在桥下张望或看管她们的孩子。

他的女人也来了，他看见她来了，山一样来了——天呐！

人生就是这样，当初跟她过的日子也算快活，可是此刻，他竟然有几分害怕，害怕她总是跟在屁股后面，只要见不着他半个时辰，要么电话来了，要么她自己来了。

他上上下下地摇晃，她那庞大的影子也就扯成一大片在他视线中摇晃。不必跳到桥下静看，也知道她是一路摇摆着走过来。她的一条腿差不多就有他的腰那么粗，大腿内侧裤裆的位置永远是最先磨烂，如果勉为其难要穿裙子，必须套上打底裤，三角内裤从不敢尝试，两条腿相互摩擦，会导致皮肉出血，令她走不动路。

"阿三，你吃了么？"她在桥下问。她也学着别人喊他的绰号。

他就知道她会这么问，总是这句和她一样不再新鲜的话。他觉得内心一阵泄气，前脚突然打了个战，差点儿跟不上别人的节奏。摇桥也是需要桥上的人一起配合，大家共同朝着一个方向摆荡，否则很容易被"扔"下去。

"你吃了么？"她又问。油晃晃的一张脸，两个小眼睛眯得像是看不见东西，她最好别笑，谢天谢地，这会儿她似乎不打算笑，否则像是垂挂着许多肉片的喉咙里，在笑声结束的尾音上,会冷不丁地发出一种"赫尔赫尔"的响声;那样的话,也实在太丢脸了。她最好站在那儿别再往前走了。在这么一些"同道中人"面前,她只要稍不留意就会闹出笑话,他再也不想经历上次那种事情,被几个人拍着肩膀问,说她那高山似的屁股,如果侧躺在床上,以他瘦小的简直可以说是弱不禁风的两条细腿,到底撑不撑得起来、够不够得着那重要的位置。他不知道她为什么要长这么胖,虽然,胖是一个人的自由,可这种自由实在太不把他放在眼里,他的确在她刚刚开始发胖的那些年里,享受到了只有胖女人才能带来的乐趣,他对此很是赞美她的身体,可胖到如今这个地步,是他完全没有料到的。她竟然不知道给自己的身体踩一脚刹车,还有脸说他太瘦,简直无法与她匹配?说得也不错,的确无法匹配了,如果她侧身而眠,而他要做点儿什么,实在是……已经不太能够着那个地方;每次努力掀起一条腿往她身上跨,总觉得姿势特别难看,也特别费劲,尤其心理阴影很沉重,总想起路边抬脚撒尿的公狗。这么几次心理负担下来,他已经懒得抬腿。他们开始分床睡觉,差不多分床五年了,那事儿,就更不提了。

——为什么会这样?早些年他跟她过得还很快活呀!

此时,他不想回答她的话,心里升起一些不耐烦的味道,她肯定知道他不想回答,因为他看见她的眼里也有了一丝不愉快:目光斜斜地,并且,刻意走近了一点——这可就太坏了,她不能再走近了!"我已经吃过饭。"他慌慌张张、踩刹车似的"喷"出这句话。

她总算退回到那群女人当中。

现在,得换蹲姿了,他觉得很累了;同伴们在桥上站得更累,白天他们要工作,在这个地方,几乎所有的人都必须日以继日地上班,只有他,还和以前一样工资日结,再不济也得一周结算一次,时不时还要休息几天,所以当他蹲下来的时候,那些人多看了他几眼,以为他不应该累得那么快;只有他自己清楚,他的体力在下降,即便那些零碎的工作表面上像大家以为的那样没有消耗他的精力,可实际上,不是那样,他在一天一天觉察到来自体内的危险信号:力不从心。当初,孩子们还在吃奶那会儿,他恨不得工资一小时结算一次,那时候他的精神几乎是崩塌的,心理压力大到整晚失眠,掉头发,胡子拉碴,觉得自己的一生完全没指望了,怎么过也过不好了,幸好时间能拖动任何一个人,只要他还有一口气在,时间就能将他拖着走——拖到眼下,他站在摇桥上,晃晃荡荡像一片秋天的树叶。他的经济负担不再跟从前一样大,长女已经不读书了,他稍微能喘口气,可这丫头片子也没让他少操心,初中还没读完就早早地跟着别人在外面混江湖。起先他还担心她,怕她吃亏,将她锁在家里不准出门,后来他发现,女儿混社会的能力和处变不惊的能力非常强,她像一只鹰,破门而出,飞走了,时不时见她回家一趟，算是尽孝心？反正那会儿他挺不习惯女儿这么游荡，直到最近的一段时日，他才完全接受她那乱七八糟的、所谓更自由的活法。她已经会用"更自由的活法"这种理由来与他辩驳，她读了那么几年书，似乎是为了专门来对付他。"无所谓了，呵，飞就飞吧！"他过去好些时候，都是这么想的……现在，就更加不得不这么想。

蹲着摇桥的技术非常考验人，就跟村里的老人抱怨蹲马桶一样，总感到使不上劲。他只能反手抓着屁股后面的索桥绳子。

就在他蹲着摇了不足三分钟时，他的肩膀被人狠狠拍了一下，扭头一看，拍他肩膀的人正是"小废人阿三"，他的亲生儿子。他瞅着这孩子怪可怜的，凭那脸色，肯定又在别人家里玩到天黑没有捞着饭吃。"小废人阿三，你没吃饭吧？"他假装随口一问，也懒得顾忌，"小废人阿三"是儿子最不愿意听到的绰号。

"可不，我的肚子要饿死了！"儿子搭腔。

"摇一会儿桥呢，还是现在就走？"

"摇一摇吧，最饿的时候已经过去了。"

他巴不得他这么说，这样一来，起码还能在桥上多消耗一点时间。有时候，恨不得一生中所有的时日都在桥上耗光；只要走到桥下，生活又是老样子了，又得面对他那"硕大"的女人，她简直就化身成了他生活的糟糕样子：庞大，油晃晃，失去美感。她浑身所散发出的那种无色无味的压迫感，直逼人的内心。也许他应该好好坐下来跟她谈一谈，为什么原先那种自由的轻巧的生活、愉悦的心情，再也没有了。

那些女人开始跳舞，她们喜欢在夜色稍微深一点才开始扭动身躯。或许是出于某种自卑感，谁也不高兴在天光还好的时候站到台面上。现在，天黑下来，她们终于体面地像蝴蝶一样飞在夜色的池水上。原先拧成一股挂在脖子上的丝巾开始展开，飘逸在夜风翅膀的一端，红色、黄色和紫色是她们的最爱，另有其他几种颜色的丝巾作为点缀，非常喜庆的场面便在桥下形成，致使桥上所有人的目光都聚集过去，也都不由自主地从桥上站了起来，像是生活又重新给了他们希望和力量。

桥上的男人，桥下的女人，此刻谁也看不出他们白天的身份只不过是这个小镇上普普通通的农民和农民工。男人们一下班就来摇桥了，女人们做完家务随之而来。

他看见自己的女人居然也随着音乐的节奏摇晃了几下，她不会跳舞，最主要，她扭不动自己的腰身，容易累，并且她那庞大身躯似乎总是妨碍别人的舞步。她这种表现无疑给了他一点儿讶异，当然更多的是高兴，他很期待，毕竟二十年了，他还从未看见她在人群中如此表现。也许她本身跳得很不错呢，即便是那么庞大的躯体，可谁又能说，只有瘦子才有资格跳舞呢?他要的,只不过是她的一点点儿改变,对,就像生活,来那么一点点儿改变就行,平静的水面上丢一颗小石子儿,跳起那么一朵两朵浪花。

他在等她继续表现,几乎忘记了主动摇桥,坐在桥上(只有他还保持着蹲姿)随着别人的摇晃而跟着摆荡。他想,起码这个晚上,她应该给他点儿"颜色"看看了,不然生活真的……还有什么意思呢?他从上班的地方拿了今天干活的三百元钱,如果她的表现可以的话,也许他们待会儿能一起出去喝两杯。他知道她的酒量,也许是胖的缘故,酒精要在她身上"走"很久才能让她勉强有几分醉意,她有几分醉意的时候,他已经差不多不省人事;如果今晚她的表现可以,那么,他已经下定决心,好好陪她喝一顿,哪怕他要醉死。

可惜,她没有继续跳舞。总是这样,二十年了,她的表现总是扭扭捏捏,以为她要扭出点什么,却戛然而止。

"这就是生活。"他心里想。从桥上由蹲姿变为站姿,秋风从他后背的衣服里灌进去,使他打了个战。

"走啊!"女人终于张起嘴巴喊他。

"你走吗?"他转头问儿子。

儿子正在兴头上,哪里肯挪动。他完全遗传了从他身上流传过去的那种浪荡的性格,他虽然还是个孩子,可是昨天,他们父子二人坐在桌面上已经喝了一顿酒,那当时,所有在场的朋友以及陌生人都说他是个二百五,孩子还小就让他喝酒,他只是笑笑,因为那个时候他已经醉了,醉了的人连自己是谁都开始怀疑,哪里还管得了别的。他也是第二天(就是今天早上)才有点后悔,听说未成年人喝酒会导致死亡,不死也伤害智商,于是早上,他有意无意地问了几个问题,想考验一下儿子是不是受了酒精的伤害。现在看来,儿子早上回答不上来的那些问题是真的回答不上来,跟智商高低没什么关系,就像他,小的时候他的父亲也给他喝酒,他的智力不是照样好好的吗!儿子状态挺不错的,摇桥的技术比大人还娴熟,他机灵着呢!

他听到儿子在念着他教给他的技巧:得过……且过……!他嘴里念"得过"的时候左脚上前,念"且过"的时候右脚上前。反正一只脚代表"得过",一只脚代表"且过"。他之前跟他说,这个节奏掌握好了,就不可能从桥上掉下去。可眼下,他再听他这么念,忽然有点儿不高兴,说不清为什么不高兴,也许是,他觉得这种念法太刺耳了,像是在"宣判"他过去的生活和认知有多么荒谬,且这种荒谬已经无法遏止。

他的女人表现出很不高兴的样子了,一张丧气的脸庞,她无法融合到旁边的舞池当中,就更加不高兴。可他正高兴呢,他盘算着,等一下就去小镇刚刚新开的一家韩国料理店吃一顿晚餐(当然,这个点了,称为"消夜"更合适),前天他独自去了一趟,那儿的服务员又年轻又好看,纤细的腰肢，瓜子脸，说话语气温柔，气质甜美。只可惜他太"老"了，对料理店的年轻好看的姑娘们多看几眼，都觉得是对她们的冒犯。

他只能等待桥下，那些跟他年岁相当的女人当中，有人上来与他说，废人阿三，你过去的生活那么自在，往后的人生也应该自在。或者说，废人阿三，你过去的生活是个错误，往后的人生也完蛋了。

他发现自己眼眶有点儿湿润——等了这么久，不是今天晚上才等待，是许多个时日的等待，无人与他说句知心话，这不能不让人感到头疼……哎，其实……他也可以主动下去一个一个地问，或者就从桥上的男性这儿开始追问，因为，人在表面上固然经得起追问，灵魂却经不起，他们之中有人（包括男性）一定会熬不住追问，他们一定像他一样，人到中年，经不起几句软话；只要跟他们谈一谈眼下遭遇的生活：疲惫、无奈、恐惧、坚定、软弱、病痛、孤独，等等等等一切复杂的心理，相信不到一盏茶的时间，他们的灵魂就会像钟摆一样摇荡起来，哪怕没有人完全尝过他尝过的那些复杂的心情，哪怕感性的心灵没有几个，也敢肯定，那些繁杂的情绪当中，每个人都会遭遇几种。可即便如此，他只要踏出一步就能获得答案，他也不干，不愿意先走出这一步，内心有多自卑就有多骄傲，过去的生活选择哪怕是个错误，也必须承担后果，他只能给自身以这样的安慰：抱紧自己的孤独和生活的碎片，是一个中年人起码的能力和尊严。世界上那么多人，每个人都抱着自己的影子生活，而他，还抱着自己影子的骨头生活，这种感觉是没办法与人解释的，反正，他就是抱着影子的骨头，那种更无形的直接戳痛灵魂的东西。目前他只是希望结交一个朋友，哪怕是个上了年纪的老头子也行，一起坐下来一句话不说也行，老头子因为年纪大知道他想说什么，他因为知道老头子年纪大曾经历了什么，就这样互相理解地对坐在今天晚上的秋风中，就很好了。可是没有人上来。他当然不会主动去寻找那么一个"莫须有"的老头子，这种寻找是可疑的，也很可悲，谁知道熬到老年的人，是不是有力气与人对坐。这里的老人习惯早睡，习惯早起，也习惯拉着脸，笑容早就在脸上干枯了。稍微年轻一点的人，都在摇桥，大家一连串地站在一条"线"上，蚂蚱似的，前前后后地晃荡，谁也不可能再有力气交谈，除了能站在同一条"线"上，一起前，一起后，就仿佛一起生，一起死，但不能一起坐下来谈论生死。

他抓紧屁股后面的索桥绳子，害怕从桥身的陡坡上荡下去。他第一次感到，他晕桥了，这种摆荡使他想吐出来。

他的女人在那儿跺脚，很显然，她大腿上的肉在闪动，像波浪；脸上的肉也在闪动。再过半个小时，她肯定憋不住气，要将他们父子二人吼下来。反正不管怎么样，他自由的日子如今过得一点也不自由——到了回家的时间，就得被这个女人"牵"回家,像一头真诚地卖完了一天力气的耕牛。

真难以启齿,他希望被别的人"牵"走,不是人,是妖精也行啊,真的,随便什么吧!

生活原本是他设计好的,过着过着,发现跟大家过的一模一样,简直不敢相信。

女人们在收拾东西了,她们准备解散今天晚上的广场舞会,她们只会牵走属于她们的男人。所有人都得按照这个模式生活,这几乎是一种谁也不可能去破坏的定律——他必须跟他们一样,走到桥下,幸福地跟着自己的女人回家!他突然想,也许的确应该下去看看了,无所谓啦,反正是自己的女人,自己的一长段生活,啊哈,下去搂着她的腰,就是搂着一大段妙趣横生、难以舍弃的日子,啊哈哈哈,我真幸福……

他觉得自己已经走到桥下了,激动的心情——哦,看啊,属于自己的女人还是那么漂亮,二十年不曾变皱的脸,二十年不曾被时间充胀的身躯,像一朵刚刚从池塘里拱出水面的新鲜荷花,她还像当年那么爱他,眼睛水灵灵,心思水灵灵,哪儿都是水灵灵的没有半点儿浑浊,就像始终爱一个崭新的他,他也爱她,就像爱一个淡泊纯洁的月亮,他们的感情以及曾经规划的生活,一点儿都没有出现差错。如果再来点儿有意义的事情作为"新生活"的祝福,那就一定是,眼前人们热衷的摇桥从中而断,大家都不再需要它了,一大串人落到地面上,都热情地敬爱各自的生活,谁也不需要像现在这样,仿佛被生活的激流袭击,逼不得已爬到绳子上逃命一样晃荡。

——痴人说梦罢了,他还站在摇桥上,神思混乱地望着桥下。

现在得换右脚了,因为儿子已经念到了"且过"。

桥下的孩子和女人们全都走光了,只有他的女人还没有走,因为他还没有走。

他觉得自己可能要站不稳了,双脚打战,秋风也不扶他。

"废人阿三,你下不下来!"

女人的吼声劈进他的耳朵。

他脚一闪,仿佛被马蜂蜇了屁股,从摇桥上跌落下去;呵,他早就预感到会有这么一天。

破　茧

一

明亮的大街上，格日阿火举着新买的手机吆喝，希望别人给他投票。他遇见了同村的一个熟人，这个人叫格里希聪，喜欢仰着脖子笑，或者"嘟嘟"地吹自己的嘴唇，据说这是西昌城里某些老太太锻炼身体的妙方——在过去一段日子，他进城跟儿子一家住过半年。格日阿火本来不打算跟格里希聪打招呼，他知道格里希聪除了喜欢在镇上瞎逛，别的事情一概不理；可是，这个人却热情地向他走近，那么，他只好"勉为其难"凑上去，到了跟前，脸上推出笑，拽着对方衣袖说："用您那发财的小手帮我投上一票吧，投一票就行啦！"

这话把格里希聪逗笑了。

"这怎么回事，有什么事情想不通吗？您满大街拉票干什么?"

"不要这么严肃,格里希聪,我告诉您,我不是要干坏事,我正正经经要干大事了,极大的事。"

"什么?"

"卖鸡!"

"啊?哈哈哈哈……"

"快停下,您笑得嘴巴都要烂到耳朵门口了。"

"噢……哈哈哈……"

"格里希聪,您要不要给我投票?"

格里希聪终于收住笑容,他刚刚一定是在哪儿喝了酒,嘴里还冒着一股酒气。

"用我这发财的小手?"

"是的,您那发财的小手。"

"我笑的就是您说的这句话。您肯定上网上得太多了,已经学会了上面的一些乱七八糟的词儿,我奇怪,您怎么会喜欢用那些破词儿。"

"用什么词儿不重要,大家喜欢被这些词儿迷惑。格里希聪,太阳快把我的脑门儿晒开花了,我得走了,您还是继续去哪儿喝酒吧。再见。"

格日阿火实在没有耐心在这里耗着,十天之内,他必须积攒到三千票,现在已经是第二天,而这新的一天眼看就要过半。这是夏季最热的日子,小镇上光秃秃的,刚刚翻新过,墙壁刷了白漆,之前那些大点儿的树木移栽到了别处,重新站在街道两旁的小树苗简直跟他一样傻,要死不活的,幸好它们身上还挂着"输液袋"——"该死的!"他心里骂道,不看见"输液袋"没那么生气,看见了火冒三丈,他觉得自己还不如一根树杈金贵,为什么会这个样子也搞不清,他自认为已经很努力了,至少跟格里希聪比起来,他简直是村里的劳动模范。

啊,当然啦,说的是最近这三年。以前可不敢跟格里希聪比。以前的格里希聪是村里的老黄牛,可以一直耕地,耕到死不罢休的样子。这三年倒过来了,格里希聪过起了逍遥日子,从城里回来以后就逍遥到现在。

格里希聪可能赶着去哪儿喝酒,他刚才向他走近只不过是"顺路",他要去的方向是格日阿火身后的某个酒馆。

"那就再见啦!"格里希聪有点儿迫不及待了。

镇上最多的就是小酒馆。这一天逢集,酒馆的老板们已经乐疯了,男人们一到街上,不足半个时辰就会遇到他们的熟人,就会相约到小酒馆吃酒。街面上还在继续晃荡的除了像格日阿火这样有正经事要办的人,其余的,要么生了什么病,要么是喝不动酒的老头子,要么就是一大帮被吃酒的男人们遗留在外面、无所事事不得不继续逛街的女人。她们已经很不耐烦了,手里牵着一个或两个小崽子,偶尔从嘴里冒出两句咒骂,也懒得找地方休息,因为这里极少有地方可坐，私人店铺的门口不许乘凉，银行门口的台阶"钉"了一串人，都是一群戴着黑帽子的老男人（这些帽子从远处看过去，真的就跟黑色螺丝钉的帽子没有区别），他们能在银行门口坐到散市，嘴巴"咕噜咕噜"聊得热火朝天；反正她们也习惯了晒太阳，大家都被晒黑了。格日阿火望着一张张雌性的黑脸在他周围流动，她们的头帕极其简单，除了节日期间，头发辫子缠着鲜艳的玛瑙珠串或叮当作响的银饰品，日常的头帕要么就是一块绣着牡丹或芍药（其实他一直没有分清这两种花）的毛巾，要么干脆什么也不戴，"光"着脑袋。格日阿火喜欢女人们穿着整齐的传统服饰，再略施粉黛，那些衣服会让她们更像女人，更优雅尊贵，每一个人都像是慈爱的母亲和可爱的姑娘，如果那样就太好了，当然也就闻不到半点儿汗臭味儿，现在他眼前流过的这些雌性的脸上全是汗水，生活的盐分把她们的脸腌制成了一种哀伤的黑。他有点害怕与她们对视，那些苍茫的眼神，就像在家里的时候，他时常避开妻子投过来的目光和她的脸。

"来吧，伸出您发财的小手啊……"

格日阿火继续吆喝，他不想再去注意她们的脸，朝着街道另一边走。人潮汹涌，越来越热闹，小树苗的细权上夏蝉在鸣叫：热死啦、热死啦、热死啦……

二

"呵呵呵……格日阿火,我很想给您投票,可一听到'投票'我就尤其反感,这种行为总让我想起那些骗子。我相信大街上几乎所有人都是这么想的,要不然这一天您为何到现在还一无所获呢?我当然不是说您是骗子,这一点诚意我是有的,您要相信我。"

"我相信。"

"对嘛,人要讲道理,我是一个六十八岁的老姐姐了,社会中乱七八糟的苦头吃了不少。我小学毕业回家干活的时候您才入的学,您其实很有本事,那个年头,中学很难考上,并且想要顺利读完特别艰难,但是您不仅考上了,还轻松完成学业,如果您有耐心的话,会继续读下去对吗?您这辈子就吃亏在做事情太随意了,想做就做,不想做就不做,为什么要这样呢?如果您踏踏实实,这会儿的情况就大不同。您后来在小学教了几年书,为什么偏要辞掉工作回家干活,我到现在还想不明白——当然这不关我的事——嗯,看看现在,您也是一个老人家了,今年有六十岁了吗?"

"有,我上个月刚满六十岁,身份证上的年月日,都是真实的。"

"这么说来,您其实已经虚岁六十二岁了。"

"是的,其实是的。"

"我们一出生就已经一岁,按照我们族人的十个月一年计算,您生下来就满一岁了,您一岁的时候其实进入了三岁。"

"嗯,琼孟曳纽姐姐,您的算术还是那么好。"

"为何您好好的生活不过了,要来拉票?"

"我就是要好好地生活呢。"

"我没看出来,您这个样子晃来晃去,跟年轻的时候辞掉工作晃来晃去有什么不同?"

"两种'晃'有根本的区别。"

"什么区别?"

"一种没根,一种有根。那时候我的心是一股流水,现在我的心是一片秧田,我现在这种举止看着奇怪,但其实,我是向着很实在的生活进发。难道我身上一点儿这种味道都感觉不出来吗?"

"如果是您说的这一种,我真没有看出来。您自己信吗?我只觉得您像是在逃避什么,或者您的妻子终于发飙了?我听说她的脾气虽然很好,可一旦发火,老虎也会在她跟前低头。不是我替她说话,格日阿火,您什么时候跟她正式结婚?一个女人跟您生活了快十年,您不打算跟她结婚吗?"

"我们生活在一起了呀,难道不算是结婚吗?"

"不完全算。"

"琼孟曳纽姐姐，我们……"

"停，您不用多说。"

"噢。"

"也许我老了，思维迟钝，不如从前敏感。格日阿火，很不好意思，我不能跟您继续讨论您的生活了，即便我们两个打了一辈子交道，值得坐下来慢慢细说，可精力不给我这个机会；我们也不住同一个村子，我的儿子等会儿要是从小酒馆出来看到我在这里跟您说话……您信吗？他会瞪着那双喝醉的眼睛，嫌弃我话太多了。年轻人真是越来越难相处，尤其他们到了中年，只要一垮脸，您就会感受到他那满肚子的愁，就仿佛一匹倒霉的马儿刚从某个陡坡掉下去爬上来。请帮我把椅子往太阳底下挪一挪，真是的，我现在身体大不如前，时常觉得冷。我求着儿子，他才答应将我从家里弄到镇上来坐一会儿，我喜欢镇上的太阳，主要是喜欢热闹，我越来越感到寒冷和寂寞，可能很快就要死了，人间的太阳已经烤不暖我了。"

"我热得冒汗呢，曳纽姐姐，就算太阳偏西，可这会儿阳光的热度差不多可以晒死一颗鸡蛋。"

"那说明您在世上晃荡的日子还会更长一些，也不知道这是好事还是坏事，呵呵呵呵……"

三

镇子旁边的黑水河畔拴着格日阿火的马儿，实际上它是一匹马骡，人们都说它是杂种马，他们既不愿意叫它马儿也不愿意叫它骡子，就喜欢"杂种马、杂种马"地喊它，搞得格日阿火后来也跟着他们一起喊"杂种马"，这已经成了它固定的名字。

杂种马脾气温顺，在河边等了格日阿火一天了，黑水河在夏季最清澈也最干净，它已经用河水漱过口并且喝了一点儿；它很聪明，从不轻易吃别人丢给它的东西，路人对它评头论足也不在乎，大概它已经能听懂其中一些人话，当他们说到"看上去有点好吃的样子"时，它就把屁股转过来对着他们。

一大帮年轻男人和女人先前到河边乘凉，留下许多食物垃圾，塑料袋，果皮，弄脏的饼干之类，还留下了女孩子偷偷脱下来扔在石头旮旯里的破丝袜。现在正逢穿丝袜的季节——所谓的冰丝袜；实际上哪里有什么冰丝袜，多穿一会儿同样热得要死，并且丝袜质量高低不等，那些又想好看又想便宜的女孩的丝袜寿命往往撑不过半天，有的甚至不出一个时辰就在某个地方钩坏了。先前那些人当中就有两个女孩子的丝袜报废，起身时丝袜钩在了一根干草的尖子上，扯出一个破洞，并且捂也捂不住、堵也堵不好，泥石流似的溃散、烂成一片。她们只好躲在马骡旁边的小树背后把丝袜脱下来扔在石堆里。其中一个女孩没有将袜子扔在石堆，她把它扔到河水里冲走了。马骡眼睁睁看着她们在那儿脱袜子，露出大腿上白皙的皮肤。骡子的眼睛肯定不会将黑丝袜理解成人类的衣物，只将它看成腿上的黑毛，而两个女孩刚刚在它面前将腿上的毛儿给褪掉了，这使得它的眼睛吃惊得比之前大了一号。她们走了以后，它往前走几步，将丝袜咬起来放在石头上看了又看，最后不知怎么搞的，咬起来把玩时，不小心套在嘴上滑不下来了。

格日阿火从远处走来，马骡也没有注意到他。

"你要穿丝袜？"

格日阿火飞快地走去将马骡嘴上的丝袜摘下，想将它扔到河里冲走，却忽然间停住，犹豫了一下，看了一下丝袜，居然将它揉作一团塞进了衣袋。他拍了拍马骡的膀子，给它带来了一小袋草料。不等马骡吃完，他又急急忙忙地走到集市上，在黑夜来临之前，他想尽量说服人们给他投票。

四

夜色像一顶毡帽终于完全盖住了小镇，商贩们打开灯，开起了夜市，大街上堆满女人们的脏话以及醉酒者的呕吐物。后来用了洒水车，从这头冲到那头，来回三遍，才将街道恢复干净。只是暂时的干净,夜再深一些,呕吐物只会更多,那时候坏脾气的女人们可能会动手打他们的男人。

这一天对格日阿火来说,几乎没有收获,至少到目前为止,能预测到好运不会再来了……和昨天一样坏的运气。他再次到河边看望了马骡,算是"安抚"一下漂亮的杂种马,它如果一天没看到他三次,就会发一通驴脾气,他宁可抽空多跑一趟,也不愿意看它挣脱缰绳到大街上"跳脚"。去了一趟河边回来,他就一直蹲在已经下班关门的银行门口的台阶上,白天这里糖葫芦似的蹲了一串人,现在只他一个,孤零零的像个被吃剩的坏果子。

他望着通向西昌城的方向,眼神很茫然,肚子也饿了,一天之中,他只吃了一顿饭,感到饿就喝水,在商贩门口的水龙头上对付几口。

街道上有人提着酒瓶子走来走去,三个人一伙,或者五个人一伙,或者一个人,咬字不清,艰难地互相说话或自说自话。

格日阿火起先茫然地望着来往人群,突然,看着看着,灵机一动:"难道世界上最好说话的人不是喝醉的人吗?比方说,晃晃悠悠抓起手机随便投个票?"这些念头简直敲醒了他。从地上起身,站到了大街上,果然,三个喝醉的人来到跟前。他们并不特别醉,至少谁也没有摔倒在地,不像之前过去的几个,其中一人始终被搀着。

他们伸出酒瓶子说:"来一口大的,还是一口小的,还是一杯尽?你说了算。"

格日阿火伸出空手,又急忙换成拿手机的那只手,有点伤心的样子说:"我酒量很差,而且最近生病不能喝酒。我在忙一件很重要的事,这件事必须有人帮忙投票才能促成,已经整整一个白天了,没有人肯帮忙。你们三个年轻人,一看就是好人,你们可以给我投票吗?不用加好友,打开你们的手机'扫一扫'就能完成。"

"啥,你要当官啦?你们的投票怎么跟我们不一样?我们的孜海同学刚刚当选了我们村二组的组长,就是我们两个中间的这位瘦高个儿,他就是孜海,他现在是一名国家干部了,是我们一票一票现场投的,干得非常非常正规,现在我们三个一起庆祝呢……啊天哪,你要保密,按照规定我们不能聚众喝酒;不过幸好,你可以给我们作证,我们只是轻微地打湿了一下嘴唇。老前辈,你准备当个什么?这个年龄……啊,你是哪个村的,投票程序怎么和我们不一样呢?"

他们有点站不稳,摇摇晃晃,但是格日阿火的投票引起他们的注意了。他们自己聊了起来。

"我住在那片高山上,龙河村,你们听说过吗?就是有一股很粗的山水从很高的悬崖上面钻出来,在青幽幽的树林中形成一条粗壮的瀑布,水流看着像一条龙。"

他们摇头,又继续转身互相聊天,就仿佛面前没有站着格日阿火这个人。

"我不是要当国家干部……"格日阿火半天才插进嘴,说得很大声才把这句话"递"进他们的耳朵。

"什么?"

他们不敢信似的,一起把耳朵凑过来。

"我说,我投票只是为了卖鸡。"

"你投票卖鸡?"

"差不多是这个意思。"

"噢,明白了,就是那种农产品,想在网上打开销路,然后做大做强,然后出口外国……你有农庄吗?"

"不是那样的,我没有想做大做强,也没有农庄。"

"老前辈,既然你要做生意,就一定要有这个梦想,你们说对不对,一定……啊,请让一让路,我们要到那边去一趟……是吧,你要有抱负,人活一世,必须有抱负!"

他们绕开格日阿火,但没有马上走。

"我只是卖鸡……三位年轻同志,你们还没有给我投票,请你们稍微抽出一分钟,只需打开手机'扫一扫'。"

他们没听清格日阿火的话。顾不上。

"英雄不问出路,对不对……孜海同学,你说,刚刚当选了二组组长这个事情,你一直还没有给我们透露半点儿你的想法。"

"对啊,孜海,你先从言语方面给我们'规划'一下,对于我们二组的未来，给我们两个先开开眼界。"

"啊，我想起来了，开眼界的事情先放一放……我想起我的正经事了。听说这里要修高速公路？孜海，你有时间帮忙打听一下，毕竟现在你的身份不同了，可以说得上话。我听说高速公路要经过我的猪圈那个位置，我可是去年才修的猪圈，你眼睁睁看它从地面上'挺'起来的，要是那条路真的选在这个位置，那我的猪怎么办？总不能让我的猪无家可归。你现在是堂堂的一个国家干部，你总归是说得上话的。"

"那就顺便帮我打听一下我的牛圈什么时候可以批下来，我的牛还在山上打野呢。"

"哎呀，两位……我亲爱的同学，你们别再说'国家干部'这样的话了，我只是个组长，还是副的，要不是中学毕了业，你们半途而废没毕业，我们三个谁是组长还说不定，干吗要这么见外呢？对于你们的事情，我明天就去打听，但是千万以后别再提那四个字，太吓人了。我们今天能不能不谈别的事情，只说喝酒的事情，好像老板一直追着我们要酒钱呢？……呵呵呵，难道谁还会缺少他的酒钱？等我们下一趟回来，把利息也给他付了！哎呀，你们两个小心脚下，也不知谁吐的，这条大街可真应该好好整改了，怎么能这么脏？明天我就去拜访镇上的……哎呀你小心，你踩到狗屎啦！"

他们边聊边走，踩到狗屎的那一位不知道自己踩到了狗屎，照常向前走，已经把格日阿火扔在远远的背后了。格日阿火一步都没有移动，他们走过去以后，他的目光也追了他们一程，现在他确信，他们三个喝得可真是一点儿也不比其他人少，只是酒量大一些，没有醉倒而已。

五

年轻的时候格日阿火特别喜欢走夜路，现在不喜欢了，现在走夜路只觉得孤独，像个可怜虫。白天一直背在背上的草帽这会儿才想起来，难怪午后一直用手掌给自己的脸扇风，姑娘们就偷偷指着他笑。他还以为她们是在笑他的裤腰带呢，现在可算明白了，她们笑他老糊涂。没有一个人肯站出来提醒他，只歪着脑袋、捂着嘴，趁他不注意就把笑声从嘴里放出来，她们真坏——不，呵呵，她们真可爱。

他也确实老了，琼孟曳纽还觉得他能在人间很久，她不知道，白天的阳光能将他晒得多烫，夜里的风就能将他的骨头浸得多痛。山风在镇子上是热的，高海拔的山林中却带着冷气，就算此时还在夏季。

他低头看了一眼自己的裤子（没骑马），用电筒光仔细照一遍，目光也跟着游走，质量很好的裤子，蓝色，跟山上别的同龄人不一样的颜色，他们从四十岁以后就从头黑到尾——黑色帽子，黑色衣服，黑色裤子，黑色鞋子，黑色袜子，连内裤都是黑色。他不一样，他一直保持自己喜欢的搭配，蓝色牛仔裤配白色鞋带——他喜欢这种奇怪的穿搭，哪怕牛仔裤非常合身，也极喜爱用两根连接起来的白色鞋带把裤腰捆起来，并长长地将鞋带多余的部分悬挂在身体的左边或右边，偶尔将衬衫压在裤腰里；年轻时他几乎每天这样穿，那时候他的脸也很年轻，没有半点儿皱纹，这种穿搭会给人一种轻松潇洒的感觉。拿电筒的手抖了一下，因为他的腿抖了一下，二十岁的时候与人赛跑摔伤了膝盖，五十岁以后膝盖就特别怕冷，电筒的光芒因为手的抖颤已经摇晃到远处去了，他的目光也离开裤子，望着茫茫的草林。他有点儿悲伤，衰老就像是鼻尖上的一团凉气，看上去似乎没大碍，却总是能最先感觉到它。

格日阿火有点走不动了，想爬到马骡的背上。又受不了马骡走起来一颠一颠，有马鞍作为缓冲，也照样觉得屁股疼。

今天晚上他其实可以早一点回到家，不过这都不算什么了，今天他的运气比昨天好太多，足足积攒了七十票。这都要感谢那个高个子的"国家干部"，他和他的同伴最先没有理会他，后来，三个醉醺醺溜达了一圈回来，突然看见他坐在银行门口，或许那时候他尤其显得老朽可怜，这种状态使得"国家干部"的心一下子受了震荡，突然想起投票的事情；他不由分说地挣脱他的同伴（这个时候他其实已经醉得需要人搀扶了），走到他跟前，热心涌动，并且一个劲儿解释之前的失礼，说他不该粗心大意随便忘记一个老年人的请求——他特意强调"老年人"这个词，然后他就牵着他的手，四处帮他拉票。如果不是投票要求必须由他们镇上所属各个村的人投票，其他地方的人投票无效，那么，"国家干部"说，他只要动一动手转发二维码到各个群里，要不了多长时间，格日阿火的三千票就攒够了。

那些投票的人大多没有关注细节，他们迷迷糊糊拿起手机，只有一个女孩子，有点疑惑地悄悄问了一下格日阿火，为什么他要卖鸡，可是投票的链接却是一家新开没多久的大型中餐厅？格日阿火终于有机会解释了，他与这家餐厅达成了口头协议并且互相签了一份保证书，对方保证每年从他这里购买三千只鸡，而他，上传投票链接，积攒三千投票，算是为餐厅开业做宣传。姑娘看上去挺善良，她没有再多问。

幸好没有被追问，不然他得继续告诉她，餐厅女老板是他年轻时喜欢的一个姑娘，她现在变得很有钱了。啊，真是的，他年轻时候喜欢的人可不止一个，然而那些人过得都很舒服，就像是注定了，最终没跟他生活在一起的人总是过得比他好，而他像个被她们诅咒的人，过得一点儿也不顺心。她们跟他分手的时候总是骂："格日阿火你这个混球，我诅咒你一辈子没有喜欢的人，也不被人喜欢，诅咒你终生过不舒服。"她们大多说了类似的话。这当然也不能完全怪她们无情,说到底,最先选择离开她们的人是他,总是谈到快要结婚的时候,他就突然心情不好了,觉得眼前的人以及生活都不是他想要的。现在他就是个穷光蛋,她们说的可真是太对了,女人一旦开口诅咒,老天爷就帮她们实现愿望,肯定是这样的。

格日阿火拍了一下马骡的屁股:"杂种马!"他骂了它一句。马骡往前跑了几步,又停下来等他。

格日阿火只想早点回到家中,比起填饱肚子,他更想足足地睡上一觉。

六

流水似的风,从格日阿火的耳边流过。他醒来了,阳光照亮了睁眼可见的山尖,昨晚回来太晚,没能敲开房门,无可奈何睡在了马棚里。幸好马棚里堆着许多草料,门口铁丝上的羊毛毡显然是忘记收了,他正好拿来当被子。

一大早,妻子打开了房门,她像是早有预料,伸头往马棚里看了一眼。这时候格日阿火也正好醒来,他痴迷地望着对面山尖上的阳光。他们两个今天的心情应该都不错——如果他们不对话,好心情就会保持得更久一些。妻子却没有忍住不说话。

"喔,我说昨晚隐隐约约像是有人敲门。我不敢确定,以为你不回来了,毕竟那个餐厅离镇子只有五公里,你的杂种马都犯不着用四条腿,它用一条腿或一根尾巴就可以把你送到那个地方去。那可是个好地方。我以为你不回家,所以呢,也就没准备醒着等你呢。"

格日阿火拍掉身上的草渣。他本来不打算说话的,可他最听不得她那阴阳怪气的说话口气,何况他昨天多累呀,太阳险些将他烤煳。

他生气道:"我本来也没想回来呢。"

她也生气:"我懂。"

他压着火气:"你说话的语气能不能稍微温和一些,就像……"

她抢了他的话:"就像你那位餐厅的女朋友?她的声音什么样子的?是'喵喵喵'的吗?"

他差点儿被她的话呛死了,咽了一下口水:"你看你说的什么话?从昨天开始你就一直阴阳怪气。"

"我没有说错,她就是你的女人。"

"曾经是。"

"你看,你承认了,你从来就没有忘记她,你喜欢她,你忘不了她。"

"我就觉得奇怪了,难道你会忘记你的过去吗?完全忘记过去,做得到吗?这不是我喜不喜欢她的问题,这是我的生活记忆,很正常的,并且是无法更改的经历,难道你要我骗你？"

"难道你现在一点儿都不肯花心思骗我啦？格日阿火，你现在比你的杂种马更讨人嫌了。"

"既然这样……"

"你看，你马上就不耐烦了，你马上就想着赶我走，我们十年的情分在你那儿简直像一场秋风，吹过去就吹过去了，一点儿痕迹都不打算留。格日阿火，我怎么会这么可怜，要遇上你这么无情的人。"

"我是说，既然这样，我们就不要说话了，都歇一口气。你还是去忙你的事情吧。"

"啊？"

"说句连我自己都疑惑的话，为什么你已经五十岁了，还是不成熟的思维，整天找我的麻烦，难道你们女人一直都是这样的吗？只要面对感情，或者跟感情有关的事，你们就'咯咯咯咯'的，老母鸡似的叫个不停……"格日阿火指了指自己的脑袋。

"你说我们傻，没有脑子。"

"我说我脑子都快炸了。你想得太多了，希望你考虑问题成熟一点。"

"你要我装糊涂可做不到。你认识我的第一天就该清楚，我不是个能装糊涂的人。"

"嗯。"

"格日阿火,你喜欢的那个妖精应该很漂亮吧?"

"你不要这样喊人家,这样不好;如果她是妖精,你想象一下,哪个妖精不漂亮?"

"猪妖就不漂亮。"

"她不是猪妖。"

"行吧,那我知道了。不过有时候想一想,年轻的时候有个漂亮的情人,现在年纪大了回想起来,心里应该也很快活吧。"

"尼薇,我有时候在想,人的一辈子如果总是耗费在这些乱七八糟的生活琐事里,到底有什么意义。"

"格日阿火,没准儿有一天你还挺想念这种乱七八糟的琐事呢,你可能会觉得,这就是生活的真相,也是它本来应该有的样子,也是一种心态年轻的表现,说明我们只是表面上衰老,内心还很鲜活。这个村里有一大把像我们两个这种年纪的人,他们已经不谈感情了,身体早就干旱,心中没有雨水,没有春雷,甚至没有一场秋风,什么都没有——那种暮气沉沉让人害怕。你怕吗?你一定怕,不然你干吗要去大街上……呵呵……卖鸡。"

"你不去写诗可惜了。"

"能写出来的都不是诗。"

"我搞不懂你,你有时候很聪明,像个哲学家,有时候很糊涂,完全不讲道理。"

"你从前对她们说这些话的时候，就是做好了散伙的准备了吧？如果我没有想错的话，你明天就打算离家出走。如果你要走，就把杂种马一起带走，还有你的羊毛披毡，我忙，懒得管你的马，也懒得洗你的衣服。"

"你和从前一样，从不打算挽留我。"

"要么我自己走，要么你走，为什么要挽留？要走的人留不住。"

"我正是因为你是这样的性格，才没有走呢，反正走不走，你似乎都没看在眼里？何况我现在这么大年龄了，更是哪儿都不会去了。我想做一些有意义的事情。"

"什么是有意义的事？我最烦的就是你把你的那些想法'捏'起来，不给任何人看。"

"你不会理解，你知道了可能会大发脾气。我也没想好要不要告诉别人。"

"我是'别人'吗？"

"尼薇，你应该去当作家，你抠字眼的能力太强。生活不能这么较劲，尤其是两个人的生活。"

"我喜欢当木匠。"

"这倒是，你喜欢当木匠，你跟我说过，你说你大学上到一半跑回家，就是为了当木匠。"

格日阿火平躺着，双手垫在头下，心情又恢复到刚刚醒来那会儿的清爽。

尼薇深深地看了格日阿火一眼，没再说话，她扭头看向了房子对面的山坡。对面山坡的树林中有一处小木屋，是她一个人搭建起来的，如果她不说出来，谁也不可能想到她是一个手艺顶好的木匠。没有跟格日阿火生活之前，她以木匠手艺为生。她的梦想是在树林中建造自己的木房子，不过现在，她仅仅是给小牛犊建了木房子，她自己的愿望只能是期待以后有更充足的时间，以及，她看中的那块地方可以顺利批复下来，只有等待村里的领导通知她可以在那儿建房子了，她才能动工。小牛犊的"地盘"能顺利建起来，全赖它是一头牛，"养殖致富"，有了这个理由才能顺利。她几乎不去构想自己的木房子了，她的时间总是不够用，格日阿火只在忙他自己的事情。近十年，他们生活在一起，但实际上一直仿佛各自过日子，各忙各的，他不知道她给小牛犊建造的木房子是什么样，她其实也并不知道他跟那个餐厅女老板具体怎么回事，她都没有亲眼见过那个女人。她之所以深深看了一眼格日阿火，是想开口邀请他去看一看小牛犊的"家"，可惜格日阿火的眼中没有透出半点儿想出去走走的意思，他要么不回家，要么回家之后一动不动。有时候他可以一整天躺在杂种马的棚子外面，太阳大的时候他嫌热，就故意掀开衣服敞开肚皮晒，就像是一只肚皮很冷的青蛙。

小木屋的门口是一块栅栏围起来的院子，青草密布，她在那块小小的院子里养着一头小牛犊，焦糖色的毛发，公的，脾气很倔。她按照它的毛发颜色给取了一个不算难听的名字：红黄牛。她觉得这起码比格日阿火给马骡取的"杂种马"好听多了。

她准备去那儿看看她的牛犊了。

"再见。"她扭头笑着对格日阿火说，像是清早起来的第一声招呼。

格日阿火也笑了笑，他不能不承认，尼薇身上有令他着迷的东西。即便她不年轻了，脸上也有很多皱纹。

七

这回她算是亲眼看见了，小牛犊将它的后半个身体往下塌并且往前拱，极其难看又充满了力量的姿势，随后从它的下体——那根细长的肉管中，泄出许多液体。

"它需要一头母牛了。"这个念头在她脑海中一闪。

她站在院子栅栏的外面、一片藿麻旁边的枸皮树深处，她刚好走到这个位置看见它……那种样子——不得已停下脚步；她还四处看看是否有人经过此地，不知怎么，一股复杂的心绪上来，觉得羞臊——这太奇怪了，她说不清，又觉得委屈，又升起莫名的愤怒，目光故意躲开却不知不觉中扭转，眼睁睁看着它在那儿"抽风"。动物在解决生理需求的时候总是那么爽快，就在清早的阳光中、明晃晃的草地上、她的一束酸胀的目光里。

等它发完了疯,尼薇才回过神,打开院子栅栏旁边的木门。走进木屋,取出一个圆形的、供小牛犊舔食的盐圈儿,从盐圈中间的小孔中穿过一条绳子,将它挂在木屋门口。小牛犊向她走近。她摸了摸它的牛头,以及两根差不多四寸长的牛角,它的眼睛突然变得温柔,像是要与她对话,这勾起了她说话的欲望。

"你现在正是年轻的时候呀,"她拍了拍它的脖颈,"也许你该到栅栏外面的草地上撒欢了?你想去是吧?"

小牛犊舔舔她的衣角。

"去远一些的草地上也没关系,或许你还可以去打野,让小木屋空着,对于你来说,再好看的房子都是监狱,你觉得我这么形容对不对?你点头了,你同意这个说法。"

小牛犊摇晃尾巴。

"反正这儿的林子大得很,只要不走出这片山,你就丢不了。林子里有野兽,也有你的'姑娘',这儿的阳光总是那么好,树林中的阳光更好,我几乎还能闻到你身上毛发中潜伏的清晨的草花香气,你的'姑娘'们肯定会喜欢。这里很茂盛,作为一头年轻的小牛,你在这儿长大,成年了,你的主人还有心将你放出去,这是天下间最幸福的事,对吗?你不需要携带行李,你养活自己的方式只需要动一动脸上的嘴巴,你的粮食没有人跟你抢,你脚下每踏出一步都与你的

'庄稼'相遇，你还会早早地遇上你最满意的'姑娘'中的一个……天呐，你真让我羡慕。刚才有一瞬间我觉得羞耻，我大概是把你当成一个'人'了，当成我的孩子，我要是有自己的孩子就好了。我错过了很多东西。红黄牛，我在你这个年纪，还在四处给人制造家具，我的父母生活在农村，不是很穷但也不富，他们收获的每一颗粮食都必须付出劳动、必须从土地上长出来，他们伺候那些庄稼的时候必须要像对待自己的亲生孩子，甚至比对亲生孩子还要付出更多精力和光阴。我很早就得养活自己，但我不想当一个伺候庄稼的人，我选择做一个四处游走的手艺人，我更像个游民，背着我的木匠工具，走很多路，有白天的路和晚上的路，有雨天的路和晴天的路，我还经过雪地，和觅食的可怜的兔子们在雪地中相遇；我总是背着一个超级大号的背篓，我有很多力气，背篓里放着我那些'梦想'——红黄牛，你听得懂我在说什么吗？我不知道为什么年轻的时候没有去'草地上'撒欢，我应该像你一样，像个小坏蛋，或者像格日阿火……可惜我没有格日阿火的勇气以及他的好命。其实他并不算穷，我是说他年轻的时候并不穷。他做了几年老师攒了一点钱，然后四处晃荡，偶尔给别人家的孩子当几天私人教师，他总有办法和能力轻松地活下去，至少表面上看着很轻松，他还早早地遇到了很多姑娘，当然，我到现在也不太清楚，那些姑娘，也包括我在内，哪一些只是记忆，哪一个才是完全占据了他的心，我搞不清；他一直跟我生活的原因可能只是年龄大了，不想折腾了——你觉得我说得对吗？"

她的手伸到牛嘴底下，牛舔了一下。

"我走了很多路才遇上格日阿火。他让我给他做一只木箱子，谁知道箱子没做完呢，我们就生活在一起了。我们过得还挺满意的。那时候我们都觉得晃荡够了，我四十岁，他五十岁，我那种长途跋涉的累和他那种无所事事地晃荡的累，都让我们觉得该好好休息一下。休息到现在还觉得累呢。跟你一头牛也说不清楚，但我必须每天过来跟你说话（今天说的最离谱），这已经是习惯了，跟你说的话比跟格日阿火说的还多。听了我那么多话，哪怕你是一头牛应该也清楚了，我是个内心复杂的人，我一会儿喜欢安安静静的日子，一会儿喜欢惨兮兮的、流离失所的感觉；我根本不怕格日阿火离家出走，不怕他将我抛弃，有时候我似乎还希望他离家出走，或者干脆狠狠地把我赶出去。也许明天我就不想养你了，会扛着一根木棍把你从小木屋打走呢。"

牛低下头，在它的蹄子旁边咬了一嘴草，嚼两下又吐掉了。

八

格日阿火的"走地鸡"们一大早就已经在地里"走"

了,走来走去的走,实实在在的走,非常勤快、从不偷懒,它们走的过程中,格日阿火一个小石子儿都不曾丢向它们。

"看见了吧,完全自主的'走',小马达一样的脚丫,'当当当'走一天到晚都不知道累,不是我让它们走它们才走,这就是真资格的全天然'走地鸡';吃五谷杂粮和虫子,呼吸纯净的空气,吃我亲手引渡来的野生泉水,就连它们自己,也是它们自己的母鸡一窝一窝含辛茹苦地抱窝焐出来的,不是机器焐的,它们都是基因纯正的传统鸡,简直可以说是古代鸡,假一赔十。您知道怎么回去跟老板报告了吧,姑娘?"

格日阿火自信地但又有些小心翼翼地说。他注意着餐厅女老板派来的"视察员"的神色——现在她相当于就是"视察员"这个身份。没想到老板还能与他合作,他的拉票任务根本没有完成。

"您差点儿把它们说得让我不认识了,格日阿火先生,您说的是鸡吗?"

"我只是用了许多形容词,以前是教书的,职业不在了,职业病还在。"

"噢。"

"您知道怎么回去跟老板说了吗?"

"您希望我怎么说呢?"

"您觉得还有什么问题吗?"

"也不是特别大的问题，但总归是个问题。我觉得它们有点儿丑，身上沾的什么乱七八糟的东西？您不了解情况，客人们点菜的时候习惯性先看一看他们的'菜品'，以我的经验以及眼前所见，我不认为他们会满意，这个样子肯定很难卖出一个好的价钱。它们几乎一个个全都夯毛了，如果不是在那儿'当当当'地走，我还以为您的鸡窝复活了。"

"您可真会开玩笑，也非常细心，难怪老板委以重任。我必须反驳几句，这可能会冒犯到您，但必须说一说。您是一个在生意场上经验丰富的人，见过大世面、大场面，但毕竟不是一个土生土长的农村人，尤其您不出生在我们这片地方，对于这儿的家禽的生活习惯可以说一窍不通；您不能要求'走地鸡'每天'当当当'地走很多路，还同时指望每一个都漂漂亮亮、干干净净，最好每天洗个澡。它们可不觉得自己哪儿不对劲，从鸡的审美角度去看，它们只会觉得自己和白云一样干净漂亮。至于您说的夯毛的情况，我觉得根本不必担心，见多识广的美食家，看见我的这些'走地鸡'，只会笑得合不拢嘴。"

"我不觉得他们会这么好说话，不是每一个人都是见多识广的美食家，我们的餐厅里，大多是普普通通的客人，他们可挑剔着呢。您的'走地鸡'——'夯毛鸡'，首先在外貌上就过不了关。知道现在的一些客人多讲究吗？除了要求食物安全，还要求明厨亮灶，厨师们穿戴整齐、白白净净，长相最好也不要太难看,不然实在太不'下饭'了。"

"除了我格日阿火提供的这些'夯毛鸡'安全,恐怕在别的地方不太好找。我完全是按照我母亲曾经养鸡的习惯,足足喂养了它们八个月,作为食物,没有比它们更安全的,作为'走地鸡',它们的肉质也达到了要求。它们提供的营养,绝对比其他早早出笼的鸡更好。您说的那种漂亮鸡,恐怕它们能有的也仅仅是漂亮。"

"我只是担心它们夯毛的样子吓到那些女客。"

"那您就多想了,女客们自己也夯毛。"

"啊?"

"我是说……她们的大波浪,大卷发,冲天鬏。"

"哈,我现在算是明白了,老板为什么喜欢您,为何非要在这个镇上开一家分店。"

"哦?"

"她对您还念着一点儿旧情,在您生活的小镇上开一家分店,觉得是一种'圆满',也有纪念意义。虽然我是她的助手,可实际上,也是她可以说几句心里话的好朋友。"

"她都跟您说了?"

"不然呢?"

"那都是一些往事了。"

"具体我就不知道,也不便打听。我只看出她很喜欢这个地方。"

"她的餐厅选址真不错,开设在镇子旁边、通向西昌城那个方向的大路口。那儿新建的一片安置房已经住进了人,那是个非常热闹的区域,那儿的人从农村搬迁过来,我敢肯定,他们骨子里还是很有乡情的,看到我的这些'走地鸡',恐怕只会感动得想掉眼泪。您不是也说了嘛,他们竟然在楼房里养鸡,每一天都是那些鸡叫声把你们早早地喊醒。"

"这倒是。"

"他们肯定经常会去你们的餐厅吃饭,只要谁家请客或者办什么重要的事,就舍得大把地花钱。"

"这倒是。"

"您说的那些挑剔的客人并不多见,如果有那么一些,十有八九是开车顺道吃饭的。他们吃一顿就走了,偶尔也会说几句不负责任的话,这些话您不必放在心上,他们原本的用意,恨不得您端上去的那盘已经很好吃的菜能够再好吃一点。等他们吃了别人店里好看不好吃的鸡肉,下一次路过,就会十分想念我卖给你们的这些夯毛的'走地鸡',就会再次光临。"

"说得倒是有理。"

"那您知道怎么回去跟老板说了吗?"

"这您就不用操心了,我肯定会对工作负责。如果您过几天(过两个月也说不定,您知道她很忙),收到老板约定见面详谈的信息,那就是您的这些鸡有了着落;如果收不到信息,那就很抱歉了,说明老板也很在意鸡的卖相。您这么聪明,肯定知道我是做不了主的,即便我跟她是朋友。现在请您站远一点,不要挡住我的视线,我需要给鸡拍一些照片,把照片带回去给老板审查。"

"这是应该的,您尽管拍,希望您能把它们……嗯,这个怎么说好呢?您是不是也有那种相机,拍出来尤其好看的那种?"

"您说的是美颜相机,想将它们美颜一下吗?"

"哈……"他突然刹住脸上的笑,严肃里透出请求的意思,"鸡可以用美颜相机吗?"

"您对它们很有信心,对我的美颜相机更有信心,不过,我还是劝您不要使用,否则鸡妈妈都不知道我拍的是它们的崽儿……您想想,照片里修得不夯毛,老板到时候一看,全夯毛的,她会说我这一趟不是来办正事,是来旅游。您不是不在乎它们的形象吗?"

"我绝对不在乎,我只是猜想您的老板会不会希望看到美颜过的鸡——当然它们肯定是最好的鸡,无论何时我都有信心。"

"那您可以放心,她和您一样,只喜欢原生态。"

"那我就放心了,就不要用美颜相机了。"

"那您可以让开一点儿了吗?别挡我的视线和光线。"

格日阿火扬起脸笑了笑，又忍不住在她后面说："它们除了麦毛，肚子里装的都是纯天然的货物。我没有给它们喂养任何有激素的东西。"

"视察员"没搭腔，举着手机认认真真拍了一些照片，然后站在那儿删选，似乎忘记身后的格日阿火了。她整理好照片之后，都没有说告别的话，就走了。

九

夜色降临，灰色的光芒浮在格日阿火房子下面的鱼塘水波上。

尼薇始终不说话，燃起一堆柴火，点火动作娴熟，就像做木工时，拉墨线、量尺寸一样娴熟。她在生活里的聪明和细心恐怕没人能及，却总是不太使用这些优点，拖拖拉拉，懒懒散散的样子。

"等着瞧，"格日阿火心里想，并且在计数，"一、二、三……"

"现在该你来做饭了。火已经点燃。"

"瞧！"格日阿火心里激动，跟自己说道，"怎么样？不出十个数，她就会让我去承接下一步工序：做饭。"

她永远只把火烧起来，永远履行当年的约定：我烧火，你做饭。

尼薇去忙她的事情了。格日阿火凑到火边，把"铁三脚"架上。他们已经不在厨房里做饭吃，厨房改造成了书房和木工房，从中间隔了一下，一人占一半。"这也算是一种升华了，生活的升华，从厨房上升为书房，这间房子现在一定挺高兴。"格日阿火说。尼薇却一直坚持说这间房子是"木工房"。具体该叫它"书房"还是"木工房"，暂未达成一致。格日阿火还说，理想主义者不需要特别去准备一间厨房，露天餐就足够了，尼薇也说，一个人一生必须有一所小木屋，对彼此的这些想法，他们倒是达成一致了，并且很喜欢对方有这样的情致。尼薇每次听了格日阿火说起理想主义的事情，比如他想实现什么，或准备实现什么，都表示赞扬和支持，她不会有反对意见，也很容易被格日阿火的追求带动情绪，她会由此想到自己的理想，只可惜，格日阿火不太把心思全部掏给她。他们的确是生活中再匹配不过的人，无论精神追求的方向和别的爱好，几乎都"在一起"，唯一的缺憾，他们对彼此身体的需求已近全无。都记不清上一次触碰对方身体是什么时候，是半年前还是一年前或者两年前，完全想不起来，总之那是很久很久以前了。

水已经烧开，他回过神，想起没有择菜。水塘旁边就是菜地。他想喊尼薇帮忙去菜地拔几根葱，抬眼找了找，不见人。之前在房子背后的路上似乎听到她与过路的邻居打招呼，她的笑声在那儿响起。从前他多么喜欢听她笑，在他的耳朵边上，热腾腾的笑语。

他们的晚餐没有米饭，为了保持体形，不想变成跟同龄人一样的皮球身材，只吃一些简单的蔬菜，热量低一些的食物。这就是为什么他和尼薇的房子本身也算不上太差，但因为吃得差，又总是被人撞见一日三餐，就有了他们"穷得不成样子"的说法和定论。

格日阿火倒出煮好的菜叶，又添了一锅水，准备煮几块土豆片。

尼薇回来了。

她掐着时间回来的，夜色已经朦胧，身影混沌，几乎看不清脸，像是把哪棵树的影子撕下来披在了自己身上。

"我就知道你的晚饭快要上桌了。"她的脸笑成了一朵皱皱的太阳花，说不上好看，却也让人心里特别舒服。

十

"合作社"这块招牌是格日阿火和尼薇一边忍着笑，一边踮起脚尖挂到"书房"和"木工房"的前门顶上的，这是他们二人商量后"妥协"的结果。厨房用玻璃挡板隔作两个小间，谁也不吃亏，不叫"书房"也不叫"木工房"，一人占一半，叫它"合作社"，又贴切又公正。

"合作社"挂上去不到半个时辰，尼薇就在木工房的一边挂了一块木制的小牌匾:"尼薇木工房",她很聪明地说,这相当于"合作社"的副标题,并没有占用和命名整个空间,她只是自己的地盘自己做主。

格日阿火也在自己的一旁挂上了"格日阿火目光栖息地",他觉得,既然有一个副标题,那么再有一个副标题也没什么关系。尼薇对此无话可说。这个名字他暗地里觉得比尼薇的好太多了,当然,又必须承认,太雅了,多看一会儿说不定会恶心。

他们几乎不去地里耕种,除了门前的那块菜地,以及偶尔侍弄一下鱼塘,别的远一些的山地活全部承包给了小工,从播种到收获。格日阿火很少感到经济吃力,年轻时候就是个老师,攒了一些钱财,现在,他就更有生活的智慧,养鸡之前,偶尔会到另一个小镇去当几个月的辅导老师,那儿的培训机构很看重他的教育方法,不过这必须是在他很需要用钱的时候才去。尼薇也会到外地做木工,有时半个月,有时两个月。他们的钱财不用报给对方听,也不需要交给其中一人保管,经济完全自由,到了需要出钱请人干农活的时候,二人会很默契地拿出自己应出的一半。

当然,在一个屋檐下生活,无法分得那么清楚。他们会给对方买礼物,也会给家里添置东西。

尼薇现在爱上了雕刻,用各种树疙瘩雕她想象的东西。她有充足的时间,不用再去操心小牛犊的事情,已经将它放走了。她最近找到的一块材料简直令她兴奋到睡不着觉，刚好可以做出她喜欢的木房子的小模型。经过几个夜晚的雕琢，已经差不多有了小木屋的轮廓。每天晚饭之后，就一直在木工房里打磨她的心头好。

可是今天晚上，她没有太好的心情。格日阿火那一锅清汤寡水的蔬菜一下肚，她更饿了。几次想跟对面书房里的人说，要不要弄一锅吃的，却几次吞下已到嘴边的话。格日阿火的目光在书本上像订书机似的，始终锁定，丝毫没有移开的意思。

而实际上，格日阿火一个字也没看进去。他心里正在乱七八糟地起着一些念头。

终于，他偷偷看过去的时候，遇上了尼薇的目光。

"你看什么？"尼薇有些没头绪地问。

"看你呀。"格日阿火的话和目光一样直。

两人无奈地笑了笑，接下来，他们都不知道该说些什么。都转开了目光。如果这话是在刚刚相识那一年，这会儿尼薇已经走到他跟前，或者他已经向着她走去。

格日阿火不经意地伸手往衣兜里掏了一下，发觉一团绵绵软软的东西，拿到衣兜门口低眼一瞧，发觉是一双女人的黑丝袜，这才想起那天在镇上的河边，他从"杂种马"的嘴上取下的这玩意儿。他感到脸一热，心里也发烫了。眼睛躲躲闪闪，有些羞愧，看向"木工房"。

尼薇早已经去忙活她的事情了。在她的内心世界里,此时此刻,除了寂静地,甚至可以说无聊地雕刻,恐怕不会再有别的思绪。格日阿火有些悲哀地发现,很多年了,他们的日子已经成了这种哑剧。

"你的书看完啦?"尼薇没有抬头地问。不用抬头也知道格日阿火在发呆。

她的话引起他内心一阵愉悦,把之前悲哀的心绪压下去了。

"要不……"他望着她。

"……还是算了吧。"

格日阿火话没说完,就被尼薇猜中了心思。她知道他要说什么。

"没有用的,不是吗?"她略微抬了抬眼皮,却还是没有将目光照到格日阿火脸上。

格日阿火低下头去。

"身体像一摊死水。"尼薇像是在跟自己说话。

格日阿火没有将丝袜丢进旁边的垃圾桶,仍然将它揣进衣兜。抓起先前没有看完的那本书,目光却飘开了。他从椅子上起身,像是突然得了什么灵感,向着"木工房"去。

十一

费了九牛二虎之力,尼薇才将丝袜套到身上,四十岁那年,她很容易就将紧身裤之类的玩意儿裹到两条腿上,格日阿火以及她自己,都喜欢给对方制造一点惊喜。

现在,也算是"惊喜"了——就在刚才,格日阿火突然走进木工房,将她竖着一搂,抱进了卧室的窗前。在浅黄色碎花的窗帘布前,她当然知道他什么意思啦,可是……"你不要闹了,"她领会到了他心意的那种笑容尴尬地挂在脸上,说道,"就像雕刻似的,我们身上已经掉落了许多东西。"

格日阿火可不管她那些话,他的热情好不容易从心底窜起。"你呀,真是的,快点儿……"他示意她将那条丝袜套到身上。他居然拿着那条破丝袜在她眼前一抖一抖的。尼薇才不会接受捡来的破洞丝袜呢,不过,格日阿火的样子也终于挑起了她的热情,虽然跟木头经常打交道,内心可不是一块木头,对他一笑之后,转身从箱子底下掏出来一条全新的蕾丝边的黑色丝袜。这看上去可比他捡来的那条有趣多了。

"啥时候买的呀?你可真是太懂我了!"格日阿火语气里都冒着甜味儿。

"这你就不用知道啦,你就说喜不喜欢。"

"喜。"

现在,黑色丝袜已经饱满地"贴"在她的腿上了,在房间忽明忽暗的变色灯光下，她显得仿佛只有三十岁，成熟的身体，尤其是饱满性感的双腿，脚上特意穿上两个人都喜欢的红色高跟鞋，细跟，像个新婚妻子那样，她带着魅惑的笑容，水汪汪的眼睛看着他。发型十年没有改变，仍然是格日阿火喜欢的长直发，她的上半身则大半裸露，像天空上几朵薄云，能遮盖的地方故意不遮盖，几块宽边的不规则的浅色飘带，忽隐忽现地将她整个人的味道完全升华起来了。可是，当然啦，他们都清楚身体真实的样态，那些表面的"惊喜"之下，是垂坠松弛的皮肉，腹部的肉皮可以用十根手指抓起来，像一块肉皮扇子，只要脸朝下，就可以给自己的脸扇风；至于乳房，它早就不算什么好看的玩意儿了，瘪掉的气球似的挂在胸前，而且，年轻时候越大越饱满的乳房，年老之后下垂的样子更令人绝望。幸好她根本也不算是个有傲人身材的女人，每日做木工，没有将自己忙成一个男人已经很不错。

格日阿火忽略掉了真实身体的样子，很显然，他此刻眼中看到的，都是最完美的尼薇。

一条热气腾腾的河水就要冲到他的脑门儿跟前，他快要感觉到它，闭着双目努力去感受、去等待这条河流，如果在过去十年，不需要多长时间，只要心里有愿望，热流就上头了；尼薇好不容易穿戴好了，也向他靠近，热流却一直没有上头，不仅如此，先前那点儿心里窜上来的热情也在冷却。

他知道,他再一次被抛离到岸上了。

磨蹭了半天,还是这样的结果。

"我就说嘛,我们的身体已经完蛋了。也许我们就差一个小木屋,一个陌生的地方才能让人完全把现实之情和精神之情都掏出来交给彼此,我们生活在一起的日子不算坏,但总觉得差点儿什么,你说呢?当然也可能不是别的原因,仅仅——如果男人有阳痿这种说法,那女人,我,就是阴痿,我也不行了,你的热情提不起来,我的也提不起来。"

她安慰好弟兄似的,拍了拍格日阿火的肩膀。

"你说啥?阴痿?"

尼薇突然哈哈大笑出门,听到她在门口略停了一下,大概是在那儿把最后几声笑收尾,喘口气,便重新走进了"合作社"。

十二

消息是格里希聪带来的。格里希聪用一种连他自己都不相信的语气在说这件事。说完捎带的消息后,还吃惊地问道:"难道是真的,你卖鸡?"

"你不是看到了嘛,我养了很多鸡。"

"是啊,我刚刚才发现你养了那么多鸡。我已经快三年没到你家串门了。"

"你确实很久没到我这里走动。不过这也不奇怪,我是村子里住得最偏僻的,独门独户,如果设立一个村子没有人数要求的话,我们家单独就可以成为一个村。"

"谁叫你和尼薇都是不合群的人呀——我不是嘲笑的意思。我的意思是,你俩适合住在城里,你们干什么要住在这么偏僻的地方呢?真难以相信,从前堂堂的教书先生,不仅跑到大街上拉票,现在还真的跟这么多鸡打交道……你真的要卖鸡?"

"我的鸡真的卖出去了?"

"放心吧,那个餐厅女老板一定要我亲口把消息说进你的耳朵,她非常看重这件事。"

"我等了好久都没有收到她的消息,最初约定了一些合作条件,我也帮她拉票了,她也派人来观察了我养的鸡,可直到夏天过去,我再也没收到一点点儿消息。"

"她说她很忙,最近才稍微松闲一点儿。我看她说很忙的时候,倒不像是撒谎。"

"行吧,反正只要她仍然买我的鸡,就是好事。"

"我今天为了完成任务,酒没喝饱就来了,格日阿火,既然你确实在卖鸡,作为交情还算过得去的朋友,我祝你生意兴隆。至于那个女老板,你可以完全放心,她非要我跑这一趟,足够证明很有诚意。她让你明天一早就去,带一只鲜活样品。我劝你挑一只稍微好看的,女人嘛,不论是男人还是小动物,她们大概都喜欢看上去顺眼的那一种。"

格里希聪说完,又忙着喝酒去,他唱着山歌离开:

买马要买瘦戳戳
免得别人借去驮
婆娘要讨丑一点
免得别人挖墙脚
……

十三

"你打算一直抱着它吗?"

"那倒不是。你这个地方也太干净了,实在找不到一只鸡的容身之所,把它放在哪儿都会弄脏和弄坏地方。这使我想起从前一些往事,也像这只鸡一样,我觉得无处可立。"

"是吗,你和过去比起来更沉稳了,要是在以前,你会说,自由不分地方更不分人或动物,你会随手把它撒开,假如看见你的鸡站在我的桌子上,你会跳起来给它鼓掌,你会说,那才是一只鸡该有的样子。"

"你记性太好了,也说得很对,那的确是我从前能做出来的事。"

"你就是那样的。"

"人是不是总觉得年轻的时候更荒唐？这个我不知道怎么去概括。"

"你肯承认过去对待事物的方法是错的了？"

"我没有承认。"

"为什么？"

"我只是没有过去那种力气了。"

"就是不想折腾了。"

"也不是。"

"那是什么？"

"是换了一种方式折腾。比如现在，我给你带来了'样品'，改行了，本来我应该站在黑板前给学生辅导作业。"

"你说得有道理，是我没想到这些。"

"我很清楚你为什么要到这里开一家分店，作为中餐厅，在市区的生意可比这里好多了。你相当于用市区的那几家餐厅来养着这个分店。从生意的角度考虑，它可以舍弃，舍弃意味着多赚钱。"

"是呀。"

"不值得你这么做，无论为了什么，都不值得。"

"这句话听着像是在跟我道歉，你说的'不值得'是针对你吗？"

"是的，针对我。你不知道我的情况，我其实连你的全名都想不起来，这么一说，你会感到更悲哀吧？可事实就是这样,事情过去得太久了,我的记忆一天不如一天……我只记得你名字中的一个字:语。这样的一个人,对你而言实在没什么意义。你少喝一点酒吧。"

"你不懂,格日阿火,有没有意义不重要了,对于有些无法消除的执念,我和你都是不能自主的。忘了我的名字不要紧,我再告诉你,我叫薛语。"

"啊,是的,薛语。"

"那时候你叫我鳕鱼。"

"有一些印象了。真是抱歉,对于我们的过去,很多记忆都是断开的。"

"没什么,本来我们的关系也断开了嘛。格日阿火,我希望你明白,我今天坐在这儿跟你讲这些,不掺杂别的意思,也不是要你回应什么,我是在纪念自己的感情(在这个地方我也曾经住过一段日子)。人到了一定年龄就免不了回忆,免不了想回到过去那些走过、停留过的地方看一看。我是出于这种感情。至于我们的过去,确实在我的生活中还有一点儿影响,我承认时常深深地想起你,在某个闲下来的时候,想起来也会觉得心痛,但我可以保证,此时此刻,我内心不是那么脆弱和怀有别的想法;我如今的心绪非常复杂……你不要用追问的眼神盯着……盯着也没有答案,我不知道过去那种对你的要生要死的爱还在或者已经不在了,或者即使在,也不那么深厚。有一点你也看到了,我喝醉了不会像过去那样拽着你的胳膊，哭着，希望你不要抱着那些不切实际的想法，希望你为我收一收心，好好跟我一起生活。我不会再那样了。那种日子已经过得很远。那时候你只想当个浪子，而我，总在想办法让你留下来。"

"是的，你的酒品很好了。"

"也不是酒品好，是我不想在外人面前失礼。我只是把餐厅开在了你生活的镇子上。"

"你只是把餐厅开在离我生活的地方很近的镇子上。"

"对，就是这样的，只是这样。"

"你喝慢一点儿。我觉得你应该来一杯醒酒汤。"

"你知道我的酒量不差。"

"嗯，其实……"

"其实你忘记了我的酒量，甚至忘记了我到底会不会喝酒？哈哈哈……没关系，就算在从前，我们的想法也总是偏移。我想让你感受到踏实安定的生活，你却为此苦恼，更觉得那是一种囚禁，你觉得我囚禁了你的生活也囚禁了你的灵魂。说实在的，我不知道灵魂是个什么东西。"

"我也不知道。"

"你现在不觉得尼薇囚禁你了？你像是很满意现在的生活。"

"人心是一个漏洞，任何一种生活都不可能是满意的。"

"那你到底是怎样一个人？"

"我也在问自己。也许我是个鬼。"

"哈哈哈……"

"你喝多了。"

"可能是有点喝多了,我就没有清醒过,从认识你那天开始,我就知道我这辈子完蛋了。不过呢,格日阿火,你不要觉得我很可怜,这一路过来,很多人爱我,就像我曾经爱你一样爱我,甚至比我爱你还要爱我,有时候我都快要感动了,我也假装爱他们之中的一些人,有那么七八个人吧,我跟他们谈恋爱,把对你说过的话全部跟他们说一遍,还给他们每一个人编了号(不只是他们七八个,是所有对我说我喜欢你的那些人,我都编号了),从你之后开始计算,2号、3号、4号……到现在,我好像已经编到179号了。你光是听这个数字也可以想象到那种壮观吧,如果把他们全部集合起来站在那儿,将是一支不小的队伍,你伸眼睛去短暂地瞟一眼,也会被震撼到,他们全都是追求过我的人,好看的,不好看的,穷的,富有的,优雅的,粗鲁的……你想想看,你在世上孤零零一个人,可有那么多不同的人怀着相同的心思,他们说爱你,你能不是幸福的吗?我能不是幸运的吗?当中有一些人确实付出了真情。也许我也付出过一点儿真情。我把对你说过的话全都对他们之中的几个人说了一遍,说那些话的时候我一定是真心的,最起码,应该是真心的吧。"

"嗯。"

"然后我就觉得心里空荡荡的了，仿佛在荒野中，只有冰冷的风，风里许多落叶飞来打在我身上，我没有力气再跟他们其中任何人说新的话。我就离开他们。"

"嗯。"

"总是我第一个起身离开，把他们抛在大街上或某个饭厅，或路边茶棚，我从不回头去看他们的样子。我知道那会是什么样子。"

"嗯。"

"你不问我别的吗？"

"我不知道该问什么。"

"你不必在我面前隐瞒心思，你不问，是因为你看得很清楚，年轻的男人和女人，总是很容易就对看上去顺眼的人说出'我喜欢你'这样的话，只要没有得到回应，他们很快就爱上别人。你知道他们会爱上别人。我那所谓丰盛的爱情，不过都是一时的烟云。事实也的确如此，起码有175个人很快就爱上了别人。他们在我这里只留下了各自的编号。而我，始终没有主动去追求谁，我觉得我这样的人在感情这一块儿'心地'太小，扩展不开，经历了一场分离以后，就很难从那种气氛中脱离，总是被不好的思绪笼罩。"

"嗯。"

"你没有什么话要说吗？"

"我没有话说……不,我有话说……我们还是来谈一谈卖鸡的事情吧?不过,我觉得你应该先来一杯醒酒汤。"

"啊,是的,耽误你太久了,我很抱歉。我们确实应该来谈卖鸡这件事,这是今天最重要的。"

"你要不要来一杯……"

"不用啦,只要提起生意,我无论醉到哪种程度都会立即醒来。"

"你是典型的女强人。"

"女强人?不对,如果有别的机会,我倒是不想做女强人……啊,开玩笑的,你千万不要当真。我很喜欢现在的生活状态。我觉得女人应该有自己的事业,而不是把一生的理想付诸如何嫁个如意郎君,如果当年我是这么想的话,那后来已经不这么看了,思想的进化也是一步一步来的,跟你分开,也催熟了我对自身的了解,也算是一种人生收获。"

"你从前就不是弱者,你只是在我面前示弱。而我不想你示弱。你应该有自己该有的样子。在你之后我也交往了别的女人,当然也都分手了,她们现在过得也挺好,你可能是过得最好的。有时候看见跟我分开的人过得那么好,说句'人性本恶'的话,我会以为自己受了你们的诅咒,毕竟说到底,是我离开了你们,伤害是我带给你们的,就算我其实同样受着伤害——因为按照常情,我也在付出,也在失落,只是我无法掌握自己的心,它总是违背常情,要遭遇一些我所不愿看到的后果。我比我离开的人更痛苦，可是没有人能理解这种痛苦。你在这里开设餐厅，我当然很清楚为了什么。我至今过得很不顺利，不是说过得有多穷，而是内心仍然很动荡。刚才听你一番话，我心里开朗了很多，你们的确应该过上更好的生活。"

"是不是好的生活我不能确定，方向没有错是清楚的。就像你说的，没有哪一种生活是令人满意的，但最起码目前这种样态我并不厌倦。当人们喊我'薛总'的时候，我内心很充实。"

"看得出来，你脸上是一片自信。"

"女人总是把自己的身份看得很薄弱，总觉得相夫教子才是大业，抛头露面做出一番事业反而是不能成就大业之后的无奈选择。我并不害怕面对男人。我如今害怕的反而是面对女人。女人在贬低女人的时候，不仅刻薄，还很恶毒，你不信吗？如果我站在大街上，那些普普通通的可怜女人的目光中，会万箭齐发，如果你能读懂那其中意思，你会听到她们用最肮脏的话辱骂我，说我一定是被无数男人睡了才有今天的局面，如果我穿戴更艳丽一些，那些话就会加倍的秽浊。"

"你现在很优秀，也很强大。"

"是吧，这可能是最大的好处呢。只要我不去在乎那些目光，谁也不敢真的破口而出。她们见了我只会轻声喊我

'薛总'，问我要不要买她们的农作物。我喜欢做生意，在面对交易的时候，许多利益一旦挂钩，女人们也就变得大气可爱了。"

"你打算付多少定金呢？我是说，我的鸡。"

"按照商人们惯念的生意经，我只需给你付一点点儿定金，然后每次结清就行，可这次，我想感情用事一回……"

"不用破例。"

"别急着客气，我话没说完呢。"

"嗯。"

"看在我们相知一场，我给你付一大笔定金。秋天过去之后，你每天给我送货……到那时候你的鸡每一只都八个月了吧？好，那就好，你肯定能办到；如果生意好就多送，生意不好，少送来一些。你那儿养着方便，我这里后院就几个笼子，可没有真正的鸡圈呢。"

"太好了。完全没有问题。我能办到。"

"你还要保证质量，外表孬毛没有关系，内部可不能孬毛。格日阿火，我会让助手把定金付给你的，你在这儿等着吧，她会来找你。"

"好的……薛……"

"……薛总。"

"嗯，薛总。"

"很好，合作愉快。"

十四

在格日阿火面前,他笑得可真像个傻子呀,本来嘛,他也的确是个小傻瓜,反正大家都这么喊他:憨憨。

"憨憨"已经十八岁了,七天前,他把村里一个十二岁少年的自行车扛到了雪山底下的松林边,一个人在稍微平坦的地段搞起了野外自行车大赛,狂吼的声音把周边放牧的两个老人"喊"到眼前。那两位老人第二天就把这件事传到了村里每个人的耳朵,大家忍不住爆笑,猜想他是如何将那么一架"光屁股"自行车弄到那么高远的地方去,要知道,这之间的距离至少有二十公里,一路上坡,几乎没有好走的路,他这番操作,害得那个"丢失"了自行车的十二岁少年哭了整整七天。那车子没有坐垫,没有车胎(内胎外胎都没有),没有车铃铛,没有刹车,反正该有的一切都没有了,就是一架自行车的光骨头,他像狗见了骨头那样,把它叼到了高山顶。

作为"憨憨"的私人老师(其实在他心里,早已将这孩子当成了亲人),格日阿火已经被喝醉了酒的格里希聪追在屁股后面说了一整天……就是昨天。他希望他把这个蠢孩子好好揍一顿。

他幸亏来得早,将正要上山的"憨憨"堵在了门口。

"那车子还'活'着吗?"

"活着呀。"

"还记得放在哪儿吗？"

"不记得。那么大一片山。"

"这件事你做错了，很多人恨不得我把你狠狠地揍一顿。"

"一架光秃秃的自行车，也值得揍我？我罪不至揍。"

"行啦，你学的那点儿成语，还不够给你脱罪呢。我也不是来跟你说废话，我是来跟你讲道理。"

"我最怕你跟我讲道理。"

"欧桑，别人都喊你'憨憨'，可能有时候你的想法和操作确实跟别人不同，但我认定你只是内心一直住着一个长不大的孩子的心灵。你从来没有害过谁，非常善良，一年四季都喜欢在山林中探险，寻找你喜欢的东西，有时候是漂亮的树根，有时候只是一块普通石头，你对山中的大道小路熟悉无比，许多人无法有你这样的阅历，对山体的了解没有你清楚，你用这个优势帮助别人，哪怕是别有用心的人，他们非常想要从你这儿获得某些讯息，比如雨季，哪一片山的哪个位置生了青岗木耳，哪里有松露，哪里有鸡枞圾，甚至哪里有河鱼，他们都会从你口中套取，你也总是不令人失望，从不设防，如实相告，你给他们带去了财富，但从未有人跟你说一声感谢。你现在已经长大了，从十二岁以后，我几乎不用特别照顾你，你依靠山中的产物活下去，你很勤奋，也像是个被大自然宠养的孩子,总是找到最好的木耳和鸡㙡,可惜经常以最低廉的价格被买走,那些买你东西的人从不给你真正的好价,你也从不过问,给你一点钱,够一段时间生活,你就很开心。那些人,他们一会儿喜欢你,一会儿嘲笑你,一会儿同情你,可实际上,每一种感情都很飘忽,都不是具体和持久的,也就一直被看轻,没有人一直喜欢你,一直嘲笑你,一直同情你,这也就显得更可悲了,不是吗?"

"阿火老师,为什么要可悲呢?"

"我说了那么多,你就捡了这么一句。"

"你每次一来就跟我七七八八说一大堆,有时东拉西扯,连你自己都不知道说了啥,我能捡到一句就不错了。"

"你嫌我啰唆。"

"你本来就啰唆,年纪大了嘛,也可以理解,也许我以后比你更啰唆。"

"我不是要教你做个坏蛋,我是说,有时候面对一些人,什么菌子,什么木耳,你可以不告诉他们。你拿出去卖的山货,也可以要求对方开的价格和给别人开的价格一样。"

"我心里没有想过这些呢。"

"我看你是疯了。你要是懂得拒绝别人,稍微给人一点儿颜色,你也不会被人喊成'憨憨'。"

"喊就喊呗。'憨憨'听上去毛茸茸的,像只长毛兔。"

"你倒是看得开。"

"傻子都看得开。"

"相信你是傻子的人才傻。可这一次，你的确不该把车子弄走，车子是你弄走的，这件事就会被放大。他们觉得你这样的人什么事都做得出来。你要是早点儿长心眼儿，多攒一点钱，自己就可以买一辆车子了。"

"呵呵。"

"你别跟我'呵呵'，被看作一个异类，你就很难获得正常的对待。"

"我活了这么大岁数，还没见过谁能真正获得正常的对待，也就只有我这个'憨憨'是在正常对待他们。他们一会儿骂我一会儿同情我，一会儿想打我一会儿诓骗我，他们把我当猴耍的时候，我心里全都有数，我就在想，他要骂我了，他要同情我了，他要诓骗我了，瞧，果然是那样……我就心里高兴得要叫出来，我觉得他们很有意思，人，很有意思。"

"你多大岁数?!"

"干什么那样紧张，我玩几天就扛回去还他。"

"不行，你必须现在带我去，把它扛回来，还给那个孩子。你怎么能跟一个十二岁的孩子抢玩具。"

"阿火老师……不，干爹，那不是玩具，我对那车子确实有点爱，那可是一架很劲爆的野外赛车。我花钱也不一定买到和它一样好的。"

"'劲爆'这个词,这回算是用对了。"

"那我可以出去了玩吗?今天准备跑另一条路线。"

"说漏嘴了吧,刚才还说不记得放哪儿了。你从来不说谎,竟为了那架光屁股车,不告诉我车子在某个地方藏着。"

"我玩几天就扛回去。"

"你还有脸出去玩?"

"阿火老师,我丢不了你的脸,我又不是你的亲儿子。"

"你不要用这种眼神看着我,也不要这么说。从你那唯一的亲人、你的爷爷去世以后,你就相当于是我的儿子。从九岁开始,我已经照顾你九年,说起来,我比你爷爷照顾你的时间还长呢,你母亲在你八岁的时候去世,然后你爷爷照顾你一年,他死了以后,你就由我来照顾。我曾经担任过小学老师,又没有自己的亲生孩子,大家也都觉得由我来照顾你的生活最为恰当。可惜你读了四年书,死活不肯继续读,依照你的天性,也确实在那小小的课堂不可能坐得住。我几乎是把你带在身边教养,直到十三岁,你非要跑回自己家里独居。这么深的关系,我们难道还不算是父子吗?你出去丢脸,怎么可能只丢你一个人。"

"没有人会真心怪你,他们知道你已经管不了我嘞。"

"你现在都会顶嘴了,那时候还小,很听话。那时我刚跟尼薇生活在一起,她还以为你是我的私生子呢。也许她现在也这么看。毕竟你母亲活着的时候的确是个很漂亮的女人,可惜了,漂亮的女人容易早死。漂亮的男人也可能容易早死。你父亲死得更有点早了。"

"是啊,他是死得有点早。我一生下来他就死了,我生,他死,像是被我给吓死的,所以大家都私下里悄悄传言,我是我父亲的转世。这种说法挺吓人的。也许我妈也是这么给吓死的。"

"胡说。哪有这样的事。"

"我七岁时,我妈带我去算命(那个时候我已经有很好的记性了),算命的说我这煞那煞,就是克这克那的人。这话也吓到我妈了,当时就很丧气。"

"胡说。"

"不管是不是胡说,反正她最后不也断气了嘛。"

"生老病死,人生常见。怎么可能一个人可以煞这煞那,如果你这么灵验,我怎么不死,我也是你的亲人了。"

"这个问题我倒是没有想过。不过另外一件事,我倒觉得他可能算对了。他说我是孤独之命。"

"这才是算得最没讲究的,这根本不需要算,你和我,以及任何一个,我们没有一个不是孤独之命。"

"我不同意你说的。一定有人是天生快乐之命,比如傻子,或者比我们更豁朗的人?"

"行了别再说了,你学会的词已经够多。你现在要想的不是这些问题,而是带我去看那架光屁股车到底在哪儿。把它弄回山下，我陪你一起，给人家好好道歉，你最好装得越可怜越好。"

欧桑没说同意，也没说不同意，他只是趁着格日阿火一个不注意，溜出了门外。

十五

秋天过去之后，山下的镇子也冷了，各家餐厅和小酒馆卖得最好的就是火锅，打底汤料基本都是土鸡汤，就连山民们，吃火锅的时候也喜欢将自家的鸡"摁"一只垫底。

格日阿火的鸡很快销去了一半，而此时，冬天才过去一小截，最冷的时间还不到。必须重新增添一些"走地鸡"了。

令他操心的还有欧桑。欧桑总是躲着他。他也没办法一天二十四小时去堵门。已经不打算替那个十二岁的孩子追回自行车了，他只想找到欧桑，让他跟他一起养鸡、卖鸡。

尼薇的小木房子还没有雕刻好，这个工程她干得最慢，还总是一个人进山，时不时抱回一些乱糟糟的树根或木疙瘩。各忙各的，尤其到了年关，两个人都想忙完手里的活。

十六

一天早晨,十二岁少年的门口摆着一架清洗得干干净净的自行车,那是他丢失了一阵子又"自己跑回来"的光骨头车,那天早上几乎村里所有的人都听到了少年的欢呼声。除了车轮跟之前相比更歪扭一些,别的几乎不变。算得上"完璧归赵"。少年爱不释手,对于重新获得的至宝更加珍惜。白天他骑着车在村子附近乱跑,晚上锁进房间,再也不将它置于门口了。

十七

那巍峨的山顶上,谁也想不到会是一片宽敞的盆地,尼薇终于得到批准,在这个地方以牧人的身份安家。她可以在此处修一所喜欢的木房子,再买几头牦牛,过上梦寐以求的生活。唯一的坏处在于,这盆地方圆二百里,几乎是大风的一个游乐场,青草长到五寸左右就爬不起来了。

格日阿火忙着送鸡下山,几乎没有空闲的时间帮她一把,也无所谓,她的愿望本身也是独自建立木屋。早就不再想象和盼望,谁能一辈子用一整颗心爱她,人总是变心。偶尔,她也觉得自己的心很冷淡,爱一个人需要太多的时间和精力,她在老却,别人也在老却,爱的能力也在衰退,有些爱情就像海面上的水泡，时间一长，就被风浪抹平。一个人最后剩下的，无非就是一些琐碎的、荒芜的时日，像这片辽阔的高原，最后，恐怕只有她自己建立的小木屋"搂着"她进入深夜和黎明。她已经想象到一场大雾会从夜间升起，当她推开小木屋的窗，雾气也会将她笼罩，将她置于荒凉但她十分热爱的山巅。

新修的车路只在半山腰就停止往上，她只能雇人将所需的木材扛到山顶，这耗费了不少时间，不过，所出的工钱足以吸引工人们卖力工作，超出预期，便将全部木材弄到了建筑地。木房子的选址是在盆地凹下去的地方，一个圆形的大坑。这样的大大小小的坑在这片盆地上有很多个，有人说是陨石砸出来的大坑；或者，火箭发射后掉下来的那截"屁股"砸出来的，反正，不可能是天上掉石头，也不可能这片土地自己没事干，玩"收肚子"和"鼓肚子"的游戏。她当然不信那些说法，她知道这是多少年以前留下的一个个小火山口，经过岁月泼洗，成了如今这种样貌，有些坑里常年积水，形成小小的海子，有些枯草凄凄，像一只只干旱的眼。工人们都觉得她是不是疯了，如果只是一个人在这里养牦牛的话，会孤独而死，会被这些坑给埋掉。

必须加紧工程进度，在第一场雪下来之前完成所有工作，而依靠一人之力，肯定无法达成过年之前入住木房子的愿望。不知道为什么，她想很快搬入新家，像是迫切地需要进入一场新生活。若想满足早日入住的愿望，就只能放弃独自一人建立房子的梦想，她必须继续雇人帮忙，她果断地这么做了，雇的还是之前运送木材的那些人，他们憨厚，不笨拙，不缺丰满的力气和耐心。这期间有一个人突然出现，她完全没有想到，他表面看去比从前还傻乎乎，而眉眼比之前更俊朗。谁会想到，这样一个仿佛天生天养的人，会长得如此好看，可能越是这样的人，越清秀脱俗。他的衣服和裤子沾满了稀泥巴，落了厚厚一层印子，仿佛淤泥中钻出来的水牛，也不肯多说话，帮忙给她的房子盖了顶，她给他钱，他拒绝了，甩手就走了。加上这样一个不请自来的人帮忙，又是全部依靠木材建构，工期更加顺遂，房子已经成了，最后，门窗由她亲手安装。工人们最后一致认为，是他们原先见识浅薄，以为一个人不应该置身于如此荒凉之地，是眼前的一切令他们重新开了眼睛，谁拥有这样一套木房子，别说在高山的盆地上，就是悬挂在峭壁，谁都会毫不含糊地住进去，它实在是一个最好的家的样子。

现在，尼薇已经住进她心爱的木房子好些天，带来了山下所有的衣物，雇人扛了一整个冬天所需的粮食，日常所需的药品，生活必需品，样样俱全。离开山下那个家的时候，格日阿火不在家，她给他留了一张字条放在"格日阿火目光栖息地"，算是告别。为了使木房子更加保暖，她之前操弄木材时弄伤的手还没恢复，又不得不继续忙碌，在房子外围,用粗壮的木棍拦了一圈,并且在木棍上就像织网似的,绑上树枝和厚厚的松毛,然后在房子的对门,留下了一个出口,最后她退到远处一看,简直忍不住笑——像鸟窝,也像个抽象的蛋,"裹"在篱笆中间。

木房子总共有两层,几乎照搬了以前修给"红黄牛"躲雨的房子的样式,只在原来的基础上做了一些改变,做得更符合人居住。说起那头小牛犊,尼薇突然很想念它了,不知道它现在打野到哪片山林。但愿别像格日阿火说的,人间是残酷的,理想主义者的牛,一旦放出去打野,会被人抓去杀了吃肉。希望它是幸运的,它需要最好的运气,毕竟背负着最美味的肉身。

雾气已经开始变浓,也许再过几日,尼薇就可以体验到被大雾一口吞没的感觉。

十八

"欧桑,杂种马的腿好像更瘸了,你看是不是?"

"好像是。"

"毕竟是杂种马,既不是驴子也不是马,还能指望它什么。"

"它帮你拉鸡已经很累啦。"

"你不要说'拉鸡',听着好别扭。"

"阿火老师，我给你说，你就应该让餐厅的人自己开车来拉……运鸡，你干什么要一条龙服务。"

"那要两条龙服务？"

"我没开玩笑。这么冷的天，这么冷的风，这么瘸的马，我和你，一老一少两个人走走停停，瑟瑟发抖，一会儿蹲路边站起来走两步又蹲路边，像是要去哪儿讨饭。"

"你想象力这么丰富，怎么不去写诗。"

"你想象力也很丰富，不也是在卖鸡。我听说你年轻时候四处游荡，追寻活着的意义，体验真正的灵魂的活着，像个傻掉的诗人——是这么形容的吧？"

"大概差不多是这样，我过去确实这么活过，但并不傻。"

"那现在呢？干什么要卖鸡，还非要拽着我，现在是真的傻掉了吗？"

"换一种方式活，我也想让你体验一下这种活法，也许你会觉得这么活着挺爽。"

"我可不想跟你在这儿晃，这么冷，这么无聊。"

"那你要去哪儿晃？"

"你管我。"

"有意思，要不是你有亲爹，我会以为你的确是我儿子。"

"我并不打算继承你的'事业'。"

"嗯。"

"你好像有点悲伤?"

"我每天都很悲伤。"

"你不打算去看尼薇妈妈,是不想去,还是暂时不去,还是你对山下那个女老板……"

"你想多了。"

"那你悲伤什么。"

"我就是不知道悲伤什么才这么悲伤。昨天看到一条狗趴在一棵树下,金色的夕阳照得它皮毛发亮,那种孤寂而温暖的样子,让我内心一下子感到荒芜,感到那就是活着,那就是生命的全部真相。你明白我在说什么吗?"

"我觉得你太闲了,要不,我带你去山顶骑几圈自行车?"

"胡说八道,不尊老爱幼。"

"你这是病,颠几下就好了。"

"你到我这个年纪就会明白,如果你是我这一类人的话,活到这个岁数会更迷惘,有很深的无力感,而且这个时候你又老了。"

"我以为到你这个年龄会什么都明白呢。"

"就是因为什么都明白才悲伤,你还是不明白吗?"

"就算我明白,也不可能完全明白,我能在这个年纪稍微理解你的悲伤已经算是非常有智慧的年轻人了。"

"这倒是实话。"

"阿火老师，不管你怎么说，我们之间只会体现一个问题：有代沟。你有你那个年纪的悲伤是我不能体会的，我有我这个年纪的悲伤，也是你不想理解的。虽然你从我这个年纪活到你那个年纪，可我所感受的世态与你感受的不一样。毕竟我们生活的时代背景不一样了。比方说，你年轻的时候只想出去闯荡，而我，只想去山顶骑自行车；你们那一代人老了只想蹲在家里打扑克，而我们这一代大多数人老了，会在某些热闹场所跳摇头舞，也可能骑火箭上天，也可能像我这样，在山顶疯狂地号叫着骑自行车，颠掉满嘴老牙也在所不惜。本来我现在就想一直待在山顶，可惜我这个有理想的年轻人，只有理想，没有自行车，偷一辆别人的'光骨头'车子到山顶游逛几日，最后还要受着自己的良心不安，受着别人的冷眼，被他们追得屁滚尿流，在一片谴责声里还回去。我为什么一直把你的意见看得很重，因为这些年所学的知识全部来自你的传授，不管外人怎么评价格日阿火老师——你——的一辈子，在我这里，你是重新给了我生命价值的人。即便我不十分了解你的内心，包括你现在为什么卖鸡，我不能理解，可我还是愿意听你的，至少暂时听你的，把车子还给那个少年，把自己加入你一个人的卖鸡队伍中。只是我现在特别恼火，这么冷的天，你和我，气氛搞得有点悲惨的味道了，你为什么就不能让那个女人自己上来拉鸡呢？"

"你为什么一定要说'拉鸡'呢？"

"本来就是拉鸡。"

"我敢肯定，你老了以后会很唠叨。"

"做师父的，肯定会把他的习惯传染给徒弟呀。"

"你行，你有道理。"

"就不说这个话题了吧。阿火老师，阿火干爹，你要不要去看尼薇妈妈？我帮她盖了房子，我看得出来她比你更孤独，但也似乎很强大，不知道是不是我看错了，照她表现的那种神色，好像更喜欢自己一个人将房子从地上'拔'起来。你们这两个人过得挺好的，但始终不结婚，连一场酒席都没有。"

"你还不懂，这就是悲观主义的婚礼和生活。我不知道我会不会去找她。就像她从不明确地期待我。她只给我留了一张字条，没有当面告别。她故意挑我不在家的时候离开，这个时机她把握得像是一场很自然的巧合，她要走，恰巧我不在家，就是这样。我们生活在一起没有仪式，分别也没有仪式。缘来缘去。"

"你们老人家可真麻烦。"

"你下定决心要跟我一起卖鸡了吗？"

"没有，从没有下决心跟你一起卖鸡，因为你也不会一直卖鸡。你又不是真的缺钱，我年纪轻轻，更不忧愁，随便找个事情做也不会饿死。你只是在让自己的内心活起来,你从前跟我说过,什么才是真正的生活,生活就像大雨落在水面上,跳动的水灵灵的雨点才是活,风平浪静只是生,只有掌握了怎样才是活,荒芜的生命才有意义。索取不是活,日子滋润不是活,圆滑处事不是活,风光无限不是活,活,是要剥开欲望的壳子,活,是水下的莲子,一切东西贴身吹拂而去,也不为所动,它会钻出淤泥,开花散叶。"

"你记性好。"

"因为你说得让我忘不掉。"

"我这几年确实觉得太沉闷了。我和尼薇,我们都觉得日子有点荒,对于敏感体质的人来说,这种荒芜非常要命。我和她的内心,其实都处于停摆的状态。所以她总是在山林中寻找树疙瘩,雕刻,把牛放走,各种;而我看书看到半途,跑去养了一大片鸡,全是夌毛鸡,正好薛语来镇上开餐厅,又见镇上那么多人,他们过得真热闹,我也想参与进去。"

"那你现在活了没有。我是说,你的薛语来了以后。"

"你用词要谨慎,她已经不是我的薛语了。我活是活了,但不是卖鸡带来的,也跟买鸡的人没有关系。"

"阿火老师,我觉得你的心只有一个人可以让它再次活起来。而且那个人一直就很明白,只有她是你最终的归宿,所以她敢跟着你,也敢离开你,敢给你一大片夌毛鸡一样的自由。把你扔在这儿卖鸡,是需要有底气的。你知道我在说谁吧?"

"我又不是傻子。"

"你和尼薇妈妈只是需要到一个更适合你们的环境里去生活,那个地方尼薇妈妈已经打造好了,正适合敏感体质的人居住。大雾会把你们吞掉,雪会把你们盖掉,秋天的时候,原野上的草会把你们两个人埋起来,到春天,你们是两个会开花的人,在草原矮趴趴的花丛中,你们绕开那些鲜花的脑袋,像是被风吹到这边又吹到那边。"

"你要是我的儿子就好了,我会鼓励你去考一所大学,然后到学堂里教书。你这些句子可以抚育很多幼小的心灵。"

"我是不是你的儿子,你都不会逼我做任何事。我如果真的像你说的,有这么好的作用,就算不去教书,我就随便在某个荒野里站着,美好的心灵也会感应到我。"

"你又有道理了。我肯定不会要求你做什么,只要你做的事情不是大逆不道。你活得好就行了。"

"我现在活得挺难,阿火老师,你的马骡也活得挺差,这么下去,我冷死了,它也瘸死了。"

"这点儿天气死不了的,不管怎么样,雪来之前一定要把所有的鸡送下去。"

"我劝你放下这些鸡,去找尼薇妈妈。我相信她也是这么想的。"

"她是不是这么想的我真不知道,她给我留的字条只有两个字:再见。我看得心里一团乱麻。"

"有什么可慌,'再见'是指要和你再相见,她写的又不是'永别'。"

"算了,上路吧,抓紧时间送鸡。"

"你这次选择的晃,晃得一点儿意思都没有。"

"有没有意思也要先晃完再说,我毕竟白纸黑字签了合约,最起码要把这些经过了餐厅'视察员'毒辣的眼睛考验过的鸡,给全部送出去,不然怎么对得起鸡。我觉得你应该多去那家餐厅,那儿有个服务员挺漂亮,我觉得她长得有点儿像我未来的儿媳妇。"

十九

尼薇打开了窗户,大雾瞬间就把她吞没了——她激动得双手紧捏,仔细一瞧,近处的地上白茫茫一片,远处什么也看不清,又是雾又是雪;终于在冷寂的山巅,迎接到了像是为她一人所下的大雪,铺天盖地,浩浩荡荡。她的心沉浸在巨大的喜悦之中。

而就在这个时候,她听到了远处传来"沙沙"的——脚步声。

深夜丛林

秋天,八月十一,年轻的姑娘武小青枯坐在深夜巨大的黑暗里,耳朵"嗡嗡"作响,白天她从高山下来,险些在树林中的石堆上摔断左腿。她被关在房间里,房门从外面扣上了。没有人敲门,也没有人进来。风吹起房间角落里旧家具表层的尘埃,老鼠在撕咬桌椅腐朽的部位,听到它在咀嚼。而门外的院坝中,属于她的婚礼还在进行。白天她之所以跑到高山上,就是为了在丛林中躲避这场哥哥们给她订下的亲事。父母去世以后,她的婚事由哥哥们做主。今天就是她的婚期——不,已经是昨天了,时间跳过深夜十二点,崭新的一天还沉寂在黑暗中,黎明没有到来。客人们抓着最后可以狂欢的时辰,越发肆无忌惮,狂喝乱吃,说话不着边际。她敢肯定,他们喝下去的啤酒已经让肚子撑得不行,厕所里到处是尿液,裤脚和鞋子也沾上了尿液,整个院坝的空气中,早已充满了尿骚味儿。想到这些,令她胃里翻滚,觉得恶心，也更觉得伤心。

天刚黑下来那会儿，她的房间还是明亮的，房门也还敞开，新婚蜡烛被点燃了放在桌板上。（她后来厌恶地吹灭了它。）

黎明好像永远也不来了。她昂起脑袋，看向墙壁上方那个小小的窗口（当然现在什么也看不见，窗口里面和外面一样黑），白天她仔细端详过，窗户小得只能通过一条成年的瘦狗。

新郎官只在天擦黑的时候进过一次房间，在阴影中，已经喝醉了。她没有抬头看他的脸。她其实很想知道，什么样的一个人，会接受一个完全不愿意嫁给他的新娘子。

门外有脚步声。

新郎官来了，他用身体撞开房门。

这回她没有再躲避，抬起眼睛，看向他。院子里烧着一堆大火，有人在火边跳舞。

新郎官重新点燃蜡烛。

她终于仔细看清了对方的面貌，来自女性的直觉：一个永远都不可能爱上的人。

她感到悲哀。身体颤抖。

"你要吃点儿东西吗？听说你早上就没有吃饭。"新郎官说话很流利，他很能掌握自己的酒性，起码在这一刻，他在努力让她相信，他是个可以依靠和值得信赖的人。

武小青不高兴去揣测他的心思，捏紧了拳头，准备等着对方过来的时候与之拼命。

对方没有过来。他又被院子里的亲友招回去继续喝酒了。看那阵仗，他们要彻夜不眠。

武小青关上房门，忍不住哭了一会儿，想起那天晚上黄安坤对她说：武小青，你再等我几年，我一定会娶你；假如有一天晚了一步，你被谁娶走，我也会去抢亲。现在，她被人娶到这儿好几个时辰了，关在黑洞一样的房子里出不去，而黄安坤，连个鬼影子都没有过来。揉搓着被自己的亲哥哥用绳子捆伤的手腕，心里五味杂陈。哥哥们说，这门亲事并非完全出自他们的意思，而是武小青一出生，父母就给她订下了娃娃亲。新郎官的父母在当年算是富裕的家庭，现在的景况虽赶不上从前，过安心日子绝不成问题，不嫁给这样"稳定"的人家，要嫁给什么样的人呢？哥哥们说，豪门配豪门，篱笆门配篱笆门，不管在任何时候任何家庭，婚姻都是有规矩的。他们用绳子将她绑起来，完全不管她的心情，就像绑一只可怜的小绵羊，拖拖拉拉拽到半山腰，离新郎官的家很近的时候才给她松了绑。她都不敢回想这一切，不敢相信最亲的人往往伤害她最狠，一生中本该是最美好的结婚时刻，会被一根绳子套着送到别人的房间里。

她越想越屈辱。难道要这么坐着等死吗？如果命运给她一个绳套，她就要乖乖地送上自己的脑袋吗？这样的生活，跟死了有什么区别。武小青抬眼看向只有一条瘦狗才能通过的窗口，一个念头闪入脑海，她要从这个可能会把她卡在那儿的窗口逃出去，就算被卡住了又有什么关系，被发现了拖回来打一顿又怎么样！如果横竖都是死，那不如自己选一条痛快的路，逃走，这起码是眼下最应该做的事，人生只活一次，连挣扎一下都不肯了，活着又有什么意义。如果这一次逃跑失败，那么接下来的生活，她也会进行逃离，一次不行就两次，两次不行就三次，一直都没有成功，那就用一生中所有的时间来抗衡。无论如何，她难以咽下这样的委屈，无法接受这种安排。如果人人生而平等，那她为何没有资格选择人生？如果人人生而平等，那么情感也该是平等的，她就有权力选择要不要这样一段婚姻生活。她想到这些，脑海里明亮起来，站起身果断地吹灭了蜡烛。

她爬到桌子上，伸手攀住了窗沿。她庆幸自己很瘦，也庆幸这个时辰，那些负责看守她的婆娘总算熬不住困意，蹲在门口的草垫上睡过去了，她们再也不会偷偷摸摸通过门缝观察她在屋子里的一举一动。

她成功了。没有被卡在窗口。往下滑的时候小小地摔了一跤，这不算什么，还要庆幸她瘦得像一只狗，不然摔得更狠。

她随身带了一包火柴，朝着树林方向走，林中一条大路通往山下的集镇，而其中一条岔道，可以直接走到黄安坤的家门口。黄安坤的家在高山上,一路上坡,极其辛苦。

她不想去找黄安坤。她觉得对方并不真心爱她。就在走投无路时,忽然想到,她还有陪嫁物:一双银耳环,一个银手镯。嫂嫂们说,这是母亲特意留给她的。这就够了,可以到集镇上的银铺将首饰换成现金。她已经没办法考虑这是母亲留给她的遗物。

可她走着走着,走上了岔道,在漆黑的山林中,雨点冰凉地砸在脸上;高海拔山区的天气时阴时晴,夜间更是不可预料,爬出窗口之前已经想过可能遭遇大雨。风像鬼手扯着头发,武小青明显地听到自己心跳声非常大,觉得要被什么东西抓走了。

一支火把在前方的草林中亮起来。随着那人越走越近,武小青观察到,是一位和她一样穿着红色衣服的女人,脚步很轻,身形很瘦。除了火把,红衣女子手里还握着一把野花,野花都枯萎了。

她们彼此都加快了脚步,走到对方面前。

"你好,你是新来的吗?"红衣女子非常细弱的嗓音,抢先说话。看样子她已经很久没有跟人对话,脸上是急切、欣喜的神色。

"什么叫新来的?我听不明白。"武小青疑惑不解。

"好了我知道了,你是新来的。我是这儿的老人了。你可以叫我侬薇姐姐。我真难过,都这么久了,还有新人跑到这儿避难。你是来避难的吧?"

"我算是来避难的。但我不明白你在说什么。"

"难道不是来避难的吗?"

"我是来避难的。"

"看你这个样子,像是要去投奔心上人。"

"有没有心上人能看出来吗?"

"伤心人看伤心人,总是看到伤心处,就这么看出来的;你就说,我猜对了没有?"

"我确实不由自主走到这条岔道上来了,他叫黄安坤,你如果是附近村子的人,就一定听说过这个名字。我本来打算去山下的集镇。依薇姐姐,我的名字叫武小青。"

"好啊,武小青,那你可要走快一些,雨水再大一点,火把就会熄灭。祝你好运吧,希望黄安坤好好珍惜你。我继续转转。"

"你没有地方要去吗?依薇姐姐,你的脸色不太好,你这身打扮像是和我一样逃婚出来的。"

"是。你猜对了。"

"我们两个真不幸。"

"不幸的人总是撞在一起,幸运的人也总是撞在一起。"

"是呢,我有好多话想跟你说,不知道为什么,我们才刚刚认识,我也不知道你住在哪个村子,连你的名字我也是第一次听说,感情上却并不觉得陌生,像是我们已经认识很多年了。看到你点着火把出现，我真是太高兴了。"

"我已经逃出来很久了，我现在隐居在这片树林的尽头。那个地方连我亲生父母都找不到。"

"树林的尽头我也去过，没见到那儿有房子。"

"本来也没有房子。"

"那你住哪儿？"

"隐居啊。"

"我不懂。"

"有些房子不一定非要修在地面上，就像有些人永远不被别人看见，如果只是为了解决夜间睡觉这个麻烦，一个地洞或者一个山洞，更或者随便一个不起眼的小地方就足够了。"

"你说你住在地洞里，或者山洞？不，不可以，睡在潮湿的地方对身体不好。"

"那有什么关系，反正我睡眠挺好的。我父母早就放弃我了，他们嫌我丢了他们的脸，很多女人也觉得我丢了她们的脸，一小部分女人说我是疯子，夜间点着火把在树林中乱跑（也许我的确精神不太正常，也许我现在正处于梦游，因为第二天醒来，我完全不记得在树林中游荡过，要不是隔一段时间我会突然想起某天夜里的动向，我就彻底认为那些女人的话全是给我泼脏水）。反正，看我不顺眼的女人们恨不得我赶紧死在地洞，她们只需要轻轻捞一点儿泥土将洞口堵上，就算是把我就地安葬了。有时候女人更仇恨女人，你信吗？尤其当她们集体忍受了同样的遭遇而你突然起身反抗这种遭遇的时候，她们就觉得自尊心被深深践踏了，就会恨你为什么不跟她们一同接受命运，她们甚至怀疑你的贞操意识，如果处于最嫉恨的情绪上，就会开口骂你是个不知羞耻的婊子。"

"这……"

"武小青，我的伤痛在一点一点麻木了，而你不一样，如果我和你坐下来详细摆谈逃婚这件事，只会引起你的难过。我敢肯定，你的眼泪还在眼眶下面埋着，只要我哪句话说得重一些，你就会痛哭，我不会再有心情陪着你掉眼泪，毕竟我在外面晃荡了这么久，心比你冷，承受力也比你强了。"

"我不会哭。"

"那就更糟了。"

"你说你出来很久了，很久是多久？"

"记不清，谁知道呢，反正很久很久了。"

"你看上去很年轻呀。"

"那是因为你没有近距离看，又是火光照着，柔和的光线总会让人年轻几分。"

武小青还想再聊一会儿，依薇却绕开她，走了。

林子里突然变得寂静。

雨点在加大,燃烧着的火把的脑袋上发出被雨点冲击的"去、去"的响音。

幸好,雨势逐渐弱下来,岔道也变成大道,仿佛先前走的就是一条大道。两旁有八月份开放的野花,火把照亮的地方尽是绽放的花朵,以为火苗的舌头将它们舔开的;花香在夜间更浓,如果不是雨水冲洗一遍,恐怕穿行在林中的人,出了树林就会穿上一件花粉"缝制"的衣裳。

武小青给火把加了一些材料,使它燃得更旺。这条通向黄安坤家的路越走越陌生了。她这是第三次走。前两次都是跟在黄安坤屁股后面,没怎么记路,并且,也从未走进黄安坤的家门。每次只走了一小段路,她就不想再往前了,因为每次走着走着,黄安坤就会突然说一些扫兴的话。黄安坤是个性格奇怪的人,一会儿很胆大,一会儿很胆小,一会儿说要跟她不顾一切生活在一起,一会儿又说:你毕竟是个有婚约的人。他说,没到正式在一起的那一天,我们一定不能落人口实,一定要小心翼翼,因为人言可畏、人心复杂、人不是为了自己而活,我们应该悄悄地把眼下的日子过踏实了再说。就是这样,每次听了黄安坤叨叨个不停,她就刹住脚步,心灰意冷,转身回了自己的家。她不知道他所谓的"眼下的踏实日子"是个什么玩意儿,就像他也不懂她怎么这么计较,居然说走就走,脾气大得也太过分了。

前方又出现了火把,火光和她手里举着的火把光芒同样旺盛。

"武小青？"

不等武小青说话，对面的人已经喊出她的名字。

武小青愣了一下，觉得声音很熟悉，却怎么也想不起是谁。

"我是武敏。"

"天呐。"武小青叫道。武敏是她的同村好友呢，与她同姓，还一起上到小学五年级。她和她只上到小学五年级，然后同时辍学。没过几年，武敏就失踪了，有人说她被人贩子拐卖到了北方。

"吓到你了吗？"武敏将火把抬高，这样能将火光散开，照亮周围的面积更多一点。

武小青激动难抑。不敢相信眼前这个臃肿的女人就是武敏，但武敏的神态她是熟悉的，在遥远的童年时候，她们一起无数次哭过的眼睛，从中投射出来的光芒只要对视几秒钟，就能很快想起对方。"想不到你会在这里……会在这里遇见你。"她几乎是含着所有的委屈和眼泪在说这句话。

"我逃回来了。"武敏哽咽道。

"十年了，你去了哪里？他们说你被人卖了。"

"他们说得没错。我就是被卖了。我被'嫁'到北方的隔壁村的女人卖了，我逃了十年，直到今天才成功。你看，我脚底都是水泡。"

"你说的是那个被拐卖的女人?"

"就是她。"

"没想到她自己被卖了,却反过来卖别人,卖自己老家的姑娘。"

"你不知道,很多人都在干这种生意呢。她们被卖到那儿过几年日子,居然过舒服了似的。她们可不觉得是在拐卖同村的姑娘,她们觉得那是一种亲友间的帮助,帮助姑娘们脱离困境,去更好的地方过日子。你问我她们有没有逃跑,有,最开始的几个月有,可是不出一年就乖乖的了,不是表面上的乖,是发自内心地要在那片土地上扎根了。比方说,肚子胀胀地过了一段时日,就分开两腿,从那个湿漉漉的地方滑出来一个孩子,就那么稳稳当当地扎根了。不过,那儿确实比我们这个地方舒服,至少他们种地的时候不用扛着锄头一点儿一点儿地挖,他们的土地都是大平原,浇灌方便,不用像我们,总是站在干枯的土地上等待雨水降临。"

"那你还要回来。"

"难道日子舒服了,我就要接受那样的安排吗?如果一个人往你的脸上吐口水然后给你一百块钱,你就要笑吗?更何况我想家了。"

"你没在那个地方……扎根吗?"

"我想过再也不逃了。像那些大多数被拐的女人一样,接受命运,乖乖地在那儿生活,毕竟我已经有了两个孩子。

可我很难过，武小青，你知道吗？我像一颗坏掉的种子，无法在那儿扎根，幸好在那些废弃的日子里，我居然学会了写诗，写了满满的一本册子，压在枕头底下，当我觉得想死的时候就拿出来看一看；我还把字典上所有的字都学了一遍，我认识的字早已超过五年级学生的水平，却仍然在那儿困了整整十年——哦不，我不是想表达学的东西没有作用，我想说的是，虽然认字和写诗没有直接让我身体脱困，但起码给我内心捅开了一条出路。只有人的内心自由了，才会带动身体的自由。十年中，我逃跑了无数次，从未放弃；我的一条腿已经废了，你看，瘸了，它不能好好走路了。我嫁的那个人扛着一根棍子，在平原上追得我无处躲藏，他一棍子落下来，我就听到小腿骨折断裂的声音，然后他再把我扛回去，就像获得了一个新的猎物那样把我扛在他的肩膀上，找一个会接骨的人给我接骨。然后接下来，你应该就能想象到了，他会加倍地虐待我，把我关在屋子里，没有像样的衣服也没有像样的食物，像一条狗那样，每日给我丢进来一点点东西，让我不至于死在房间里，剩下的时间，就是等待他兽性大发的时候把我一通蹂躏。我都已经懒得去记恨他的脸了，那不是人的脸，那是一个无情动物的脸。被打了几次之后，我能站起来重新走路，想要利索地逃跑，就没有那么顺利了。就是这样，命运像给我抛了一个垃圾袋，把我的人生随便往里面一塞，就丢给我了，武小青，我时刻感到屈辱，也时刻像一只瘸腿的兔子,想从那片残酷的平原上蹦开。我每晚闭上眼睛,做梦都是老家这片高原上的松林、松林中的路、瀑布和溪流、狂乱的野花和草,我耳朵里都是这里的风声和雨声。有一回,我梦见你和我在冷天的路上,提着饭碗一样大小的火盆去上学,途中火快要灭了,一股灰烟从火盆里升起来,看得我心里非常悲愁,你用嘴吹火炭,没吹一会儿你就哭了,因为火彻底灭了;我也哭了,醒来的时候眼睛上仿佛被露水打湿。类似的梦还有很多。于是就在前几天晚上,我把我的两个孩子彻底抛弃了,他们像我的两颗巨大的泪珠,我把他们流放在那儿了。"

"武敏,你很痛苦。我几乎能感受到你的遭遇了。"

"我是很痛苦,没有人经历了这种事情会不痛苦,也没有人听了这样的经历会没有感触。"

"我以为自己已经很不幸了。"

"你这身新婚打扮,好像应该出现在婚礼现场才对呢。"

"我逃出来了。"

"太好了武小青。你比我逃得早。虽然我不知道你经历了什么痛苦,和我的经历有什么不同,但毕竟我们两个现在相遇了,那就说明我们的运气还算是好的。起码我们逃出来了。"

"是啊。我不是被卖的……但也差不多。我的哥哥们希望我嫁入一个物质生活稳定的家庭,他们把我绑了送过去,就像绑一只山羊那样，完全不顾及我的心情，也不考虑我是他们的亲妹妹，把我扔在那个陌生人的房间，就在院子里吃吃喝喝，跟那个人攀亲、称兄道弟去了。我从一个只有瘦狗才能通过的小窗口里爬了出来。"

"如果我们的一生只求一个稳妥，那我瘸了一条腿算是白废了，是吧，何必呢，如果只求一个稳妥的人生，那就完全没有必要逃走，就可以忍气吞声，没准儿还能爱上那个伤害我的男人呢。如果你也只求稳妥，就更不必钻狗洞。可是生活就是这样，把我逼成瘸子，把你逼成狗。这一切都在于，我们有自己的想法。有自己的想法是危险的，应该这样理解吗？这样的理解是对的吗？你后悔吗？会为了钻狗洞后悔吗？"

"不会。"

"我也不会。"

"武敏，你的妈妈已经去世了，你失踪的第三年她就死了。你的父亲还活着，但三年前，他带着一个女人来村子住了一段时间，随后就走了。他把房子卖给了高山的牧民。谁也不知道他去哪儿了。"

"我知道。我父亲去了那个女人的老家，他们在那儿定居了。"

"你见过他了？"

"见了。"

"那现在，你要去哪儿？"

"你想问的是，我还能去哪儿，是不是？"

"嗯。"

"如果生活就是一个面包，而面包上长满了虫子，你还吃不吃呢？"

"我不知道。"

"不吃就要饿死。"

"那我吃。"

"是呀，所以我总会有地方去的。但不是北方。我不会再去那个地方了。我也不会留在这个地方。两边都是伤心地。"

"那还能去哪儿……"武小青低下头，她几乎感受到巨大的愁苦从武敏的心房里升起来，就像小时候那只熄灭的火盆里升起来的一股灰烟。

"我要走了，你保重身体。趁着你的泪水还没有流出来，我要抓紧时间离开，我不想和你在这儿抱头痛哭。"

"再聊一会儿吧，武敏，天好黑啊，我一个人有点害怕。我这个时候真感到无助了。"

"你不用害怕天黑，你应该担心别的事，不要再被抓住了，如果是那样，你的哥哥们会来更狠的，请人把你打晕了送过去也有可能。要走就走远一点吧，再有三个月就是新的一年，听说很多姑娘去了靠海的南边，那里有很多活下去的门路。过几年如果你很想家,也不用回到哥哥们的家里,就像我,来这儿走一走就行了;这片山林是我们小时候到了雨季就来寻找野生菌的地方,对于无家可归的我和你,回到这儿就等于回家了。难道你还真的期望有个真正的温暖的家在等着我们吗?"

"武敏,你去你妈妈的老家吧,翻过两座大山就到了。"

"我正是这么想的。可能世界上再也没有比妈妈的老家更亲的地方了。要是当年我听她的话,不轻信那个女人,就不会被拐走。说来都是我太年轻,太傻,也太穷了。那时候我总想着离开这儿,觉得天有多宽,就要摸着天际走到天尽头。天是没有尽头的,而我,差点儿走到人生的尽头。"

"你不要难过,武敏,先休息一下。"

"你身上带了食物吗?我觉得有点儿饿了。"

"没有。我逃出来太匆忙。"

"附近有水源吗?"

"翻过这座山,另一座山的半腰上有一条溪水,很甜。我们小时候去过,你忘记了吗?"

"忘记了。但经你这么一说,又想起来。"

武小青还没指清楚方向,武敏已经照着火把走了。逃跑一样的速度。毕竟逃了十年,十年形成的走路速度不可能瞬间更改,哪怕现在已经很安全,不再有人挥动棍子打断她的腿。

树林中又只剩武小青一个人，茫然无措。通往黄安坤家的路彻底变得陌生，她已经不知道是不是通往他家的路。

松林深处有鸟儿断断续续地鸣叫，像在说梦话。

忽然，黄安坤出现在路对面，手里也举着一支火把。武小青看清楚以后，脚步加快了走过去。

"你是来接我的吗？"她说出的每一个字都带着喜悦的味道了。

黄安坤脸色沉沉的，没说话，刚才所有的雨水都下在他脸上似的。

"我跟你说，黄安坤，我在树林中遇到了依薇姐姐，还有武敏，她们真不幸，但是她们非常勇敢。我也很不幸，但我也很勇敢。你能听懂我的意思吗？只要你跟我说一句话，我就马上跟你走。你为什么这种脸色？我再问你，你是来接我的吗？"

黄安坤终于说话了，他说："我来看看你。"

"看我？你为什么要说看？我不明白你的意思。你看完了以后呢，准备把我扔在这儿，自己扭头就走吗？"

"是啊，我就要离开这里了。我们的事情已经传出去了，武小青，我早就跟你说过，人言可畏。你为什么要逼我？"

"什么叫我逼你？我逼你什么了？如果我们是真心喜欢对方，有什么可怕？"

"当然可怕，我很不喜欢这样，不喜欢被人说来说去，说得可难听了，他们形容我们的事情，像在说荤笑话。"

"你是活给别人看的吗？"

"不是，但我们确实每天活在旁人的眼皮底下，不是吗？"

"我明白了，你爱护自己的名声胜过一切。"

"我想过跟你一起生活，但又没办法承受让人戳脊梁骨。你就怨恨我吧，就当你瞎了眼睛，认识了一个坏男人。"

"黄安坤，我们的脊梁骨戳不戳都是弯的，就像我们谁也不可能两条腿不弯曲、直挺挺地走路，我们走自己的路，关别人什么事呢？那些闲言碎语，你根本不需要在意。"

"我要走了，武小青，每个人能接受的事情都是不同的，心理承受力也不同。我们不能待在一起太久，这样对你对我都没有好处，毕竟今天晚上是个特殊日子，若是让人知道，你从新郎官的家里逃出来第一个见的人是我，那就什么都说不清了。我先走了。"

"你应该直接说，你对我不是真心的。"

"随你怎么想吧，我反正也懒得解释了。"

"我果然是瞎了眼睛，你居然找了这么一个随随便便的借口把我晾在这里。"

黄安坤鬼鬼祟祟地四周观察一番，举着火把离开了。

武小青愣在原地，像吃了一只苍蝇；又觉得耻辱，又懊悔，又心痛，又想追上去请求黄安坤不要将她抛在这片荒山野岭,又想捡起一块石头砸在他的后脑勺上。

黄安坤早就消失得没有踪影了。

武小青举着火把茫然地走了一程,走了一程才发现火把早已熄灭,她像一颗从生锈的天空掉下来的星子,每走一步都从身上抖落一些碎屑。

两支火把出现在前方,武小青向它们靠近。

火光下面站着的分别是依薇和武敏。

"又见面了。"她们同时说道。

"你们认识?"武小青问。

"刚刚认识的。"她们又同时回答。

武小青觉得嗓子很哑,眼眶很热,身躯都在微微颤抖。

"见到黄安坤了?看你这副表情,心已经死了。"依薇边说边将手里的火把一分为二,递一半给武小青。

"无所谓了,我能逃过一次,就能再逃一次。我们三个要去哪里?我现在只想赶在新郎官的亲友们追上来之前,躲得远远的。"武小青说。

"如果生活就是一个面包,面包上长满了虫子,你们吃还是不吃?"武敏晃了晃火把,相当于晃了晃手,把先前对武小青说过的话又说了一遍。

"吃。"武小青和依薇同时说。

"所以啊,不要气馁,即便无路可走,我们也总会有地方去的。"武敏说。

三个人点着火把继续赶路了，雨后的树林非常凉，鸟儿的鸣叫像含着口水吹泡泡。偶尔她们也说两三句话，比如发现闯入了一片陌生山坡，再比如眼前一棵树也没有了，光秃秃的黄泥巴上面全是人类和兽类的脚印，这时候她们会互相说几句。后来她们发现一片洼地上全是女人的鞋子，一大片鞋子；棉布的古老工艺绣花鞋、细跟和粗跟的现代皮鞋，都是新婚之时才穿的喜庆的红颜色的，拉拉杂杂摆在洼地上，像是新婚的新娘子一大片地跑到了这个地方、陷落在这个地方——这个时候她们就忍不住尖叫起来，像谁折断了她们的肋骨似的"啊"一声。

后来她们就不再说话了，她们感觉到，已经进入了雾气腾腾的丛林地带，火把化不开浓雾，火把也照不亮除了自身之外的任何人，她们感到孤独，莫大的委屈和悲伤关闭了想说话的欲望之门。深夜丛林中，只有雾气还在顽强地扑到她们手举的火苗上，逐渐看不清路和方向，但她们从没有像今天这般勇敢，像怀抱露水的人，在浓厚的湿雾中企图将露水变大、变成河流，这样就能穿林而出，涌入广阔的海域。她们想到这些的时候，心里就壮大起来，也渐渐感受到姐妹们就在身旁，一种不屈的能量把她们的脚步一直催着向前，因此，越走越轻快，也就越无话可说，但心中更加愉悦——她们谁也没有打算停下脚步。

有雨漏下来

　　那天晚上涨水蛾挺多，那段时间庄稼差不多涝死了，太阳从未在天上停留超过半小时，雨水不停往地上灌，我觉得山下的河水很快就会满起来，会把我住的半山腰淹没。"天灾要来了。"到处是这样的声音。我带着四个儿子和两个女儿连夜打着火把绕过深沟里的河水，走了三天三夜走到现在这座高山，实在走不动了，就此居住下来。

　　我来的时候这个地方还没有名字，四面环山，树林密布，随便一棵松树都要两个人手拉手才能抱完。我的小儿子说，妈妈啊，你看这儿的松树好高啊！我就把这里取名为"高松树"。

　　我们不敢住在地上，害怕被野兽伤害。我们住在树上。小小的野兽会从林子背后伸出脑袋观察我们。它们从未见过除我们一家之外的任何人。整夜有鸟飞来，以为是它们的窝。

儿子们还小，即便最大的儿子已经十四岁，在我眼里他也还小，又矮又瘦，看起来比他的二弟弟还要矮一些。姑娘们就更小了。他们对于生活在树上这种事情充满了好奇和喜悦，整日从树下上来，再从树上下去。

他们兄弟姊妹之间相差一岁多，那些年我生孩子和种庄稼差不多，啊，一口气生了六个！

我的丈夫是个木工，一年之间在家的时日加起来不过一个月。有时候过年那几天也不回家。没有人知道他具体在什么地方待着。我偶尔都怀疑回来跟我睡那几天的人是个鬼。只有他心情好时临走了会跟我说，有人请他制作箱子，椅子，凳子，还有衣柜，还有房顶上的木料。他只会跟我说这些。不告诉我什么人请他，要去的地方有多远。他总在夜间离开。晚上一起睡觉的人，睡到半夜我翻个身发现人已经走了。半夜里悄悄爬起来走了。就似乎他要去的那个地方必须通过一场夜路。他回来也总是在天亮之前。黑乌乌的晚上如果有人敲我的门，那一定就是他回来了。那些年我一直活在一次一次的敲门声中。直到后来——敲门声再也不响。

哎呀……不好了，雨水滴入我的眼睛。我的房子一定在漏雨。

我又从床上摔下来睡在地上。地面暖烘烘的，都是我的身体烘热的。

"老大！"我喊一嗓子。问他能不能帮我把那一片漏雨的瓦换掉。

一口痰堵住我的喉咙。不知道我的声音到底有没有喊出去。

"老二！"我再喊一喊。万一他们能听到。

我有四个儿子。还有两个女儿。我一共有六个孩子。

"老三啊！"

"老四……"

今天不知什么日子。雨季来了吗？

我还是继续想过去的事情吧。

想起年幼时偷偷去大户人家跟他们的孩子一起读书。我是读了书的。我认真读过，即使没有读更多，对我来讲已经够用了。现在让我写几个随便什么字，我一定写得出来。我就是读了书才觉得眼睛是亮的。为了读书，大户人家让我帮他们浇花我就浇花，让我给他们的老太太按摩我就按摩，他们喊我"小丫鬟"，我张口就答应，他们让我洗衣服我也半点不犹豫。只要肯让我跟他们的孩子一起认字，我什么都高兴。

后来大户人家就不再是大户人家了。我记不清他们发生了什么。

我成亲后日子一直不好过，到了高松树更苦。我们始终住在树上。我不会建房子。我的丈夫是个木工，但他从来没有给我们这个家做过哪怕一个三条腿的凳子。我只听说他不仅木工活做得好，还是个建房子的好手。他算什么东西？他让别人都有房子住，却让我和孩子们住在树上。小女儿两岁之后他就再没回家。也许他已经死在外面了。

我真高兴他死在外面。

我希望他死在外面了。

我希望他死得像只癞疙宝，浑身是罪恶的疙瘩。

可他如果现在回来也好啊。我的房子肯定是漏了。他是个木工，他能修好我的房子。

儿子们长大了我才从树上下来。我的房子就是他们亲手给我修建的。从树上下来之后我就自己一个人住。他们各自成了家。女儿也嫁远了。我才想起来她们已经嫁人了。

"雨滴到我的脸上了，老大！"我还是要喊一喊。万一房子塌下来怎么办。

"老二！"

没有人答应。

"老三！"

没有人答应。

我先看看是哪一片瓦漏雨了。

我还能站起来吗？已经在床上躺了三个月。不知道是哪个小孙子告诉我，像这种连续三个月站不起来的人可能永远也站不起来了。我认不清他是哪一个儿子的儿子，也或者我们之间的辈分更远，说不定是我儿子的儿子的儿子。他每天给我送饭——不,也不是他一个人给我送饭,有四个孩子轮流送饭。他们心地善良,虽然力气很小,但发现我摔倒在地上,他们就会合起伙来将我重新扶起来躺回床上。

按照能配合他们回到床上的力气,我应该还有重新站起来的机会。

我苦于不知该如何跟他们交流,他们也从不喊我奶奶或者祖奶奶,连大一点儿的走路声都不会留下,似乎我这个身在暗室的人告诫过他们不许从外面带进任何声音。从未看清他们的长相,房间很暗,窗口很小,并且为了防止那些小巧却烦人的野兽蹿进房间,特意将窗户开在墙壁的半腰,从那道小小的孔洞中透入的光亮照不明整个房间,夜里我又不爱点灯,整个房间基本上都是瞎的。孩子们视力好,他们只需要一点亮光就能看见我。好在我熟悉他们的身影,只要一进门就能准确地"看见"是哪一个孩子来了:瘦的影子,胖的影子,高的影子,矮的影子……每天早晚,每次一碗饭一碗菜,总是他们轮流送进来。我吃不吃或者吃多少或者不够吃,他们从不过问,就这一点使我不太满意。我谈不上爱他们。也谈不上不爱他们。有时我会怀疑他们不是我的孙子,不是我从树上带下来的那些孩子的孩子,他们说不定是我刚搬到高松树居住时那些认不清方向的调皮的鸟儿变来的。我曾在树上的家中给小鸟备下食物,他们飞来的时候就会满载而归。这样说来他们或许是乌鸦,只有乌鸦始终怀着情义不肯长大，只有乌鸦才肯合力扶起他们摔倒在黑暗中的母亲。现在他们要把我曾经给予的食物一点一点回报给我了。他们正在这么做。

啊，我在想些什么？难道我在想象我的四个儿子不如一只小鸟儿孝顺吗？

我爱四个儿子也爱两个女儿。他们也都爱我。

可是从树上下来以后我的儿子们就变得很忙碌，他们说他们已经长大了，要出去找活命的路。他们给我修了房子就出门，在外面结了婚带着媳妇回来给我看一眼又带走了，把我一个人丢在高松树住着。我守着一大片林子过了很长时间。为了壮胆，我买回四条大黑狗，一条拴在屋后一条拴在屋前，一条拴在左边一条拴在右边，直到儿子们回家，我才让四条黑狗一并到牛圈门口守牛。他们回来时已经长变了模样，把他们年轻的样子全都长没有了。我和他们说话越来越少，后来就不怎么说话，再后来我就生病了。

我前年开始生病。一天比一天严重。今年这一回病得最狠。

"老四——"我拖长声音再喊我的小儿子，四个儿子当中我最宠他。

老大的房子在左边，老二的房子在右边，老三的房子在背后，老四的房子在前面。我的房子在中间。他们应该都能听到我的喊声。可我喊了这么久一个人也不来答应。莫非我的声音是哑的？

他们跟我说，我已经八十多岁了。我不信。

"老三——"

"老三啊……"

我想起来了，老三已经搬走了。他恨我。他的女人也恨我。他们选在一个无风无雨的半夜打着火把翻山越岭走了。我才想起他们已经走了三十多年。他们再也没有回来。

不只老三。我的儿子们都恨我。他们说我从树上下来就变了。变得像个疯子，心也够狠，蛮不讲理，看他们的时候仿佛看到了他们的父亲，眼里全是仇恨。我在山下的河沟边开了一块方方正正的水田，春天时我让他们给我撒上秧苗，秧苗长大我让他们给我拔了重新一排一排栽入秧田，到了秋天，再让他们给我割回稻子，脱粒，晒干，装入麻袋。之后便不让他们接触我的谷子，更不让他们吃一口米饭，我总怕谷子被人偷走，总怀疑它已经被偷走了。如果有老鼠从谷子里跳过的痕迹，我就怀疑是某个媳妇的手偷偷抓走谷子留下的。他们说我每天都在他们中间抓贼。

我是那样的人吗？我忘记了。我过掉的日子就像风吹过的尘土，地面上都是空的。

我得自己想办法翻一翻身子，平躺的时间太久。若是可以还得自己回到床上去。

我要闭一闭眼睛，让滴入的雨水滚出去。

我要站起来——试试看吧——啊！我能站起来！

可我要躺着。最近这段时间，孤独像一只破麻袋，从头至尾将我裹在里边。只有躺下来回想往事才能让我不感到绝望。

"为什么不出去？"我问我自己。

"不出去。"我回答我自己。

门开了。我的眼睛急忙看过去。来的是个高影子。我闻到一股桐子花的味道跟着他一起进门。

"桐子花开了。奶奶。"那高影子说。他第一次跟我说话。

"我以为现在是雨季。"我说。我也第一次跟他说话。

"雨季还早。"

"我好像在哪儿听过你的声音。"

"你一定饿坏了吧，奶奶。"

"不。"

"感觉怎么样，还是不能站起来吗？"

"不能。"

"你要躺到床上去吗？"

"扶我坐起来。你说外面是春天吗？"

"是的。"

"外面在下雨吗？"

"没有。外面一直是晴天。到处都是桐子花，一阵一阵的风把桐子花全都吹开了。"

"我晓得。我比你见得多啦。搬到高松树的时候桐子树并不多,后来一年一年,它们自己旺起来了。"

"是的。现在都开成海了。"

"你们这些孩子从来没有想过给我送一盏灯吗?"

"你有一盏灰色马灯,奶奶,你不记得吗?"

"想起来了。你去点亮它。"

"点过了。点不亮了。"

"生锈了吗?"

"我不晓得。就是点不亮了。"

"再试一试。"

"奶奶,你现在不需要点亮。现在天还没有黑。你的房间一直就有光,我和兄弟们给墙壁一边一下凿开两个窗户,你的房间亮堂堂的。"

"这么说来,是我的眼睛出问题了。"

"我不知道。但就算眼睛生了病,它也会好的。"

"难怪我看见你们只是一个影子。"

"它会好的。"

我突然心里很烦躁,就把高个子小孩赶出去了。把他赶出去我便站起来自己躺到床上——哦,我其实可以站起来也可以走路!我只是不想站起来也不想走路。难怪儿子们总是不来看我,他们一定看出来我在装病。

我把高个子小孩赶出去才有点儿后悔。他浑身沾满桐子花香气。我喜欢这种香气。

可就是因为他浑身沾着香气我才急匆匆将他赶出去。我排斥这种香气。

我心里是矛盾的。他不知道这些。

那是我们搬到高松树的第五年。桐子树比之前更多，每一年都有新的苗子长出来，越长越多，多得脚下原来的土地都不够用了，硬生生从茂密的松林中挤出一寸地方。桐子树开花的季节大风就像河水一样涌进松林，涌到桐子树的花苞上，顶多三日，大风就将它们吹开了。在我多年记忆中，桐子花是我见过的需要狂风才能吹开的花朵。由此它们总是白白净净，身上不带一点污渍，花苞总是硬朗笔直地向着天空，开花的一刹那也向着天空，花瓣像白云做的帽子，那是我见过最好看的帽子。后来之所以有更好的去处一直没有动过搬家的念头，就是因为我喜欢高松树的桐子林。孩子们也喜欢。到了桐花谢却，桐树结果，他们就摘下那些果子，一次摘两个，一边一个穿在一根细短的棍子上，中间再用一根长棍绑着握在手里，一架两轮小车就做好了。那时候他们恰好到了喜欢给自己发明玩具的年龄。我没有钱给他们买玩具。即使山下原本没有人烟的地方已经布满人家，逐渐形成一个集市，从我居住的地方往下走几十里山路，来回走两个时辰左右，就可以给他们带回一些彩色玩意儿，可我还是没钱赶集。最重要的是我觉得那些东西不值得花钱。如果他们的父亲在的话，一定可以动用木工的天赋给孩子们做出更好玩的东西。我就是用这个借口一次次回绝他们想买玩具的要求。"等着吧，你们的爹很快就回来了。他回来你们就有比山下那些玩具更好的玩具。"我就是这么跟他们讲。

可他们的爹一直没有出现。

那段时间我没有盼着他们的爹死在外面。我希望他平安回家。即便他这辈子什么值钱的东西都没有给我留下，只给我留下一堆不值钱的孩子。每一个孩子在我肚子里的时候我都不爱他们，他们沉重，像石头，像梦魇，整整十个月躲在我体内吃我的心头血。我是从生下他们那一天开始爱他们。因为他们长得像我的心头肉。看在孩子们的面上我可以原谅他们的爹。只要他肯回来，在我想他回来的时候回来，我就可以原谅。

"等着吧。等着吧。"我每天这样劝孩子们。也像说给自己听。

"等着吧，等着吧……"

可是桐子花一年一年开，一年一年开得多，就像逐渐堆积起来的等待的时日像天上的白云一样聚了散、散了聚，孩子们的爹还是没有回来。他们的身边只有我，我带着他们在桐子树林中劳动，一个一个捡起掉在地上颜色半黑的桐子果，把它们堆在一起沤着，沤到完全发黑发软，直到能剥出里边一瓣一瓣的果核。我告诉他们，卖了果核多余的钱就可以考虑给他们买一件好玩的东西。他们很高兴，很期待，很卖力，手被尖刺扎穿了也不哭。可是没有多余的钱。永远没有。我一开始就知道没有多余的钱。

后来他们长大了一点。在这个过程中他们已经淡忘了亲爹。不再问我"那个人"还回不回来。我对丈夫一直以"那个人"作为称呼。孩子们后来也用上了这个称呼。他们早就不指望通过捡售桐子果核获得一枚玩具。早就不指望了。因此后来他们在桐子树下捡着捡着就很伤心，一伤心就哭，一哭就停不下来，我也不指望他们能高高兴兴帮我干活，作为更伤心的人，我没有时间哭泣也没有时间安慰他们，我已经听惯了他们的哭声。我只能浸在他们的泪水中。而我的心一直像一棵桐子树，开花是白的，暗地里果实沤成黑色。

即便世界上没有一个人值得等待，我和孩子们也要活下去。事实上我们也没多少闲暇的时间等人。渐渐地孩子们也懂事了，我们的日子一直很忙碌，我们一起将周围的松树砍倒一些，让它们原地倒在那儿，等到干透了再去砍成一截一截，劈柴往"家"里搬——就是我们住的大树底下。我们做饭是要到树下来做的。吃饭可以在树上。我们的饭菜非常简单，晒干的青菜或萝卜煮上一锅汤，储存起来的上一年的土豆煮上几个，一小碟磨成粉末的辣椒混上一点盐作为蘸料，饭菜就完成了。那时候我还没有住到地面上，还没有在深沟里的河边开出一块水田。那时候因为处于收成惨淡的荒年，到处都还有饿肚子的人，哪怕山下已经开始卖几样孩子们的简单玩具，也还是有饥荒，能给孩子们买玩具的人家并不多见。我和孩子们还住在树上，我们相依为命，夜里我就给他们讲妖魔鬼怪的故事，那全是我在大户人家干活读书时听来。那时候我们树上的"家"开始旧了，用细竹子和野生鸡屎藤绑的架子逐渐松动，我们便七手八脚合起来重新改造一个新家。虽然还是住在树上，却比从前那个树窝更大，更牢固。然后我们剩下的时间都在土地上劳动，即使种出来的庄稼总会因为各种原因歉收。天黑之前我们就得从土地上收工，回到树上休息。哪怕我们"住所"周围已经开垦出几块土地，松林和我们有了一点距离，也还是有小而凶巴巴的野兽在树林边徘徊和叫唤。毕竟我们住在树上，太像它们的同伴了。它们肯定想搞清楚我们是野鸡还是猴子。

从树上下来我很舍不得。到现在也舍不得。昨天晚上梦见那几棵我们住过的高高的松树竟然开满桐花。

"老二……"我犹犹豫豫，边喊边想哭。没有任何一个时候能跟现在相比，现在我非常清醒，仿佛宿醉后的清醒，想起我的确八十多岁，活到恍恍惚惚坐立难安却又迟迟不死的高龄，想起我的二儿子已经搬到对面的山坡居住，我的喊声他听不见。我的小儿子早就离家出走。他一定更恨我，即便我最疼爱他。我只能喊大儿子。我是分给大儿子和小儿子照管。我全部想起来了。

我很难过我有四个儿子，就因为有四个儿子，我老的时候一切就不能做主，他们把我从一家之主的位子上拉下来，没有一个儿子愿意听我意见，他们自作主张捏几个纸团子抓阄，谁抓着负责照管我，谁就给我养老送终。我不愿意一个人居住——我是说，我愿意一个人住，是我自己才可以决定的那种独居，不是他们给我安排。被人像陈旧的物件一样归纳的时候我很难过。

忍不住再喊一声我的大儿子。要是他能从我的声音中听到一丝伤感该多好。可惜他听不清楚。大儿子仅有一只耳朵有听力，随着年岁增长，这只耳朵的听力也在下降，只有高声说话才能被他听见。他说他的耳朵是我打坏的。小的时候我的确爱打他们。小的时候他们只能任我打骂。那时候我心里装着一条河那么多的苦水。

外面一定不是春天。雨水落到屋顶我不会听错。

"还以为你会流几滴眼泪呢。"那个人的声音还浸在脑海中。他从前总会给我说这句话。当他很久回一趟家，看见我打开门冷淡的脸子，就会略微带些吃惊的语气跟我说这句话。

他一定很恼火为何我没有热泪迎接自己的丈夫。搞得他回家一点意思都没有。

"我的眼泪都在天上。"我会给他来上这么一句。不知算不算得上一句漂亮的气话。

我听到一只松鼠在门口"吱"地叫一声。以前我还住在老家的时候,松鼠大量跑到门口玩耍,那个人就回来了。想到这里我朝门那儿望了一眼。就在这当儿,三记短促的敲门声响起。不知哪儿来的力气,我竟一下子从床上起来,迅速跑到门边,把门打开了。是晚上,月亮恰好挂在我对面的山顶上。一个人就站在门口台阶的最下面那一方台阶上,显然是怕我推门撞倒,退到那个位置站着。他低着脑袋,看不清脸。

"你找谁?"我竟问了一句糊涂话。

"看来你是知道我要来。我就说你没什么大病。你能站起来,眼睛也没问题,走起路来和从前一样有劲儿。"那个人说。

那个人回来了。

——是他!

"你回来干什么?"

他摇摇晃晃走到我跟前。没有回话。

"你这么老了呀!"我高兴起来,说了这句恨不得戳断他心尖子的话。

"我回来看一眼。"

"然后呢?"

"然后就走。"

"那你回来干什么。"

"我一直在寻找你们。"

"然后呢?"

"你不要生气。听我把话说完。当我回到老家的时候,那儿的人告诉我你们已经搬走了。没有人透露你们搬到什么地方,于是我四处寻找,一直找到现在。我一个地方一个地方去问,挨家挨户去敲陌生人的门,你想不到这样做的后果,坏心眼儿的人为难我,他们说我是贼,或者是劫匪,或者是疯子,不是打我一顿就是拿棍子吓唬,让我得不到一丁点儿你们的消息。说来你都不信,要不是遇上一个人……我还不能告诉你他是谁,你听了他的名字可能要恨他……我跟着那个人和他的家人一起在一个地方居住下来,起初我设想的是,休息一段时间就去找你,可是一住下来就被这样那样的事情牵着动不了身。"

"编得很有道理。"

"我说的都是实情。总归我还是来看你了。刚刚敲门之前我给各路神灵祷告,希望这一户人家就是我要找的。因为我再也走不动了。"

"你信了多少神灵?"

"所有的。"

"信那么多不怕他们打架么。"

"我没有办法。"

"你从前不信这些。"

"后来信了。"

"你还要去哪里?你的两个儿子还在等着给你养老送终——哦不对,你运气不好,负责抚养你的其中一个儿子不知搬到哪里去了,只有一个儿子等着给你养老送终。"

"没有人跟你说吗?"

"说什么。"

"我跟着老三生活很多年了。来这之前的某一天下午我们两个还一起喝了一顿酒。"

"我听懂了,他就是你刚才想说又没说清楚的那个人。"

"是的。"

"你们怎么相认?你走的时候他还是个孩子。"

"那天傍晚我走进一片松林,常迷路,常走到哪儿算哪儿,也就搞不清楚走到哪个地方了。我点着火把往林子里钻,走着走着遇见老三和他的妻儿也点着火把赶路。我自然不知道他是老三,我开口打听你的名字,他就猜出来我是谁了,然后他就告诉我他是谁。我们在树林中抱头痛哭,讲述了分开的那些年我们各自的经历,然后我们还打了一架。当然是他跟我打架。出于条件反射我也揪着他不放。打完那一架我们就和好了。我看他诚心诚意让我跟他走,我就跟他一起到了一个地方居住下来(他不让我告诉你那个地方是哪儿)。直到有人给我们传信，说你快要病死了。"

我没有快要病死，但的确生了病。也的确逢人就告诉他们：我快要死了。我想看看老三是不是真的不回来。至于我的眼睛和体力，也确实刚刚才恢复，敲门声响起的时候突然有了气力。不知道是不是真的好了，我不感到累，也不觉得头晕目眩，两只脚站得很稳，眼睛能看见四面的山坡以及房子周围的树木，就连天空中之前看着像长了荒草似的毛边月亮，现在也看得清楚了。

"他还在恨我。"这话一出口我心里有点儿憋屈，像被谁捅了一刀。

"我不知道。"他说。

"你们一直住在一起。"

"是的。"

"你跟老三住下来以后，就没想过再看看你的其他几个孩子吗？"我赶紧补充，"是你的几个孙儿想知道他们的爷爷长得什么样子。你的儿子们早就无所谓有没有父亲，至于你的两个女儿，她们连你的样子都想不起来了。可怜的孩子们，他们和我一样对你的称呼只有一个：那个人。要不是今天晚上你穿着我曾经亲手给你裁缝的衣裳，我也不会认出你。说到这儿我也奇怪，那些衣裳过去这么多年竟然还没有朽坏。"

"只怪我走了很长时间，稍微停下脚步就容易困乏，多年走在路上日晒雨淋，两根脚骨头都是冷的，我之前寻找你们一直凭着一口气,后来稍微放松那一口气,再想提起来就不容易了。你能体会吗?"

"我不能。"

"噢……"

"两个心狠的人。四个儿子最像你的就是他。"

"你不要恨老三。其实老三最像你。他嘴上说得越狠心里越软弱。喝醉了红着脖颈偷偷一个人哭。他承包了很多土地,从早到晚扑在土地上,让自己没有一丁点儿空闲。"

"我可没有让他不回来。"

"他回不来了。他的儿子们在那儿成了家。他的儿媳们一个也不愿离开自己的老家。他让我回来看一眼就回去。你不要恨我。我是没有办法。我必须回到那个地方。"

"你又不是死在那个地方,只有死在那个地方的人才必须回到那儿去。"

"你这是气话。但也许你说得有道理。"

"我还是第一次见你这么伤感。老天有眼,我很高兴看到你这种样子。"

"你和老三一样嘴硬。心里不是这样想。你还记得我敲门总是短短三声,大量的松鼠从山顶跑到门前,你就知道我要回来了。即使换了一个地方居住,你也没有忘记我什么时候最有可能回家。"

我没接他的话。

"可以给我一碗水喝吗?"他说。

我给他端来一碗水。

他喝了。

"小时候我的母亲跟我说,人如果拖着时间走就会一切如愿,如果时间拖着人走就会陷入泥涡。现在想起来她的话最有道理。我们这一家人都是被时间拖着走的。我也是被时间拖着走。要是当初我一直待在家里不出门就好了。一出门我就回不了家。就像我的父亲,他是个流浪者,我母亲生下我不到一年他就不回家了。我不知道这是不是一种病,从我父亲那儿没有断绝,像风一样吹到我头上的一种病。我越想回家越回不来。后来我明明已经走在回家的路上却突然莫名其妙掉转头,向着更远的方向走。我知道你和孩子们过的尽是一些没有好运的日子。说来让人伤心,我眼下站在你身前都感觉很不真实,就仿佛不是我自己站在你身前,是梦站在你身前。"

那个人低下头去,低得像一根狗尾巴草。轻飘飘地往后退了几步,退到之前最下面那一方台阶上站着。然后才把头抬起来。

"我要走了。"他说。

"赶紧走你的。"我说。

"你不要恨我。"

"这不重要。"

"对我来说重要。"

"那是你的事。"

他就走了。我竟眼睁睁看他从月亮的暗光底下走远,没有开口叫他留下。我是个自尊心很强的人。自尊心害了我和他的一生。如果当年他最后一次回家,我稍微表现得悲伤和不舍,流几滴眼泪,没有他活不下去的样子,他可能就不走了。

可我不会那样表现。

到现在,他在月亮底下走远了我也还是喊不出口。"你不要走了。"那句话仍然沉在心底。

他没有回头。似乎脖颈僵硬使他回不了头。似乎山风太紧,吹得他转不过身。

夜风带来一阵桐子花香气。我走到桐子树底下,看月亮下面灰白的花朵像雨水刚刚从表面经过,花瓣上漾着一层光,到今天我才仔细看清楚它们,原来不仅顶着天开花,也可以横着开花,甚至低下头去。无论哪一种姿态,花朵仍然是洁净而壮美的。我忍不住回头去看那条伸向松林的小路,看那个人还在不在我眼前的路上。看不见了。走远了。

他果然只是回来看一眼。也是个倔强的人。

我就回到房间。这回我躺在床上半点儿力气没有,仿佛刚才出去走了一段长路伤了体力。

之后我就不知道自己睡着了还是醒着。但我感觉到自己的眼睛始终冰凉,雨水从屋顶漏下来滴入眼睛那种冰凉。

原路返回

    新娘子是从矮山来的,她那个地方就好比眼前这座高山的脚背,在山区来说,相当于是个物产丰富居住方便的平原,而现在她站到山的肩膀上来,已经到了一处艰险的崖口,还继续要她往前走一走。
    "我不走了。"新娘子带着眼泪说。浑身都在流泪的样子。汗水从她在山下化得漂漂亮亮的那张脸上淌下来。妆容早就花了,两只眼睛贴了假睫毛,一只哭掉了,一只勉强粘在眼皮上,画的眼线溶于泪水,眼皮周围都是黑的,脏兮兮的。她懒得重新整理梳妆。
    "您再往前走一走就好啦。"媒婆说,"我敢保证您会喜欢那个地方。当初您不是一眼就看中您的新郎官吗?您再往前走一走,您肯定也会一眼看中他住的地方。"
    "我不会。"
    "您相信我的话。"

"你不要再说了。难道我是瞎子看不见在什么地方吗？你看看这些山，这些石头，这些路。"

"您不要只盯着眼前这些大石头，不要害怕，这些石头长在这里几千年了，早就和泥土一样稳固。而且它们也只是长在我们必须经过的路上，您将来要住的地方比这儿好。再往前走一走就看到了。那个地方叫'高松树'，很早以前一个女人带着她的儿子们在那里生活，'高松树'这个地名还是她取的，后来她的儿子们搬走了，您的新郎官搬到那儿居住，不远处还有好几个村子，有一处叫'滴水崖'，有一处叫'毛竹林'，还有刚刚我们在峡谷的河边经过的村子，您完全不用担心将来居住的地方会有多么偏僻。"

"那个最早居住的女人死在那儿了吗？"

"是的。她的儿子们搬走了。"

"你看，连他们都住不下去的地方！"

"谁说住不下去？您的丈夫不是住在那儿嘛。"

"他还不是我的丈夫。"

"您不能因为眼前崖口上的石头就害怕那个地方。"

新娘子摘掉剩下的一只眼睫毛，捏在手指尖。"你说的那个地方就让它见鬼去吧。"

"我已经通知了新郎官，他会到崖口亲自接您。"

"那正好。我当面告诉他。"

新娘子丢掉捏在手尖的假睫毛。擦一把脸上的汗水。

媒婆说了一路,也累了。

新郎官到崖口了。他没想到送亲队伍会集体昏昏欲睡,尤其他的新娘子,露着一张妆容都要花掉的脏脸。

他摇醒媒婆,希望得到一个解释。媒婆张着无辜的双眼,嘴里什么话也说不出。不过她伸手指了指新娘子。

新郎官又走到新娘身旁。新娘子半睡半醒,迷迷糊糊,后来精神一振完全清醒过来。她发现新郎官来了。

"我来接亲。"新郎官说。他有点儿害羞。

"正好我有事要跟你谈一谈。"新娘子说道。

"我们先回家。"

"回家?不不不,我的家不在这里。"

"你在出嫁的路上,家当然在前面。翻过这个崖口就到了。"

"那是你家。"

"也是你家。"

"我连那儿的一口水都没喝过,那个地方的泥土一脚都没有踩过,那儿的天什么样子从来没见过,不是我家。"

"只要翻过这个崖口就到了。"

"我为什么要翻过这个崖口?我已经想清楚了,那不是我要去的地方。"

"你已经快走到那个地方了。"

"那又怎样,我还在路上,还没有走到那个地方跨进那道门槛。"

"我听明白了，你要悔婚。"

"你看这些山，这些石头，这些路。"

"我看见了。我从小到大都在这条路上走。"

"太荒了。"

"只要有人居住的地方都不叫荒。"

"照你这个说法，有人去到地狱里面，地狱也不荒吗？我说的荒是一种感受。"

"我知道是一种感受。但这儿不是地狱。"

"对我来说是。"

新娘子毫不客气地说出心里话。她痛苦的眼睛，痛苦的嘴巴，痛苦的鼻子，连耳朵都是痛苦的——痛苦的一整张脸。

新郎官第一次见到如此痛苦的人。她还没有走到他居住的地方就如此害怕那个地方。

"它不是地狱。"他说。

"你算一算我要赔你多少钱。"新娘子说。

这是钱的问题吗？不是呀！新郎官的脸也痛苦起来。

"你是一个好人我看得出来。我也是因为当初觉得你人好，就同意了这门婚事。"新娘子说。

好人？哈哈哈哈！新郎官恨不得笑出声。他痛苦又疑惑的眼睛，望着新娘子满是恳求的眼睛。

"我以为今天是个好日子。"新郎官说。

"出门之前我也是这么想的。"新娘子说。

"你看我全身上下穿得新崭崭的。"新郎官说。

"我也是。"新娘子说。

然后他们就不说话了,暂时什么声音都没有从嘴巴里传出来。不过风声一直从他们那儿传出来。就仿佛他们两个的心里都有一个深深的峡谷,风在峡谷里面左跳右跳,跳得人一阵一阵心慌魄乱。他们并排坐在崖口路旁的风口上,对面是另一座高山,山林遭遇过一场大火,许多树木还穿着它们烧煳的衣裳。风从那里带来一些灰烬的味道。

"你们走了很长的路。天不亮就出门了。"

"是呀。天不亮就出门。你看我的鞋子都要走坏了。我还以为你会雇一匹马来接我。"

"我是故意让你走路来的。"

"为什么?"

"你看到了,这些山,这些石头,这些路,如果新娘子能一直走到这个地方再翻过这个崖口,那她一定是下了决心要跟我走后面的路。"

"她要是不翻过这个崖口呢?"

"到了这个地步我也不瞒你了。在你之前已经有两个女子从这儿原路返回。不过她们和你不一样,她们是在成婚之前想来亲眼看一看我住的地方再下定论。她们又和你一样,都快走到我住的地方，只需要翻过这个崖口就可以看到我住的地方，却不走了。"

"你要是雇一匹马，她们或许就走过去了。"

"不能。马不能代替人的双脚。马有马的路。人有人的路。"

"你请了很多人参加婚礼吗？"

"不。一个也没有。"

"噢？"

"如果有人真正愿意翻过崖口，我和她的婚礼才会真正开始。"

"你倒是个很有意思的人。你跟我在山下见过的那些高山的人不一样。"

"是吧，哈哈哈……你这些送亲的队伍脚力好像都不行。"

"是。他们都睡着了。他们都是矮山来的，从没有走过这么高和陡的路，又远又难走。"

"这会儿天要黑了。"

"是呀，我看到了。"

"路要变成黑色的。我是说，已经好几个晚上没有月亮。有月亮也躲在云层后面照不清路。天黑下来空气也会变冷。"

"你想让我留下来。"

"是这个意思。"

"对面山上的树子烧光了,什么时候烧的?"

"去年。一个老头故意点燃的。"

"为什么?"

"他跟官家说,烧光了好找鸡㙡。市面上一种卖得还不错的野生菌。"

"噢。哈哈哈。"

"我也觉得好笑。哈哈哈。"

"要是我们两个不扯上这桩婚事的话,我们会成为朋友。"

"你要是往回走的话,还得重新走到那片烧过的山路上。"

"我知道,被烧过的路不好走,来的时候一只鞋子踩黑了,我们在河沟里洗了又洗。但如果我翻过这个崖口,以后就要经常走那条烧过的路。你去山下必须通过那片山坡是不是?"

"是。"

新郎官想起新娘子老家的路,那些路没有一条是艰险陡峭,路上早就没有马儿行走,换成了正在时兴的自行车。他相信很快就有别的更时兴的东西在矮山流行,在那儿生活的人日子将会一天比一天好过。想起第一次和新娘子见面。那时她的脸不像现在这么脏,一张年轻好看的脸庞,未曾见过世事艰险的脸庞,生活在矮山却从未到过高山的脸庞。他相信自己也是好看的，要不然她怎会吃完饭就带他去集市看花灯。

那是矮山才有的花灯。像古人留下的遗产一颗一颗点亮了挂在树上。不。是他的心被点燃了挂在树上。正好八月中秋，他那天感到非常幸福。并觉得今后也会幸福。他只见了一面的姑娘不讨厌他，不因为他来自高山而怀有半点儿嫌弃之心。他对她有了感激之情。只能是感激之情。正在和她谈婚论嫁却还没有到达爱上她的地步。他来自高山有些羞涩，对于男女之情，他从未体会过。他生活的高山上，几乎所有的男人和女人都很少谈恋爱，他们读书读得差不多就回家，适婚年龄一到就请人说媒，说好了见上一面，然后他们结婚，生孩子，过日子。极少数的人才会想象爱情，那是不切实际的，老人们会说那是浪费时间和精力，反正终归是一个女人，谈不谈爱情有什么关系。只有固执的人才会一直等待爱情像春雨降落在他的头顶，等待春雨过后，脚下是一片青青草原，他们想象着爱情，费力地学情歌，去唱给那些羞红了脸的姑娘听，唱着唱着就离开了村子。他们大概都认定自己出生的高山不会滋生爱情。他们要去别的高山或者矮山唱情歌。

那天晚上花灯像是要照亮他今后整个人生，把他这个长期居住在高寒地带的青年男人暖和起来。像古人一样，他很快会将灯下属于他的姑娘娶回家。他就眼巴巴看着她，看得她低下头去,看得她脱口而出:憨了你?他顿时感到这就是爱情的开始。

直到来崖口之前,新郎官心里那盏灯还亮堂堂的。

新娘子站起身,从崖口的风尖上站了起来。

"我要回去了。"她说。

"噢。"新郎官说。

"您不能回去呀。"媒婆说。她晕晕乎乎地清醒过来。"这是不吉利的。哪有出嫁的新娘子半路返回的道理。再往前走一走吧姑娘,您不能任性妄为。您这么回去了以后家人的脸该往哪里放,以后谁还有胆子给您说亲。看在我们送了您这么长的路,您就……"

"……我就不往前走啦!"新娘子抢了媒婆的话,给媒婆深深鞠了一躬,说道:"我是诚心诚意给你道歉。前面的路我就不走了。我要回家。"

"不。您不能这么做。"

"假如我是你的女儿,你会逼迫我走不愿意走的路吗?"

媒婆看了看新郎官。她想知道新郎官有没有什么好办法。反正她是没有办法了。

"喝杯喜酒再走。夜路风凉。"新郎官对新娘子说。

新娘子让众人就地散伙。不用送她往前走了。媒婆哭丧着脸跟着送亲队伍原路返回。

崖口的路上就剩下新娘子和新郎官。

新郎官眼里的光在一点一点熄灭,在暗下来。因为天色暗下来了。

新娘子眼里的光在一点一点熄灭,在暗下来。因为天色暗下来了。

"今天是个好日子。"新郎官打破沉寂。

"是呀。"新娘子附和道。

然后他们沉默下来。像崖口上方被黑暗死死咬住的石头,沉默下来。

"你还带了酒。"新娘子说。

"媒婆传口信让我来接你的时候,我就知道你不想翻过崖口,你要往回走了。你是第一个穿着婚服来见我的人,要是能翻过这个崖口,你就是一辈子要与我过日子的人。现在你不想往前走了,我也不勉强,我感到有点儿失落但并不吃惊,毕竟你不是第一个要从这儿原路返回的人。喝一杯我们差点儿就能一起敬给别人的喜酒吧?"

"好。"

新郎官知道新娘子的酒量。他们第一次见面,在饭桌上,这个爽快的姑娘喝了至少半斤没醉。

新娘子接过酒瓶,喝了满满一口。"算是我向你赔罪的。"她说。

新郎官接回酒瓶,喝了满满一口。他什么都没说。

昨天晚上新郎官和他的朋友喝了二两酒。那是他这辈子最好的朋友。还没有相亲的时候那个朋友警告他说，一定要找一个奶子大屁股也大的，这样的女人可以给他生一窝孩子——如果官家允许他一个劲儿生下去的话，她就可以生一窝。即使官家不允许他生那么多，女人也会从有限的生育中生出最漂亮的那个。昨天晚上他知道今天早上新郎官可能会遇到麻烦，从崖口原路返回的女人之前已经有两个，所以他提前给新郎官出了主意，如果穿上婚服的新娘子要反悔，就把她强行带回家。人一辈子总要干一件让自己想起来都脸热心跳的事。新郎官哈哈大笑。昨天晚上他是高兴的。人生中唯独一次和自己的好友分享喜事。

新娘子显然不是那种奶大屁股也大的人。她的胸口很平，屁股因为太瘦了几乎翘不起来，整个人从脖子那儿一路扁下去。但她好看。脸像秋夜山边的月亮，睫毛本身就很长，像柳丝倒映在眼睛的池水中。

天擦黑了。最后一丝阳光在对面的山顶滑下去。空气果然冷了许多。接下来会更冷。来自矮山的新娘子从未体验过的高处的寒冷，将很快降临在她身上。

新郎官垂着脑袋。他在胡思乱想。

新娘子偷偷观察新郎官，她心里开始害怕。为了求得原谅独自留下来赔罪是愚蠢的。黑暗会掩盖他可能做出的任何坏事。他要是此刻撕开她的衣裳，将她变成一个妇人，谁也不会阻止并同情她半分。

新娘子搂着自己的肩膀退到崖口最里边,黑暗的最深处。这种决定简直是可笑的。谁也不会比新郎官更熟悉黑暗中的崖口。崖口最顶上有三个小洞,最边上那个小洞里面曾存放过他亲哥哥的骨灰。为了让那时候还活着的母亲不要亲眼见到自己的大儿子已经变成灰,他顶着黑天将哥哥的骨灰塞到小小的石洞,等到母亲悲痛稍微缓解,他才将骨灰从石洞里面取出来,撒到房子后山那片桐子树林。他的亲哥哥是被山路上的石头砸死的。

新郎官的确在想象今天这种事情换了别人会成什么样——在崖口将新娘子暴揍一顿,在崖口将新娘子变成自己的女人,在崖口甜言蜜语欺骗新娘子跟他回家,在崖口恶语相向、威逼恐吓……一切皆有可能。但绝无可能跟新娘子喝他们说起来已经板上钉钉的喜酒,然后聊上那么几句,然后散伙。

有星子从天空中冒出来。紧接着,堆积了好几个晚上厚厚的云层逐渐变薄,月亮出来了。黑了好几个晚上的天空亮起来。

新娘子站在崖口路上最里边,像一只被人活捉的小松鼠。

新郎官站在崖口路上最外边,像个要掉进深渊的人。

可是月亮打着它的火把出来了,他们的心情瞬间有了改变。

"路没有像你说的那样变成黑色。我能照着月亮回家。"新娘子说。她心情愉快。

"是啊。你回去的路上亮晶晶的。本来这儿黑了好久的天。两个人分开的路都是亮的,那说明我们应该分开。也许你翻过崖口走到那边,走到我家,天空说不定一直黑下去,月亮不会出来。"新郎官说。心情变得舒畅,仿佛看到一大片桐子树开花。

"是我做得不对,但这个崖口我不想走过去了。我习惯在矮山生活。那些路我闭着眼睛就能走。"新娘子说。

"我知道。每个人都会在自己习惯的路上走。"新郎官说。

"今天晚上回家可能被父母狠狠打一顿。但我要回家。"

"放心吧,没有谁会逼迫自己女儿去走她不愿意走的路。"

新郎官伸手到嘴边打了一声响亮的口哨。一匹马跑来了。翻过崖口就是家。口哨完全够马儿听到。他从不拴马。

"你的马?"

"对。它不错吧?"

"是。"

"骑着走吧。它很听话,会稳稳地将你送到山下。"

"我要怎么将它还给你?"

"留着吧,说不定你会骑着它再来找我——哈哈哈,我开玩笑呢！将它拴在山下岔路的最上边那条路上，那条路上的第一户人家是我的朋友，你就将马儿拴在门口那棵桃树上。明天早上他看到马儿就会亲自给我送回来。那是我这辈子最好的朋友。昨天晚上我们还一起喝了酒。"

　　新娘子骑马而去。她将重新跨越峡谷的河水，走到对面那片烧焦的山林，通过那条烧毁的山路一直向下走，回到她熟悉的路上。

事情是这样的

清晨。与队长欧尔里克对话：

"我就知道您不会相信我说的话，是我也不信，但事情就是这样，那个老家伙他把我出卖了。主意是他给我出，举报我的人也是他，想起来就浑身冒火。被您捆在这个地方一天一夜，如果不为了证明自己无辜，我早就逃跑了。您总不至于为了这点儿事情满世界抓我，您一定还有更重要的事情要忙。

"我想逃跑是容易的，十多岁的时候我去外面跟人跑江湖，做水下逃生表演。我说得口干舌燥，欧尔里克队长，您刚调到这个地方工作不足五年，去年您才当上队长，有些事情有些人您不了解，我其实也不太了解那些刚刚搬进这个村子的人，作为这儿的老住户，我还没从心底里认为他们是我的亲邻居，要我接受他们并了解他们还需要一点时间。我对天发誓,我并不是为了排挤他们才去偷他们铺在烤烟地里的薄膜,我跟他们没有仇恨。"

"你有水下逃生的本事?"

"当然。"

"那你回来干什么,不在外面好好闯荡。"

"怕有一天运气不在我头顶。"

"我看你回来运气也不在头顶。"

"并不是。"

"说来听听。"

"运气原本是在我头顶,只怪听信了老家伙的话。"

"你可以不听。"

"坏就坏在我的耳朵什么都听进去了。"

"哦。"

"那天晚上我本来好好在家吃着晚饭,坐在我刚盖完一半还剩一半的房子底下,差不多快吃完饭了,马上收了碗筷就去洗洗脚,然后抽根烟躺到床上,就在那个时间我的亲姨父石常胜来找我,他给我出了一个当时令我非常感动的主意。后来的事情您已经知道了。我就照着他的主意那么干了。那些人说我偷了整整十亩地里的薄膜,怎么可能!难道您相信那些鬼话吗?您可以帮我把绳子松一松吗?我的两个手快勒死了。"

"手还是捆着好。我就不明白,你叨叨了一天一夜到底想推脱什么？证据确凿的事情。你偷什么不好，要去把人家铺在烤烟地里的塑料薄膜搂个干干净净？"

"您意思好像我还可以干一票大的。"

"不是那个意思。"

"我的房子还有一半没盖完，它还露着半个脑袋。石常胜跑来跟我说：你花钱买薄膜干什么呀，我的亲儿子，现在正是种烤烟的季节，那些山地里要不完的薄膜，大家都忙得晕晕乎乎，黑灯瞎火的时候你去搂那么一捆回来谁会察觉？我就心动了。我的房子用草盖一层再用薄膜盖一层然后添上草和泥土，这样又简便又省钱。"

"他让你偷你就偷。"

"我确实无钱买薄膜。"

"肯认罪了吗？"

"我没有罪。"

"你没钱买薄膜。"

"是没钱买薄膜。"

"你偷了薄膜。"

"石常胜让我偷的。"

"我劝你快点儿在纸上签字摁手印，交上罚款，写一份儿保证书交到我的办公室，然后你就可以回家好好反省了。"

"我不签字。"

"眼下太阳才冒出来透着冷光，再等一会儿它就会把你晒得和昨天一样怪叫，你站在这儿晒了一天还准备再晒一天吗？"

"我不签字。"

"好啊，等着太阳把你烤煳。"

"欧尔里克队长，您把我捆一辈子我也还是那句老话：事情不是您和您的队员们看到的那样。最该受罚的石常胜还在外面逍遥，像他那样的人才是危险的，您不这样觉得吗？再说我也没钱交罚款，您要是能从我身上搜出一毛钱我就跟您姓。"

"你倒很会给自己找理由。说得像那些薄膜不是你偷的，是别人塞到你床底下。"

"石常胜才是最恶毒的。"

"你肯听他的主意，说明你本来就想这么干。"

"您这是诛心！"

"就算石常胜给你出了主意，你不听信也不会有现在这种事。你自己听信别人犯下错误，却要求我无缘无故把人抓起来，这有什么道理？"

"他今天能害我明天就会害别人。"

"你这话把自己说得像个英雄，要为民除害似的。"

"我以为他对我有同情心，谁知道他抬起一脚将我踩进更深的烂泥坑，他才是真正心眼儿歹毒的坏人。您如果把石常胜一起捆在这儿我就签字摁手印。我知道您不会这么做，您和队员们只认表面的罪，昨天您还因为他亲自向您举报我给予了表扬。本来这件事他悄悄告密完就行了，却非要亲自上来对我好好管教一番，他和您亲手将我捆在电线杆上。就在这个广场上，众目睽睽中，石常胜受了您的表扬，那张脸看我的时候布满了得意的表情，我真感到恶心，一口恶气堵到现在还没滑下去。您能帮我松一松绳子吗？我感觉两个手已经不像是自己的了，越来越痛了，快脱臼了。"

"不行。"

中午。与队员阿萨对话：

"你能帮我松一松绳子吗？阿萨，看在我们曾经在一个地方上小学的分儿上。"

"不行。"

"你还记得我是谁吗，阿萨？"

"你叫黄有金，黄有金这个名字谁也忘不掉。"

"是啊。就是这个名字害我穷了一辈子。"

"都这么大年纪了，快四十了吧，为什么还要去偷薄膜？"

"偷薄膜还要看年纪吗。"

"几张薄膜你也看得上眼。"

"你这话跟欧尔里克队长的意思差不多。你也觉得我可以干一票大的？"

"随便歪曲别人的话是要下地狱的。"

"地狱？哈哈哈，我什么地狱没见过！"

"装疯卖傻对你没有好处。"

"阿萨，你要是不想帮我松绑就去旁边待着。我还没打算跟你吵架。"

"大太阳的你不热吗？"

"你能给我一口水喝就好了。"

中午。与队员杜晨宇对话：

"你刚出去闯荡那会儿我们初中同学之间的话题全是你。你每寄来一封信我们就聚集在操场中间的草坪上认认真真地看，看完激动不已，能在水下逃生真的很厉害。"

"杜晨宇，难得你还记得这些。我一个初中只上了一年半的人，真不好意思自称与你是同学。"

"真没想到如今……"

"我只想盖一间房子。"

"我明白。"

"我掀开那些薄膜的时候生怕弄坏了烟苗，我觉得我不是一个坏人，坏人不会有这种顾虑。"

"你可以出去挣盖房子的钱。"

"我很累了。"

"你在外面受了挫折。但每个人都会受到挫折。"

"杜晨宇,你信不信在外面闯荡久了心都是有漏洞的了。我回来只想安安静静地过一阵子。也许盖完房子我就出去了。我只不过想在自己出生的地方建一所房子,让它替我活在这儿,也替我的父母活在这儿。我的父母在城里打扫街道卫生,每天拖着一个已经不白的环保车,他们干得可起劲儿了,到了晚上,他们收拾收拾就和那些陌生的老头老太太一起站在广场上跳舞,他们跳得可起劲儿了,学习能力很强,要不了几个回合他们就学会一支新的舞,谁也看不出他们是从哪儿来的,干着什么工作。他们跟这儿很多人都不一样,这儿的人年纪大了就想住下来,我的父母却咬着牙往外冲,大概年轻的时候他们一直咬着牙活在这儿的缘故。现在,嗯,他们咬着牙学舞——我知道他们心里还咬着牙'咯咯咯'地响呢!他们不甘心。我看得出来他们不甘心。有时候甚至脸上布满了绝望之色。但他们跳舞。黑夜到来之前就站在广场上,忘情而盲目地冲到灯光的池子里去,让那些水一样的光芒淹没他们的身体。有一天半夜可能失眠了,他们跟我说,死了以后把他们的骨灰抱回来葬在随便哪座山上。我就把这件事给记在心里了。我想他们其实很想回到老家,只是不知道以什么样的心情回来,很多人都是这种心情,你没有出去过无法理解这种心情。我就想我要替他们回来,找到他们丧失的那种回家的勇气。眼下趁着还有力气建房子就赶紧将它搂起来站在地上，不然等我年纪大了没有地方居住，搞不好就会跟从前住在这儿的吉鲁野萨老人一样，不跟任何人道别，领着妻子进入山林，后来听说和妻子也走散了，冷冷清清地一个人浪荡在山林中，至今都没有人知道他到底在林子里死了还是活着还是已经变成一只猴子。我不能步他的后尘。杜晨宇，我说的这些你能明白吗？不明白也不要紧，我的心乱得很，我不知道自己说了些什么。"

"黄有金，我很高兴你能跟我讲心事。"

"我现在突然什么话都不想再说。"

"你还是跟上学的时候一样多愁善感。"

"不要提过去的事情了，我已经不是那个中学生。"

"你不该偷别人的薄膜。"

"石常胜让我偷的。"

"不管谁让你偷，反正是你亲自偷了。"

"是啊，我亲自偷了我认，石常胜干了那么缺德的事就要受到表扬吗？"

"他没有偷。没有让我们抓他的理由。"

"你能帮我把绳子松一松吗？"

"我很想这样做……但这要看队长的意思。"

下午。自言自语:

"昨天晚上站着睡了一会儿,梦见新盖的房子可能要垮掉了,它开了很大一条裂缝,我摸着鼓起来的裂缝心里在想要赶紧跑。我就跑起来了,在房子里跑起来了,想跑到床底下藏着,发现床是不到一尺高的四块板子围起来的长方形浅坑,很显然嘛,它的肚子里装不下我。我就继续找藏身之处,找啊找不到,我才发现我的眼睛和蚂蚁的差不多,视线放不高也伸不长,只有触到鼻子跟前的物体才看得见。我看见我喜欢的姑娘了,她的脸被高原的太阳晒出两朵红云,她看着我流泪。'只是房子要塌下来了,我没有塌下来你不要哭。'我对她说。她还是哭。哭得两边的脸颊亮晶晶的,仿佛晒进她脸颊的阳光都被她不停地擦呀擦出来了。

"自始至终我喜欢的姑娘都没有跟我说一句话。她哭完就走了。我感觉到,她是贴着我的脸离开的,只有贴这么近才能看见她来了和她走了。不知道怎么后来我会感到一阵寒冷,突然有人将挡风的墙拆走了一样,就这样冰冷冷地站了一会儿才想到必须离开房间。它塌了我就完蛋了。重新去摸那条墙上的裂缝,它比之前更开裂一些,如果我是一条麻蛇或者一只老鼠可以直接从裂缝中钻出去。我找到了门,出了门,到了大门外面遇到一些想不起来是谁的熟人,他们跟我说,你操什么心啊,这又不是你的房子。那一瞬间我像是被戳破了似的，仔细看了一眼房子，它是一栋五层楼房，是我在城里和父母租住的那栋楼房，我们住在一楼，窗口下面就是我父母每天拖着出门的两架白色环保车。它不是我修建的房子。我修的房子无影无踪。但我却实实在在站在从小长大的土地上，我垂下手臂，眼前茫茫，仿佛身处冬日大雾中。到这儿梦就醒了。然后经过大半个白天，梦里的事情开始模糊。我能想起来的就这么多。

"没有人肯给我松一松绳子。哪怕我尿急了他们也不管。刚才我已经悄悄放过一泡尿。

"老天爷，我也只能依靠跟你说话来分散注意力，即便实际上我在自言自语。真不想尿第二次裤子。但我不怕。真憋不住就不管了，裤子尿一次和尿几次已经没有区别。裤子总会干的。我绝不开口求他们。尿第一次裤子的时候我就下了狠心。他们肯定想不到我会来这一出，当我对欧尔里克说'您看好了'的时候，他的脸都要绿了。我就是尿给他们看的，我就是想说，生活就像我这一泡尿，带着杂七杂八的味道，您如果高兴了也可以把它当成一股清泉。我就想说，我是一不小心掉到坑里了。要不是裤子挡着尿路，我还能尿得更高一些，我能尿到自己嘴里再落下去。

"欧尔里克队长和他的两个队员在那边喝水呢，他们准备吃东西了。他们吃饱喝足还会像昨天一样睡一小觉。祝他们做噩梦！"

下午。欧尔里克队长和他的队员:

欧尔里克:"他到底扭来扭去干什么?"

阿萨:"他绑了一天一夜加大半个白天,肯定是想活动活动筋骨。"

欧尔里克:"他说他是你的校友。"

阿萨:"他撒谎。我不认识他。"

杜晨宇:"要不要给他换个方向绑着?毕竟那根电线杆他已经背了一天多。"

阿萨:"杜晨宇,你不要感情用事。"

欧尔里克:"杜晨宇,他说他是你的初中同学。"

杜晨宇:"是的。虽然没有分在同一个班级。"

阿萨:"难怪你想救他。"

杜晨宇:"我说了这样的话吗?"

阿萨:"你的眼睛里写着。"

杜晨宇:"比你眼睛里什么都没有强。"

阿萨:"你承认了。"

杜晨宇:"我承认什么?"

阿萨:"听说你很崇拜黄有金,他就在那儿绑着,去让他教你水下逃生的本事吧!"

杜晨宇:"你要是再胡说八道,我也不介意再打你一顿。"

阿萨："你以为我怕你。"

欧尔里克："你们要当着我的面打架吗？一直跟在我身边工作差不多两年半，除了打架吵嘴真是一点长进都没有。我要睡一小觉。再过几天我就揭开谜底：你们之中谁做副队长。杜晨宇，你去给他换个方向绑着，让他转个身抱着那根电线杆子，不要绑太紧，不要真的把两个手勒废了。"

傍晚。与石常胜对话：

"我真佩服你还有脸到这儿摇晃。"

"不愧是搞杂耍的。捆了这么久还有力气骂人。"

"那不是杂耍！"

"我以为你会等到裤子干了才有底气说话。"

"如果不是看在亲戚一场我就……"

"你就怎么？"

"我不明白你为什么要举报我。主意是你给我出的。"

"我只是随口一说，谁让你真的去偷。"

"石常胜，你不是人。"

"你也不是人。你们全家都不是。见死不救、见死不救啊！还记得起来你们干的坏事儿吗？"

"天呐，石常胜，你说的是我姨生病的时候你来跟我们借钱，我们没有钱借给你。你说的是这件事。"

"就是。"

"这件事我们也很伤心。"

"那个可怜的命不好的女人。她现在坟头的草都快有你半腰深了。她的亲姐姐有钱也不管她。"

"我们那时候刚去打工。我们没有挣到钱,可以说身无分文,住在一条又脏又乱的巷道里,我们住的那间小房子一整天都晒不到阳光,从那条巷子走出来的每个人都是发霉的。姨生病的时候我母亲以为只是一场小病,熬一熬就好了,很多人就是熬一熬就好了,谁知道短短三天她就死了。要是我母亲知道事情会那么糟,她就算端着碗四处乞讨也会帮助你们。是她亲口说的,要知道她的妹妹很快就死了,哪怕乞讨也会帮她治病。"

"你说得那么惨有意思吗?你们三个人一起出门,难道三个人的运气都坏到一起了吗?"

"是坏到一起了。"

"你以为我会相信。"

"那段苦不堪言的日子说出来我都嫌晦气。你也有儿子,为什么你不找你的两个儿子救治他们的亲生母亲?"

"他们有钱的话我还找你们干啥。"

"我们也没钱。"

"你们进城了。"

"进城了就有钱吗?"

"肯定。不然你们进城干什么?"

"你以为城里的钱都是堆在马路上,弯腰就可以捡吗?"

"不然你们进城干什么?"

"我没见过像你这样不讲道理的。"

"我也没见过像你们这种没良心的。"

"石常胜,难怪我母亲总是感叹她的妹妹一辈子聪明却找了个你这样的混蛋。她活着的时候你没有好好对她,所有的生活担子落在她一个人身上,我怀疑她不是累死的就是被你气死的。"

"你没有别的话说吗?还想让欧尔里克队长将我抓起来也绑在电线杆子上吗?"

"不,我不是那样想的,我想的是……"

"……你想的是,我怎么不去死。"

午夜。石常胜又来了。石常胜自言自语:

"我的亲儿子啊,今天晚上我喝太多了,不过我没有醉,请你不要笑话我走路摔了一身泥巴。如果你知道他们两兄弟在哪儿就告诉我吧!自从他们的母亲死了以后我就再没见过他们。你说得对,我年轻时候是个浪子,但如果你了解一个反复考了多次都没有考上自己喜欢的学校,一狠心当了几年流浪汉的人,你了解这样一个人的话,你就会明白他后半生为什么对任何事都冷冰冰提不起精神。要不是我的父亲有一天在城里看病突然遇到我，对我又拉又拽又哭，我是不会回来的。我会一直在外面流浪到死。后来我就在父母的操办下成亲了。新娘瘦巴巴的——就是你的姨——她一辈子都是干巴人，吃的粮食根本摸不清去哪儿了，就是这样一个干巴人后来成了我们家的顶梁柱，我伤害了她以及我跟她的两个儿子，没有尽到做丈夫和父亲的责任。他们两兄弟是恨我的，他们的母亲死了以后，他们便悄无声息离开村子，连一只狗都没有惊动。现在我喝多了，只有喝多了我才有勇气说这些。

"噢，我就知道你不会告诉我这两兄弟的去向。

"他们和你在一个城市。我听说。

"不，不只听说，我确定他们和你在一个城市。你回来的那天我一眼就看出来了，你的眼睛里有他们的痕迹。不要狡辩，活到这把年纪我什么看不透？人的眼睛里装着一条长长的路，这条路上经过多少熟人多少陌生人，仔细一看就看出来了。

"有时候我怀疑你的姨根本没有死，她和她的两个儿子生活在你们所在的城市。要不是众目睽睽，我真恨不得把她的坟墓掀开看看里面到底有没有她。好几个晚上，我将挖墓的锄头准备好了。

"我就老实告诉你，我真的挖开她的墓，有一天下着雨，我趁着下雨出门打开坟墓，里面是空的。

"埋她的是她的儿子们。他们指给我看南山坡上鼓起来的小土包，说里面葬着他们的母亲。他们还跟我说，他们的母亲喜欢南山坡，喜欢南山坡上的青草和野花，她活着的时候喜欢将家里的十几只山羊赶到那儿吃草。

"现在我要怀疑他们三个合起伙来把我抛弃了。

"这些年我尝尽辛苦无人可说。每到清明的时候仍然去她的坟上送一朵随便什么花。我也不知道她具体喜欢什么。跟她生了两个儿子却仍然对她所喜所好一无所知。

"我是个混蛋。你母亲说得对。

"可我做错了什么？谁理解我！

"人是互不理解的。永远都不会。但人需要同伴。

"我的同伴装死呢！

"我的儿子不知去向。

"你跟我说说看，我做错了什么？

"我不能随便找个亲近的人出一口气吗？你是不是非常恨我，恨不得我这会儿就醉死了。

"每一个人活着都很难，因为每一个人一出生都在哭。

"你要喝点儿吗？

"我就知道你不想跟我说话。

"告诉我，他们让你带了什么话来？"

鸡叫两遍。月下山林中：

"还是杜晨宇算条汉子，他偷偷把我放了。他对我说：'欧尔里克队长是个好人，他装睡让我有机会放你走。你快离开这儿吧黄有金。照着月亮走。'

"我就走了。他放我的时候月亮没有这么白，它躲在云层后面，天空差不多是黑的。路也看不清。走到现在地上全是月光。我还是第一次在月下的山林中赶路。我真害怕。

"听说吉鲁野萨已经不是从前的吉鲁野萨了。他总是悄无声息来到他曾经居住的村子或者从前去过的地方，突然从林子里钻出来吓人。他的弓箭变成一条蛇，有时缠在手上有时缠在脖子上。他的眼睛是红色的，而身体是绿色的，他的蛇……他的弓箭……是黑色的。听说他还有一只胡桃色的水壶，已经成了一口小水井，总是叮叮当当挂在腰杆上。

"我真害怕。

"走投无路的人才会进入山林一辈子不见阳光。

"有鸟叫——哦，像憋在水中的鸟……不对……像我从前在水下逃生时的心跳。

"有野狗叫。

"哦，是风在叫。

"石常胜絮絮叨叨说的话是真的吗？他说他怀疑他的妻子就在我所在的城市。我从未听闻。但也许他猜测得不无道理。我父母总会在我面前消失几天。他们不是去加班,不是去跳舞,是凭空消失几天又回来。出现的时候脸有愁容,满身疲倦,像是走了很多路。我问了几次他们都跳开我的问题,后来我就不问了。我就当他们出去旅游,毕竟城里供消遣的地方多不胜数。现在想来是有疑点的。如果石常胜说的都是真的。

"我姨为什么要装死呢?

"我听说一个女人如果恨谁到了极点,要么杀了他的身体要么杀了他的心。她是选了后者。

"石常胜活该的,他现在堕落了,每日喝酒,吃很多食物,身体胖得快挪不动。不过他还在拼命干活,他的土地上的庄稼里面没有一根杂草。确实如他所说,每到清明就去给他的女人扫墓。他要早这么用心就好了。

"我不恨他了。

"我回去再问一问我的母亲,没准儿她愿意告诉我真相。

"也许我姨确实没死。她一个人跑到很远的地方藏起来。我母亲一定知道她藏在什么地方。

"我母亲的脸色是灰的。我想起来了。

"我父亲的脸色是灰的。我想起来了。

"他们消失了再回来脸色总是灰的。

"路真难走。我差点被一根碗口粗的野生魔芋绊倒。它站在那儿像条麻蛇,把我绊倒它也断了,躺在地上像一条死蛇。我给它扶起来重新站着,周边加了几块碎石头。

"这条沟肯定是被山洪冲过的,我的鞋陷入泥淖,脚板心被什么扎痛。吮了吮牙齿,尝到一股血腥味儿,最近我很上火,捆了两个白天加一个半晚上,我没有好好喝一口水。

"快到山头了。

"再翻过另一个山头就可以一直向下走。

"那边的山下有一条大河,很早以前没有桥,我在那儿的河面撑船度日。那时候有个漂亮的姑娘坐我的船,我知道她家住在山中,一个被称为'一线天'的峡谷深沟之中,她长得像个仙女,我的心跳得快要变成一条鱼。我没有胆量跟她说:请您留在我的船上吧,别上岸。我没有胆量说。她给我一块钱就跳到岸上去了,后来二十年时间里我们再也没遇见。所以在那条河畔我失去过东西。所以回来的这三年我总会到那条河边坐一会儿,像个闲得慌的人,但实际上我在等每一股吹向我的风,风一来我就幻想自己成了一只蝴蝶,把过去丢失的东西都含在嘴里或驮在翅膀上。

"到山头了。再加把劲儿翻过这座山峰就到了另一座山峰。

"人生没有过不去的坎。

"从哪儿摔倒就从哪儿跳开。

"城里有个姑娘喜欢我。我不知道自己喜不喜欢她。

"我母亲说,喜欢的东西要说出来,憋在心里就过期了。

过期了就不喜欢了。不喜欢了你就失去你喜欢的东西了。

"我母亲说话越来越有水平。她也上过几年学堂。她比她那一辈儿的人更聪明。

"不知道父母还住不住在原来的地方。

"城里每天咣当咣当修路,也就是说,每天都有路在城里消失。

"希望父母还在原来的地方和原来的路上。

"再过一会儿,黑天就会变成白天,月亮就会变成太阳,而那时我也到了山下那条河边,我会走过那座桥,坐上通往城里的车子。"

松山脚下

又说他那一字马劈得好，才过晌午就开始吹牛皮，一翻身就给人来了好几个一字马。

又说他用两只手平举装满水的桶子，一口气走二百个台阶不休息。

又说他一个悬空掌劈下来，不触头皮就将人的天灵盖掀飞。

后来他就喝多了。天也黑了。举着豁口杯子来到我跟前说：老表，要不要来一口，这个酒爽口得很。

我不知道如何拒绝——第十二杯啤酒从我喉咙管道里冲了下去。

海马纽洪咬咬牙，拿走他的空杯。我喝了他递过来的啤酒显然令他非常吃惊——他只是跟我客气，而我，我才不想跟他客气。海马纽洪是个有酒瘾的人，每日不喝睡不着觉。

今天是个晴天。时节还在春天，微风中含有树木抽芽的味道。海马纽洪也像个刚刚发芽的人，抹了摩丝的头发在脑门儿上空立起来了。我跟海马纽洪约好去看溶洞，据说，在他老丈人家旁边某座山上，有一条非常古老的好几公里长的溶洞，奇石遍布，有鸟在溶洞里筑巢，当然也有蛇。海马纽洪喜欢吃蛇肉，而我喜欢抓蛇。他邀请我来亲手给他抓一条好吃的蛇回去。他通过蛇的表皮就能判断是不是美味。

可是贪杯的海马纽洪，一到老丈人家里歇脚就走不动了（说好喝一口温水继续赶路），喝得停不下来。星星从他老丈人的眼睛里升起来了，月亮挂在他老丈人眼皮上，海马纽洪还没有喝好，他舔着嘴唇，脑袋几乎抬不起来，脸色灰扑扑，天边的灰云糊了他一脸似的。他老丈人也是个酒鬼，海马纽洪就更不用说了，起先他们还分得清谁是老丈人谁是女婿，后来硬生生喝成了哥们儿，勾肩搭背，无所不谈。老丈人教他如何严厉地管教老婆，不可给老婆好脸色，不可宠惯，不可多给零花钱，最重要的还有，要让她们没完没了洗衣服、做饭、拖地、带孩子。"我们是男人，男人有男人该做的事！"老丈人说这话情绪很到位，单手指天，激动难抑。

海马纽洪也激动不已。他突然一挺身，立于老丈人跟前，脖子往天上一伸，眼睛一鼓，眉毛一挑，就来了个一字马。他一定觉得他的举动漂亮极了，那眼神滑到我这边，还露出一个得意忘形的笑。

"怎么样？老表，我功夫不减当年吧？我用实际行动表示,我老丈人说的话都是有道理的!"

天黑得不能再黑的时候,海马纽洪才从凳子上拿开他的屁股,跟着我走到土路上。我们两个都醉了。当然,海马纽洪的老丈人也醉了,他几乎是把我和海马纽洪推出院门的,他说,男儿志在四方,天黑了也不耽误干正事,想做什么不要害怕,勇往直前、勇往直前就对了。我一再解释说,老前辈啊,我跟海马纽洪只是去捉一条蛇煮汤喝,您不用着急让我们走,反正天已经黑了,留下来睡一个晚上明天再走也不迟。他死活不干,硬扯着海马纽洪的衣袖把他塞出门,把我也塞出门。

现在,我跟海马纽洪不得不走在黑咕隆咚的土路上。烂兮兮的路,一个坑一个坑地踩进去,再一个坑一个坑拔脚出来;两条腿一会儿被闪一下,一会儿又被闪一下。

"你说,那些蛇长什么样?洞子里到底有没有蛇?"海马纽洪摇晃着脑袋。

"去了就知道。"

"操他妈!"海马纽洪突然骂了一句。

我看不到他的脸。后来我打开手机灯,照了一下他的脸。他气得像个包子。

夜路是人生中最难走的路,难就难在它看不见;夜路也是人生中最好走的路,好就好在它看不见。我俩一路跌跌撞撞,在这条反正也看不清的道路上越走越快,到达溶洞跟前天还不亮。听到洞子里有岩浆水滴落的响声，风里带出来一些仿佛鸟的呼吸声和蛇鼠的味道。

海马纽洪一直是我最好的朋友，虽然他喊我一声老表，可实际上没有半毛钱亲戚关系。

我就知道他要给我来个一字马，像这种只有在武术、舞蹈、体操、柔术中才会用到的基本功，他已经练了二十年，这也是他唯一能在朋友跟前表演的绝技。每到激动时刻，或者有什么话想说说不出，或者朋友们邀请他来个一字马，他就总是一个一字马，毫不推辞；脖子向上一伸，腰板一挺，眼睛一鼓，含着某种尊严和骄傲的味道，把自己的两条腿潇洒而稳重地左右横叉或前后竖叉落在地上。他只有一个要求，不许把他这种基本功的称呼喊成别的，比如"劈腿""劈叉"，都不可以。我打开手机灯，看见他早已把两条腿拉直了贴在地上。

"你可不要扯着卵子。"我实在憋不住这句话了。

海马纽洪脸色变得痛苦。他什么话也没有回我，从地上收起两条腿，沉闷地走进溶洞。

溶洞里早已没有想象中应该有的奇石，好看的石头果然如传言那般，被人偷走转卖，地上也没有蛇，没有鸟。我跟海马纽洪像行走在咀嚼了很多青草以后牙槽光滑的牛嘴里，我们只闻到洞子里有某些藻类植物的气味，说明这里面曾经有水流通过。

海马纽洪突然不见了踪影。喊他无数声不见回答。我往前走大约一公里，海马纽洪还没出现，而我居然进入一片松树林，当然，我的心境也突然开朗起来，月亮把这儿照得亮光光。进入溶洞之前可一点儿月光也没有。

再喊几声海马纽洪，仍不见回答。我现在倒是明白了，他是故意躲开，具体为什么躲开就不清楚了。反正他一定可以听到我的声音。

松林中有溪水声传来，贴着地面流动的那种响音，轻柔，也有被石头阻挡后撞击的脆响。我一路循声过去，声音却消失了，什么动静也没有。翻过山头，眼前又一座高山，月光牵着山尖一路向上，越高越薄，到了最高处，山体像纸一样，最后跟云雾混合，完全分不清了。让我觉得惊讶又高兴的是，高山脚下有一所茅屋；我与它隔着一条深深的河沟，茅屋修在对面山脚的位置，从我这边看过去仿佛高耸入云，只要肯花一些脚力，过去借宿一晚应该不成问题。可惜深沟之上连一架木桥都没有，我不会游泳，晕水，流水在一分钟之内可以把我放翻在它的波浪里。

不知道我是怎么过的河，像做梦或只眨了一下眼睛，这会儿我已经走在通向那所茅屋的路上。万分的不真实感真实地显现在眼前。

这是一条习武的人才会走的路，或者行僧才会走的路。条形石板砌成的台阶，一路向上。

走到半途，竟看到海马纽洪挑着两只空桶从我上方下来。他也看见我了。

"你总算走到这儿来了。"他笑说。神色跟之前判若两人。

"你怎么在这里？"我恍恍惚惚，肚子里仿佛装着一潭雾水。"像做梦一样。"我补了一句。

"不是梦。"他接下我的话。走到跟前放下水桶，与我并肩站在同一块条形石板上，又说："但也跟做梦差不多。总之我把你招到这儿来了。"

这让我心里更加迷惑。"这话说得我就不懂了，难道你不是跟我一起来的？你在进入溶洞的时候走散了。"

"半是。半不是。"

"我听不懂你的话。"

"你听得懂。今天早上我在这儿喊了你的名字……你跟我说，你听到有人喊你的名字，你还答应了，然后你才睁开眼睛醒来。"

"是啊，我以为真的有人在楼下喊我。"

"就是我在喊你。"

"在这个地方？"

"你知道我可以办到。"

"别开玩笑了，海马纽洪，你以为我真的相信你在哪儿学了一些神奇的本事？不可能的。"

"那你怎么解释你走到这个地方来?"

"你带我来的。"

"不完全是我带你来。我一路上只给你说了几句话:坐在茅屋跟前给你说的。我已经不是过去那个海马纽洪了,老表,你不要以为我在开玩笑。"

"有什么不一样?莫非你突然做了鬼?"

"非鬼非神。"

"那就还是人呗。"

"可以这样解释。但也不完全是。"

"你怎么说得跟梦话一样毫无根据,让我听不明白。"

"今天早上你对着镜子照了一下,你眼睛里闪过一丝惊异的光,那当时你已经知道自己会走到这里来。你一直想要住在这样一片地方。"

我没办法接话。他说得对,今天早上我照过镜子。

"你早就想避世而居,像个古人一样住在这样的松山脚下。你抬头看,这儿四周都是大山,山中全是松树,松山脚下只一间茅屋,当然它非常宽敞,进门之后几乎可以容纳两百个人,不是你所常见的那种非常小气的茅屋,它后院还有花草,亭台,几个储水的大缸,当然必须自己把缸子填满水。你这次来就不要走了,住下来吧,可以修道,可以避世,寂寞了可以邀人通过溶洞到这里小聚,等他们梦醒的时候再离开。他们会非常满意这种模式,一个人突然有机会从生活中真实地逃避到一个心动的地方，谁都会举手赞成。"

"你意思是我在做梦？"

"不，你和他们不一样，你和我是一类人，不用做梦就可以永远留在这儿生活。上次你不是差点儿就留下来了吗？"

"邀什么人呢？"

"随便吧。陌生人，熟人，恩人，仇人，都可以。想从琐事中百分之百逃离的人。"

"我没有这种能力。"

"到这儿你就有了。"

海马纽洪担着水桶向下走，去河沟里挑水。他还特意绑了腿。

茅屋确实很大，靠着山体修建，后院一块平坦的坝子里放着七个水缸，第七个水缸里还差半缸水。一只三条腿的狗拴在野生番石榴树下，它失去了一条后腿，已经没法走路，不能保持平衡，卧在灰堆里像块长毛的抹布。它也懒得吠叫，看见我进了院子，只把眼睛张开一条缝又合上了。

海马纽洪连续担了五挑水，才把第七个水缸装满。然后他煮了一锅红薯，炒一盘青菜，跟我说——吃早饭了。我才意识到天已经亮开，太阳从松山顶上冒出来。

如果我能找到先前进来时的溶洞，我就回去了。

"既来之则安之。"海马纽洪说。

我发现第七个水缸又差一半水，可昨天明明是满的，煮红薯也仅用了一瓢。

我只能住下来。这种"住下来"一点儿也不让我感到踏实。到第二十一天,我几乎要憋疯了,我跟海马纽洪说:"我还是没法摆脱过去那种生活。我是俗人。也或者说,我还没有彻底厌弃我的生活,在那些看似失败的往事当中,还有一些值得念想的东西像绳子一样牵着我。松山脚下越是清静,我越怀念过往。这可能就是为什么人们一天天喊着工作太累,一下子给他们放长假,他们反而觉得精神和身体都出了问题。"

海马纽洪听了我的话不作声。

第三十一天。松山脚下开始刮大风。我隐约闻到山谷的风中飘来成熟野果的味道。

"来都来了,明天带你去山顶看看风景,你说呢?"海马纽洪平心静气。他对生活的态度完全变了,与人说话温和有礼,不像从前,他的嘴巴总派不上用场,但凡应该用嘴解释的地方,他都毫不犹豫给对方表演一字马,这在过去很多时候,作为他的朋友,我多多少少会感到丢脸。

我答应了他的邀请。来都来了,去山顶看看也好。更何况没有他带路,我这辈子也别想找到溶洞。

第二天,到了山顶我就后悔了。不该来。没什么可看的。

"我就生活在这样的地方。除了松树林,一无所有。"

我就知道他是故意将自己困在松山脚下。可我为什么走不出去呢？我并不想困住自己。这样一琢磨，给吓了一跳，当自己不能了解自己的时候，就仿佛活成了一个陌生人。

"你知道我回不去了。那种荒唐的生活，一败涂地。"

接下来我想，他该开始表演他的一字马了。

果然就是这样，他扯开两条腿，像从高处崩断的两根线，一前一后，一下子给掉到地上。

然后，他要哭了，我猜得八九不离十，很多年不哭的人，总会选一个地方号啕大哭。这是最好的机会。我已经闻到他眼睛里泪水的味道。当他哭的时候，我的眼睛会跟着酸疼，鼻子也酸疼，心窝子跟着慌痛。有时候我会以为，我与海马纽洪本身就是一个人。当我这么想，便忽然感到可悲，当一个人和他的灵魂不能统一是多么悲惨——半个自己在松山脚下生活，决定逃离过去那可怜的状况，半个自己却无法舍弃世俗日子，从中翻拣一些可用的东西。

海马纽洪又消失了。当他再次出现，我整个内心却明朗起来。他手里抱着一捆青草。

"给牛吃的。"他说。

我可没见着什么牛。

伸手掸掉衣袖上的灰尘，我想，我的灵魂肯定在我之前通过溶洞来到松山脚下，它在这儿过起了封闭却幸福的生活，它不再忍受过去那种卑微的日子，不再委曲求全。它可以不需要我，偶尔某个时候我需要它，比如半年前的某一天，我从家中床上醒来，摸着三个月没有刮的胡须照着镜子，那时候我才感受到我的灵魂，它一直像一条潜伏的死蛇，终于在那个瞬间复活并且抬头咬我一口。我通过溶洞，此时此刻，凉风吹在身上，后背像针扎了。我掸掉的灰尘还是照样落在了自己身上。

我是个出租车司机，当妻子带着给我生的儿子脱离我，去嫁给她喜欢的人，我的生活就从那时候开始摸瞎。我突然失去了重心，仿佛弄丢了一条后腿的狗，再也无法从灰堆里爬起来。后来我就开始喝酒，开始四处吹牛皮，开始动不动就给人做一字马表演——对，实际上，擅长一字马表演的是我，而不是海马纽洪，海马纽洪是后来才学会的。那时候我已经厌倦了一字马表演，厌倦了将我的两条腿随随便便贴到地上。海马纽洪像个接班人似的继承了一字马表演。他的两条腿好像已经不知道疼了。

我在夜间跑步，并非我热爱锻炼，我就是跑啊跑啊，跑到哪儿算哪儿，直到呼吸不上来我才放慢脚步。我很怀疑某次跑步的时候我已经死掉了。也许人在狂奔中死去，自己是无法知道的。也许那时候我觉得我的步子越来越轻，几乎要飞起来的时候，我其实已经死了。

但此刻我站在松山顶上。这个高处像我老家背面的松林。那时候我父亲整日酗酒，喝醉了就骂我以及我的母亲，骂到他自己越来越生气，提刀追着我在松林中乱跑。

我父亲很多次差点把我杀了。我的母亲几次险些丧命在父亲的棍棒之下。那时候我就动了学武的心思，拜师学艺，从不告诉师父，我学武就是为了回家打死我的父亲。

海马纽洪也是这样，他对他父亲的恨意跟我对自己父亲的恨意同等。有一天他父亲将他捆在楼梯上狠狠揍了一顿，揍完了也不解开绳子，就让他像个死刑犯一样挂在楼梯上，垂着脑袋等着砍头似的。是我把他从楼梯上解开的。从那天开始他喊我老表。有一天我跟他说，我们去学武好不好？海马纽洪毫不考虑就同意了。我们拜在同一个师父门下。

可惜，我们还没学到什么武功，海马纽洪的父亲就去世了，脾气暴躁的人死起来好像特别快，突然从椅子上站起来，突然眼睛一黑倒下去，就没再醒来，就去阎王那儿报到了。没过半年，我的父亲也去世了。他也是差不多的死法，还没等我回去打死他，他就早早地像是吓死了。学武突然变得毫无意义，似乎连生活也变得毫无意义了，我们谁也说不清楚自己失去了父亲还是失去了仇人，一种复杂的感情，空空荡荡。海马纽洪跟我是从师父那儿逃走的，害怕辱没他老人家的名声，我们在社会上对他的名号从不敢提。

"你真的还要回去吗？"海马纽洪问我。

"要。"我说。

"我可不要回去了。"

"我知道。"

"那条蛇要了我的命。你想起来了吗?很多年前,我们两个去过两次溶洞,最后那一次,我一进门就踩在蛇尾巴上,它反过来就给了我一口。它有毒。我就那么被它害了。"

"我想起来了,就在刚才,你抱着青草走来的时候。这么多年我一直感到愧疚。"

"所以每年你都会去一次溶洞。"

"如果我能手快一点,掐断蛇的脖子,你就不会被它咬住。"

"事情都过去了,老表,不用放在心上。爱吃蛇肉是我的口腹之欲,为此丧命也认了。你不要有心理负担。至少现在这个时刻,你已经不用再为这件事难过。蛇毒正在进入你的心脏,你感觉到了吗?我把你带到山顶,就是想你呼吸一下更新鲜的空气,这样会感到好受一点。"

"我呼吸到新鲜空气了,但也开始头晕,冒汗,想呕。"

"你不该每年去一次溶洞,那儿到处都是毒蛇。我们第一次去的时候,已经把里面最值钱的石头扛出去卖完了,没什么值得卖了。"

"没想到在这么好的地方见到老朋友。感谢你把我招到这儿与你见面。海马纽洪,松山脚下是你建的茅屋吗?那一切都是真的吗?"

"有时候我也觉得它像假的。"

"我要穿过溶洞再回去。"

"在这儿有什么不好呢?我把你喊到这儿以前,你在那儿的身体已经坏掉了,老表,你现在这个样子回到以往的生活中,也只能做个……"

"行尸走肉?"

"是啊,差不多吧。我还是劝你不要回去。我们这样平庸的人,就像坏掉的肥皂,起不了泡。我已经想好了在松山脚下生活。有时候突然想起曾经一个人在人群中孤独无依,那种体验可真他妈糟糕呀。"

"反正我要回去。你这个地方再好,它总让我觉得是个泡影,而我那儿的生活再怎么糟糕,它也是真实的糟糕。有时候只能这么说,有些人他就没有享受幸福的命……或者能力。你能丢开一切接受这种泡影,我不能。所以我跟你并非同一类人——即便我俩都不幸地让毒蛇给咬了。我喜欢将自身置于人群中,哪怕孤独无依。现在我要走了。我觉得头晕得厉害,松山像是在摇晃。"

"好吧。溶洞在这片山脚的右侧。回去的时候请你代问候我老丈人一声好。别吓着他。祝你好运。"

海马纽洪说完就走。

我也说走就走,摇摇晃晃下了山,恍恍惚惚穿过溶洞。我感觉到了,蛇在我前行的脚下乱窜。